Au service secret de Framboise

Du même auteur

Dans la série *Framboise et les extravagantes Mammas* :

- *Au service secret de Framboise* (Tome 2)
- *Voir Venise et sourire* (Tome 3)
- *Amour poison et sombres mystères* (Tome 4)
- *Méli-mélo meurtrier* (Tome 5)

Jeux de dames (version érotique de *La Folle Erreur de Don Cortisone*)

Jeux de Dames

Hit the road, Jack (suspense aux États-Unis)

Hit the road, Jack

Didier BERTRAND

Au service secret de Framboise

Roman

Pour demander une autorisation ou pour toute demande d'information, n'hésitez pas, contactez l'auteur :

Courriel : didier@didierbertrand.com

Web : www.didierbertrand.com

Si vous avez aimé ce roman, **inscrivez-vous à la newsletter** en scannant ce code :

Inscription à la newsletter

ISBN : 978-2-9581847-6-6

Dépôt légal : avril 2023

Au service secret de Framboise est une fiction. Toute ressemblance avec des personnages et des personnes existantes ou ayant existé ne pourrait être que la conséquence de la puissante imagination du lecteur, imagination que l'auteur lui envie, croyez-le bien. Ainsi, si la réalité parallèle de cette œuvre devait rencontrer notre réalité, il ne pourrait s'agir que d'une pure coïncidence.

Auparavant dans

La Folle Erreur de Don Cortisone...

Lorsque Framboise se fait licencier abusivement de MA & L, une célèbre marque de chaussures de luxe italiennes, elle ne se laisse pas abattre. Avec ses extravagantes copines, les Mammas, elle décide de monter sa propre affaire de bottines éthiques et ethniques et s'associe à Ortie-Sauvage, une jeune Navajo qui la fournira en cuir bio et écolo.

Quand un peu plus tard, Framboise découvre ses modèles dans les vitrines de MA & L, elle entre dans une colère noire : Ortie-Sauvage, de mèche avec ses anciens employeurs, l'a trahie. Framboise convoque ses amies et part en guerre pour récupérer ses brevets. Mais elle ignore que Don Cortisone, le parrain, blanchi son argent chez MA & L et s'est associé aux Navajos dans un important trafic de cannabis.

À Gênes, avec les Mammas, Framboise met tant et si bien la pagaille dans les affaires de la mafia que le parrain décide de l'éliminer. Mais Jazz, un agent des services d'espionnage écossais (les SOCISS) sur la piste de Cortisone, veille sur elle. Le bel espion la sauve de la noyade, Framboise et lui flashent l'un sur l'autre, évacuent le stress en une nuit d'amour et décident d'allier leurs forces contre Don Cortisone. C'est alors que Monica, une des Mammas, puis Jazz parti à sa recherche, se font tour à tour kidnapper par la mafia.

Pendant que Monica et Jazz croupissent dans les geôles du parrain, Melody, collègue de Jazz, arrive en Italie. Elle aussi remonte la piste de la drogue. Sur le point de pénétrer en douce chez Don Cortisone, elle se fait surprendre et finit avec Jazz et Monica dans les souterrains du parrain.

À l'air libre, avec l'aide des Mammas et de Nicolo, un jeune garçon qui tient Cortisone pour responsable du handicap de son père, Framboise part à la recherche de son amant. Sans succès. Excédée, elle parvient à poser une bombe chez Cortisone et pénètre chez son ennemi par un antique tunnel secret. Trahie par Anna, une Mamma endettée auprès de la mafia, elle réussit malgré tout à s'échapper en déclenchant l'explosion. Dans la confusion, elle libère Jazz, Monica et Melody, non sans s'être emparée des livres de compte du parrain. Ces derniers permettent d'inculper Don Cortisone et de l'envoyer en prison.

Alors que les médias s'emparent de l'affaire et que Framboise devient subitement célèbre, Jazz disparaît de nouveau en laissant un message d'adieu. Framboise ne peut croire que Jazz l'ait abandonnée de façon aussi cavalière…

Chapitre 1

— Nom d'une pizza aux ananas, quel bonheur d'être chez soi ! s'exclama Gina.

Tout juste de retour à Milan après ses aventures génoises, elle virevolta toute guillerette du salon à la cuisine, sautillant au rythme de la musique s'échappant du poste radio, puis tira les rideaux jaunes pour laisser entrer le soleil. Un faisceau lumineux transperça les carreaux et vint éclairer, sur le buffet rustique, l'énorme œuf en cristal utilisé pour frapper le prosecco. Elle souffla la poussière et le verre scintilla devant ses yeux rieurs.

— Pour Giovanni Cortisone, c'est la fin des haricots, les carottes sont cuites, fredonna-t-elle avec entrain. Framboise est tranquille. *Mamma mia*, quelle histoire !

Elle agita sa main et dodelina de la tête, ravie, bousculant le fouillis apparent de ses mèches acajou courtes et bouclées. Ses lèvres minces se pincèrent en un léger sourire de contentement.

— Pff ! Quelle idée aussi... Fourrer son nez dans les affaires de Framboise. Il ne connaît pas les Mammas !

La mélodie s'interrompit en un croassement soudain. « Attention, flash info ! Framboise Dopamine en garde à vue. Tout de suite, le point avec l'inspecteur Meli. » La voix nasillarde de Vito Meli s'imposa dans le salon. Gina se figea, haussant les sourcils, et laissa s'échapper un « oh » de surprise et d'indignation en posant les poings sur ses hanches.

— *Que du jour au lendemain les médias aient installé mademoiselle Dopamine sur un piédestal représente un non-sens, une aberration et un défi à la logique*, expliquait Meli sur un ton de donneur de leçon. *Quelle jeune femme normalement constituée s'opposerait à la mafia... et gagnerait ? Non, les miracles n'existent pas, même en Italie. Je mettrais un point d'honneur à éclaircir toutes les zones d'ombre de son récit et je parie avec vous que Framboise Dopamine se révélera aussi mafieuse que Giovanni Cortisone.*

— Aaah… Mais quelle espèce de polenta fasciste ! s'insurgea Gina. Ma nièce n'est pas mafieuse, elle est douée et obstinée, crétin ! Intelligente, pas comme toi !

Gina délaça le tablier autour de sa taille et l'envoya rouler en boule sur la table en mugissant :

— C'est pas vrai, mais c'est pas vrai ! À peine de retour à Milan, ça recommence. Ça ne s'arrêtera donc jamais ! Je vais lui plonger la tête dans la farine de pois chiche, à ce Meli ! Mais de quoi il se mêle ?

Elle se rua sur son portable, asséna des coups de doigts furieux sur l'écran pour composer son code puis écrasa une touche :

— Salut Monica ! T'as écouté les infos ? Laisse tout tomber ! Alerte rouge et branle-bas de combat, il y a de l'eau dans le gaz et de l'ananas dans la pizza, toutes sur le pont ! Framboise a été arrêtée. Faut la sortir de là.

— *J'ai vu, Gina, j'ai vu. On n'entend que ça. La pauvre… Je suis devant la télé.*

— Il ressemble à quoi, ce Meli ?

— *Un maigrichon aux joues creuses.*

— Ben voilà ! cria-t-elle en levant les bras au ciel. Ça ne m'étonne pas ! Un homme qui ne se remplit pas le ventre, il ne se remplit pas l'âme, il a le cerveau qui se dessèche comme anchois au soleil. Encore un paralysé de la jugeote, un handicapé de l'émotion.

— *Qu'est-ce qu'on peut faire ?*

— Ce qu'on peut faire ? Ce qu'on peut faire ? Oh, *mamma mia*, écoutez-la ! Il faut que ce Meli cesse de raconter des salades, avale une généreuse portion de ratatouille maison et qu'on sorte Framboise de ce plat de nouilles ! Pourquoi penses-tu que je t'appelle ? On réunit les filles, illico presto, et action ! Rendez-vous chez moi, d'accord ? Préviens Silvana et Claudia, je préviens les autres.

Situé au centre-ville de Milan au quatrième étage d'un immeuble des années 1980, le petit appartement de Gina constituait une base facile à rejoindre. L'heure suivante vit débarquer une à une cinq Mammas sur le pied de guerre. Ornella s'exclama en posant son sac dans l'entrée :

— Génial de vous revoir, les filles ! On remet le couvert, alors ? Regardez ce que j'ai amené.

Elle brandit la canne de son mari et s'en débarrassa en rigolant sur la table de chêne du salon.

— Vous vous souvenez comment je l'avais fait tournoyer au Palazzo Rosso ! La tête du gardien !

Silvana s'esclaffa et lança :

— Et moi, j'ai pris ça. Si on veut taguer le tribunal ou la voiture de l'inspecteur Meli, nous sommes parées.

À son tour, elle plaça les deux bombes aérosol de peinture rose sur la table.

— Mais nous avons toutes eu la même idée alors ! s'ébahit Claudia en désignant le tisonnier de sa cheminée dépassant de son cabas.

Un sourire franc éclairait le visage de Gina. Ses yeux joyeux balayèrent la pièce, se posant à tour de rôle sur Claudia, Sophia, Ornella, Silvana et Monica avant de dévier vers la table où un large couteau de cuisine, une louche en acier et des aiguilles à tricoter avaient rejoint la canne, le tisonnier et les bombes de peinture.

— Nous voilà toutes réunies, clama-t-elle, soudain guillerette. Vive le gang des Tutti Frutti ! Une pour toutes...

— ... toutes pour une ! enchaînèrent les cinq autres.

— Et toutes pour Framboise, qui s'est encore plongée dans la tapenade, ajouta Silvana.

— La panade, Silvana, rigola Monica.

— Il manque Anna tout de même, remarqua alors Sophia. Quelqu'un sait ce qui s'est passé entre Framboise et elle ?

— Aucune idée, mais Framboise lui en voulait à mort, expliqua Gina en attrapant son téléphone en train de vibrer sur la table. Tant que cette affaire n'est pas éclaircie, je préfère qu'on la laisse de côté. Vous savez ce que je pense ? Je crois qu'il faut nous organiser. Lors de nos actions précédentes, nous avons eu de la chance. Grimper sur un fauteuil roulant pour taguer des caméras de surveillance, c'est un peu limite. Ce n'est pas très pro.

— Et tu suggères quoi ? rétorqua Claudia avec une lueur d'intérêt dans les yeux.

Ornella porta sa main à sa bouche et étouffa un petit rire :

— Gina a raison. Si nous continuons à nous amuser comme des gamines à sauver le monde et Framboise, nous devons trouver un nom plus sexy que les Tutti Frutti. Et il nous faut une or-ga-ni-sa-tion. L'improvisation, un jour ou l'autre, cela va nous jouer un mauvais tour.

— OK, bien sûr, excellente idée, mais quoi, par exemple ? interrogea Silvana d'un air perplexe. Une agence d'espionnage, comme dans James Bond ?

Gina frappa dans ses mains. Elle rejeta une mèche brune derrière son oreille, excitée :

— C'est exactement ça ! Créons une organisation secrète insoupçonnable !

Claudia pouffa de rire :

— Par la barbichette d'Aristote ! J'ai une idée grandissime. Notre agence d'espionnage, nous pouvons l'appeler Les Smarties.

— Les Smarties ? Mais quel rapport avec les bonbons multicolores ? questionna Gina en fronçant les sourcils.

— Parce qu'on est *smart*[1], voyons ! Et avec les initiales, SMART, ça fait... les Super Mammas de l'Agence Risque-Tout !

— Risque tout, risque tout, faut pas pousser, s'inquiéta Silvana.

— J'ai encore mieux que les Smarties, s'exclama Sophia. Les M&M's !

— Bonne idée, mais... ces noms ! Vous êtes en manque de sucre ?

Gina les observa l'une et l'autre, un fin sourire étonné sur les lèvres, et Sophia balaya la remarque d'un revers de main.

— M&M's, c'est du sérieux. Pour plein de raisons : d'abord, cela ressemble à un code secret, c'est moins parlant que Smarties. Les Smarties, on croirait un groupe de rock des années soixante. Je connais le MI6, la DGSE, le KGB, la CIA, le FBI et maintenant il pourrait s'y ajouter les M&M's. Des initiales comme les autres. Et dans James Bond,

[1] En anglais : intelligent.

qui dirige le MI6 ? M ! Une actrice formidable et, pour une fois, ce n'est pas une jeunette, tout comme nous.

— Et c'est suffisamment rare que le chef soit une femme pour le souligner, lança Monica.

— Oui, comme en cuisine d'ailleurs, renchérit Gina. Et puis, songez-y : comment nous surnomme Framboise ? Les Mammas ! Cela en fait des M, non ? Trois M rien que dans Mamma ! M&M's pour Mammas & Mammas ! Ou M&M's pour le M du MI6 alliée au M des Mammas.

— Ou même M pour Monica, clama Silvana.

— Oh la ! Je ne veux pas être chef, moi ! protesta Monica. Quelle serait notre première mission ?

Gina la regarda de travers.

— Libérer Framboise, évidemment.

Chapitre 2

Cinq jours plus tôt...

Elle courait peut-être à sa perte, mais qu'importe. L'amour d'une mère n'avait pas de limite. Elle était restée dans l'ombre de son mari toute son existence, devinant la violence et la mort, fermant les yeux sur les origines de sa vie confortable, mais certaines situations exigent de s'exposer à la lumière et de prendre des risques. En revanche, une chute aurait été stupide, aussi marchait-elle à pas prudents sur le trottoir pavé si raide de la Montée de la Providence.

À l'approche de la soixantaine, elle restait alerte, mais son corps lui rappela néanmoins que ses plus belles années étaient révolues et elle s'arrêta un instant pour souffler. Une veine cognait dans son cou, sa vie était bien trop sédentaire, elle devrait corriger ça. Du yoga, peut-être... Ses doigts frôlèrent l'arme puis dégagèrent un carré de tissu de l'élégant sac gris suspendu à son bras. Elle s'épongea le front et se dirigea vers la masse imposante du Grand Hôtel Savoia.

L'impressionnant bâtiment classé cinq étoiles, à la façade rouge et rose néoclassique surchargée de reliefs à colonnes et de chapiteaux, constituait un point de repère immanquable pour les voyageurs. Pas pour elle. La ville de Gênes, sa chaleur moite et son labyrinthe de ruelles formait son territoire. Elle expira deux petites bouffées d'air chaud coup sur coup pour se calmer, poussa d'un geste déterminé la barre de métal jauni de la porte à révolution et pénétra dans le hall de marbre. La vaste entrée baignait dans le halo doré des lanternes de cuivre et résonnait du brouhaha de touristes américains tout juste débarqués de la gare toute proche.

Le Savoia, bien qu'un peu défraîchi, conservait encore beaucoup de son ancienne gloire et son aura attirait une clientèle très aisée, cela l'avait incitée à se faire élégante pour mieux passer inaperçue. Elle avait revêtu un corsage blanc et un léger pantalon de lin aussi noir que les lunettes masquant ses yeux. Ses quelques mèches auburn, qui donnaient du caractère à ses cheveux bruns ondulants d'habitude à mi-épaule, étaient dissimulées sous un foulard Hermès. Si son action devait susciter une future enquête, sa coiffure ne la trahirait pas. Le lourd sac Prada qu'elle portait à son bras frottait sur son flanc et la gênait. Malgré ses accessoires luxueux, elle se savait discrète : ni grande, ni petite, un visage ovale à la peau hâlée comme tant d'autres ici à Gênes, une silhouette un tantinet arrondie par les années, mais sans excès.

Ses yeux sur le qui-vive cherchaient les ascenseurs. Était-ce sa légère hésitation, le stress qui parcourait ses veines ou son mouvement leste pour rabattre son sac contre elle ? Toujours est-il que, du coin de l'œil, elle aperçut le réceptionniste dans son costume guindé relever la tête derrière l'imposant comptoir de bois et s'interrompre, prêt à lui proposer son aide. Face à lui, un Américain impatient gesticula devant l'avertissement *Établissement sous vidéosurveillance* afin de le rappeler à l'ordre. Elle décela en un instant les demi-bulbes noirs des appareils d'observation fixés au plafond, inspira profondément, fit mine d'avoir trouvé ce qu'elle cherchait et s'avança soudain d'un pas décidé vers le jardin d'hiver sous la verrière. Ensuite, la traversée du hall ne lui posa aucun problème. Se faufiler n'était pas dans ses habitudes, mais elle avait vécu tellement longtemps sous l'œil des caméras que son mari avait installées chez eux qu'elle avait appris à les repérer et détecter les angles morts. Son fils lui avait tout expliqué. Être la femme du parrain de la mafia imposait quelques contraintes, mais le simple fait de se savoir capable d'échapper à la vidéosurveillance lui avait redonné un sentiment de liberté. Elle se mordit la lèvre. Son fils… S'ils lui avaient fait du mal… Elle n'avait pas droit à l'erreur : les forces de police la traquaient dans toute la ville depuis l'arrestation de son époux. Elle longea l'escalier qui montait au salon en mezzanine, surplombant la réception, et allait se glisser derrière deux piliers de marbre beige, quand un chariot à bagages l'accrocha. Son sac heurta les dalles avec un bruit sourd.

— Oh, je suis désolé, madame ! s'exclama le garçon en livrée.

— Non, ce n'est...

Ses paroles s'éteignirent en le voyant se ruer sur ses affaires. Son rythme cardiaque s'accéléra et une perle de sueur suinta sur sa tempe.

— Voilà, tenez. Il est lourd, dites donc !

Le jeune employé lui tendait le sac avec une grimace curieuse sur le visage.

— Merci, s'entendit-elle répondre d'une voix étranglée.

— De rien.

Elle le vit s'emparer du chariot et le propulser à la hâte vers la réception. Elle s'autorisa une longue expiration et s'appuya sur la colonne de marbre. Puis elle patienta. *Huit... Sept... Six...* Au-dessus de la grille en fer forgé, les étages défilaient sur l'écran. Il arrivait. Plus que quelques secondes. Elle détourna la tête, les barreaux métalliques se replièrent en accordéon puis elle s'engouffra dans l'ascenseur. Ses proies insouciantes se trouvaient au cinquième et occupaient la suite *Mademoiselle Sans-Gêne*. Il lui suffirait de chuchoter son nom pour qu'ils ouvrent la porte innocemment. Et tombent dans son piège. Ils étaient sa seule piste et son seul espoir. Elle tâta son sac et sentit la masse froide et rassurante de l'arme à travers le cuir. Mais avant cela, il lui fallait aller chercher du renfort. Elle descendit au premier étage puis emprunta l'escalier vers le sous-sol. Elle poussa la porte de service. L'atmosphère humide du corridor empli de l'odeur de lessive l'agressa. Elle longea la buanderie où ronronnaient une batterie de machines à laver et de séchoirs, passa devant une montagne de serviettes de bain et de papiers toilette, flacons de shampoing, gels douche et démêlants à l'huile d'olive bio, puis découvrit ce qu'elle cherchait : un amoncellement de draps posés sur le carrelage blanc et un immense chariot à linge. Elle s'en saisit et gagna l'issue de secours dont la lumière verte scintillait au bout du couloir. Elle appuya sur la barre de sécurité transversale et entrouvrit la porte.

Sur le parking à l'arrière de l'immeuble, l'homme aux aguets claqua aussitôt la portière du minivan et la rejoignit d'un pas souple. Elle le connaissait depuis tant d'années. La soixantaine alerte, des pattes d'oie rieuses au coin de ses yeux marron, ses cheveux bruns coupés court, son léger bouc et sa moustache finement taillés virant poivre et sel donnaient à son visage carré un charme indéniable. Gino aurait pu être élégant si son corps svelte et musclé ne flottait pas quelque peu dans une tenue d'agent d'entretien. Il pénétra dans l'hôtel, referma la porte sans un bruit et, du regard, lui envoya une question muette. Elle lui souffla :

— Tout est en ordre. Au cinquième. L'ascenseur est au bout du couloir. Je te jure qu'ils me diront où se trouve Tonio. *Andiamo, Gino, andiamo*[2].

Elle se cramponna au chariot à linge avant de l'escalader en grimaçant et se dissimula sous un drap. Elle ne serait jamais trop prudente. Croiser une cliente au sous-sol ou en pleine discussion avec un membre du personnel pourrait éveiller l'intérêt. Elle sentit le wagonnet se mettre en mouvement pour s'enfoncer dans les profondeurs de l'hôtel. Les semelles de Gino n'émettaient aucun bruit et seules les larges roues de plastique gris et dur laissaient échapper quelques couinements. Alors qu'ils montaient dans les étages par l'ascenseur de service, elle se demanda ce qui était passé par la tête des espions. Qu'ils s'attaquent à la mafia et jettent Giovanni en prison, à la rigueur. Mais faire disparaître Tonio ? Même plonger avec les requins de l'aquarium sur le port était plus sûr que d'enlever son fils à une mère italienne. Ils ne le savaient pas ? L'angoisse lui étreignit la poitrine. Gino poussa la porte de l'ascenseur. Ils progressaient cette fois en un complet silence sur la moquette, se dirigeant vers la suite *Mademoiselle Sans-Gêne*.

— Nous y sommes, murmura-t-il. La voie est libre. Personne dans le couloir.

— Alors, c'est le moment, souffla-t-elle d'une voix cassée en s'extrayant du chariot. Que la fête commence.

Elle avait essayé d'adopter un ton ferme, mais sa lèvre inférieure tremblait. Elle nota que Gino ne la lâchait pas des yeux. Elle inspira. Profondément. Son cœur retrouva un rythme tolérable et elle reprit contenance. Il éloigna alors le wagonnet de la porte de la suite, descendit la fermeture éclair de son cou jusqu'à son nombril et, avec l'assurance

---

[2] *Andiamo* : en avant.

tranquille de l'expert, sortit le pistolet de son holster. Gino rezippa sa tunique de travail et se plaqua contre le mur. Il leva son pouce.

— Prêt, articula-t-il du bout des lèvres.

Elle referma son poing et tambourina à coups discrets contre la porte.

— Ouvrez-moi, vite ! C'est Flavia Cortisone.

Chapitre 3

Dans la suite de charme, le couple d'agents des *Scottish Officers, Counter Intelligence, Straightness and Sacrifice*[3], laissa retomber les dossiers de l'enquête sur la table basse en bois d'olivier en échangeant un regard incrédule. Des pépites dorées s'allumèrent dans les yeux sombres de l'homme. Face à lui, l'ingénieuse jeune femme à la silhouette féline lui décocha un sourire étonné et ravi, sa queue-de-cheval noire se balançant dans son dos. L'épouse du parrain avait échappé à toutes les recherches depuis le coup de filet qui avait achevé le règne de Cortisone. La rumeur publique voulait que le procureur Evangelisto Carminorosso soit resté sur sa faim, trépignant de frustration face à la disparition inexpliquée de Tonio et de sa mère Flavia. Jazz posa ses mains puissantes à plat sur la table et déroula sa grande carcasse du fauteuil en poussant un soupir de satisfaction ; Melody s'éjecta avec allégresse du canapé crème et tous deux s'approchèrent de l'entrée.

— Madame Cortisone ? Flavia Cortisone ? insista la jeune agente.

— Oui, ouvrez vite, qu'est-ce que vous attendez ? J'ai besoin de votre aide, ils veulent me tuer !

Melody posa ses doigts fins sur la poignée de bronze dorée et entrebâilla la porte. D'un geste vif, la main de Flavia Cortisone surgit de son sac, son index se resserra sur la gâchette du pistolet hypodermique. Avec un petit son mat, la seringue anesthésiante se ficha dans le cou gracile de sa cible. Stupéfaite, l'espionne la fixa, ses pupilles sombres dilatées, puis s'effondra telle une marionnette désarticulée. Gino jaillit. Il shoota dans le battant, la porte s'ouvrit à la volée, claqua contre le mur.

[3] Officiers Écossais, Contre-Intelligence, Droiture et Sacrifice.

Trop loin, Jazz recula et arma ses épaules solides et son poing, prêt à cogner. L'assaillant tira. La fléchette déchira l'épiderme, se ficha dans l'épaisseur de la peau, la main de Jazz vola vers son biceps et en arracha la seringue pendante. Le cylindre à ailettes rebondit sur la moquette. L'espion trébucha, ses doigts ripèrent sur le plateau de marbre beige de la commode et il murmura « *Too late, shit.* » Ses yeux se voilèrent de détresse. Ses genoux ployèrent et son crâne percuta l'angle du meuble. Du sang se répandit dans ses courtes boucles noires au moment où il s'affalait sur le sol.

Gino ne perdit pas une seconde : il s'empara du chariot à linge, pénétra dans la suite, suspendit le panonceau *Do Not Disturb* à la poignée et referma la porte. Flavia, pliée en deux par le stress, se tenait le ventre à deux mains, haletante au-dessus de son foulard tombé à terre. La tension se relâchant, elle prit conscience de la douleur sourde qui irradiait son corps. La veine de son cou palpitait cruellement, ses genoux fléchirent et elle se laissa basculer pantelante dans le fauteuil derrière elle, les yeux mi-clos et la tête renversée. Flavia sentit son cœur se calmer et elle se redressa :

— Gino, t'as trouvé Framboise ?

Depuis la chambre, l'homme lança :

— Non, personne d'autre ici.

Flavia afficha un regard contrarié. Observant les deux espions qui, avec Framboise, avaient envoyé son mari en prison, elle commenta :

— Giovanni est un imbécile. Vous n'êtes pas si forts, finalement…

Un rire nerveux lui échappa. La satisfaction du devoir accompli, conjuguée à une gaieté diffuse mêlée d'inquiétude, s'inscrivit sur ses traits tirés. Flavia se reposa sur le large accoudoir de cuir, puis d'un regard dur, inspecta les deux espions inanimés. Un jeune couple athlétique qu'un organisme de santé aurait volontiers recruté pour vanter la vie au grand air, le manger bio et une activité physique régulière. Il émanait de l'homme, même inerte, une impression de force tranquille. Son T-shirt blanc ajusté dessinait son torse et ses bras musclés et elle devinait des jambes solides cachées derrière le tissu bleu du jean. Une coupe courte, des cheveux noirs rebelles, une ecchymose pourpre sur la joue et une barbe naissante sur une mâchoire carrée. *Pas mal... Dommage que tu sois du mauvais côté*, songea-t-elle. Quant à la fille, son visage fin aux pommettes hautes gisait sur la moquette au milieu du plumeau de sa queue-de-cheval. Un pan de son chemisier blanc cassé sortait de son jean stretch moulant ses jambes minces et elle l'imagina facilement donner des cours dans une salle de gym.

— Ma vie partait déjà en lambeaux, mais vous, vous avez tout foutu en l'air, murmura-t-elle.

Gino, accroupi près de l'agent, détourna son regard pour la scruter avec affection puis revint vers le corps à ses pieds.

— Je lui ai fait une belle estafilade, constata-t-il en examinant l'homme à terre. *Porca vacca*, il se réveille !

Gino observa la moquette, cherchant la seringue.

— Pas sûr qu'il ait eu la dose complète, le gaillard.

Jazz gémit de nouveau et se redressa sur ses avant-bras.

— Tu crois qu'on peut lui demander où est mon fils ? Il est en état ?

Gino opina. Il saisit l'espion aux épaules, le secoua puis se pencha à son oreille :

— Ne t'inquiète pas, t'es en vie. Oh ! Tu m'entends ? Une ambulance vous conduira à l'hosto, mais avant tu vas nous dire où se trouve Tonio Cortisone.

Les pupilles de Jazz s'écarquillèrent et il bredouilla d'une voix pâteuse :

— Aucune idée... Oh ma tête, lâcha-t-il en exagérant la douleur. Je... Je ne me souviens pas.

Jazz se remémorait très bien Tonio prisonnier de la cave d'Anna, mais ensuite, son excursion en ville avait viré à la catastrophe : il s'était réveillé nu et enchaîné dans le sous-sol de Giovanni Cortisone et, à sa connaissance, seule Framboise pouvait dire ce qu'il était advenu de Tonio. L'agent n'imaginait pas une seconde envoyer Flavia et Gino sur la piste de la jeune femme alors il déglutit, renversa sa nuque en arrière et balbutia de nouveau :

— Je ne me rappelle pas. Mon cerveau... Pff... Un vrai trou noir.

Flavia se leva et chuchota à son acolyte :

— Il est encore un peu dans les vapes, tu ne crois pas ?

— On dirait bien. Nous devons l'embarquer, avec la fille. Mais avant ça, il faut s'occuper de sa blessure à la tête. Sinon il va tout saloper et on devinera qu'il s'est passé quelque chose ici.

— Ah ça non, pas question. Je veux qu'on pense qu'ils sont partis, au moins pendant un temps. Je n'ai vraiment pas besoin de me coller encore plus de policiers aux fesses.

— *Capisco*, acquiesça Gino en traversant le salon vers la salle de bains, mais je ne suis pas certain que ce soit suffisant. Framboise devrait rappliquer sous peu. Faudrait pas qu'elle se mette à fouiner, elle a déjà fait assez de dégâts. Moi, à chaque fois que j'ai quitté une fille en douce au matin, j'ai laissé un petit mot.

— T'es un beau salaud !

L'homme de main sourit, dessinant deux légères fossettes dans ses joues lisses. Il revint vers Flavia avec une serviette de toilette.

— Pas si vache que ça, tu me connais ! Un court message, cela aide à faire passer la pilule, non ?

Il s'accroupit sur la moquette et plaqua le tissu sur le crâne de Jazz. Une auréole de sang imprégna aussitôt les fibres. Il tapota l'entaille, Jazz gémit et ses yeux troublés reprirent vie. Flavia Cortisone se tourna vers l'agent des SOCISS :

— Tu vas rédiger un message à la jeune femme, à cette Framboise. Depuis l'arrestation de Giovanni, on ne voit qu'elle partout et je ne voudrais pas l'inquiéter, où elle risquerait d'enquêter dans toute la ville. Je n'ai aucune envie qu'elle se doute de quelque chose et revienne mettre la pagaille dans mes affaires. Tu te sens capable d'écrire ?

Une lueur passa dans le regard sombre de Jazz et il bougea ses doigts. Il hocha la tête. Il griffonnerait quelques lignes… et attaquerait. Un stylo pouvait tuer.

— Je… Je crois que je vais y arriver, bredouilla-t-il d'une voix pâteuse.

Une occasion en or de laisser des indices, songea-t-il.

— Magnifique, déclara Flavia. Alors tu baratines, comme tous les hommes. Tu lui jures qu'elle est une perle rare, tu lui rappelles combien elle est forte et intelligente pour avoir survécu à la mafia et à quel point ton métier d'espion t'oblige à partir immédiatement dans une nouvelle mission.

— Splendide ! s'exclama Gino. Tout à fait le genre de mots que j'ai parfois écrit.

— Et que de gros rustres m'ont laissé avant Giovanni, renchérit Flavia. C'est pour ça que tu vas rajouter aussi quelques lignes qui ne ferment pas totalement la porte, pour maintenir un peu d'espoir. Tu vois Gino, la pilule, elle passe mieux comme ça. Même si l'espoir est bidon. Parce que les filles désespérées, elles font n'importe quoi. Avoir quelque chose à quoi se raccrocher donne de la patience.

Gino claqua des doigts et ordonna :

— Lève-toi, prends un fauteuil.

Jazz redressa le buste, s'appuya sur ses cuisses et chancela jusqu'au canapé. Flavia lui tendit un stylo et une feuille blanche à en-tête de l'hôtel qu'elle détacha du livret d'accueil. L'espion commença à écrire. Quelques minutes plus tard, il relevait les yeux.

— Voilà.

— Montre !

Gino lui arracha la page des mains et entreprit de déchiffrer l'écriture en pattes de mouche.

Ma très chère Framboise, lut-il. Et bla bla bla, et bla bla bla... Tu nous as écrit un roman !

Il continua sa lecture.

Toi, Framboise, tu es une étoile qui fonce, et parce que tu fonces sans jamais douter de la victoire, tu mets parfois les pieds dans le plat. Mais je reconnais bien aisément que sans toi et tes Mammas (salue bien Anna), je serais peut-être encore accroché au mur dans les sous-sols de la mafia ou, pire, mangé par les poissons.

— Ouais, et nous n'en serions pas là, lâcha Gino. Et ça continue... Ah, enfin !

... ma vie chaotique est peu compatible avec celle d'une jeune femme belle et créative comme toi.

— Très bien, ça !

La vie d'un agent de renseignements est faite de longues planifications et préparations, de beaucoup d'imprévus, de perte de contrôle et d'adrénaline. J'ai choisi cette vie d'aventurier passionnante et rude, excitante et dangereuse, et je n'en changerais pour rien au monde malgré les dangers. Être un agent, c'est vivre caché et changer de peau trop souvent, au sacrifice de la sincérité. Alors, quand l'occasion d'être sincère se présente, je ne la gâche pas. Aujourd'hui, même si j'ai du mal à l'écrire, je dois te dire, Framboise, qu'il faut que je quitte Gênes, non sans un pincement au cœur et beaucoup de nostalgie. Je crois qu'on m'attend déjà à Saint-Pétersbourg. Il semblerait qu'on y farcisse de cocaïne les grains de caviar. Au fait, sais-tu que tu vas devenir célèbre ? Profite bien des portes qui vont s'ouvrir.

Blues McIntosh (Agent K6)

PS : Framboise, tu ferais une espionne magnifique. Si un jour tu veux être une SOCISS, appelle le 8197 de n'importe où au Royaume-Uni et demande à parler au comte de Cagliostro. On te demandera : « Montecristo, vous voulez dire ? » et tu répondras : « Non, il est enfermé au château d'If, je veux un homme libre ». Ensuite, on te donnera des instructions.

Gino fronça les sourcils :

— Le post-scriptum, tu pouvais peut-être t'en passer, non ?

Jazz releva les yeux vers lui, pointa son index vers Flavia et marmonna :

— Elle voulait un mot avec de l'espoir. Le post-scriptum, c'est pour l'espoir.

Il se crispa sur son siège. Gino remarqua les pectoraux de l'homme gonfler son T-shirt et son poing se resserrer sur le stylo. Il n'hésita pas une seconde et pressa la gâchette. La seringue se ficha dans l'épaule de Jazz qui afficha un rictus contrarié. Puis son menton s'effondra sur sa poitrine. Flavia, dans un des fauteuils du salon, avait incliné sa nuque vers l'arrière et fermé ses paupières lasses.

— Gino, je suis bien trop vieille pour ces bêtises. Auparavant, je n'ai jamais usé de violence. Toute ma vie, je ne me suis occupée que de la compta. Giovanni s'affichait sur le devant de la scène et je pilotais la boutique dans l'ombre. J'ignore même s'il m'en était reconnaissant.

— Je sais, Flavia, je le sais bien. Je ne suis plus de la première jeunesse, moi non plus. Mais c'est pour Tonio, tout ça.

Il balaya l'air en désignant les agents sur le sol. Flavia Cortisone se pencha en avant, posa ses coudes sur ses genoux et cacha son visage dans ses mains. Ses yeux s'embuèrent.

— Mon fils. Où est-ce qu'il peut être ? Tonio n'est pas le plus malin de mes deux garçons, mais il a toujours donné de ses nouvelles. Tu crois qu'ils l'ont tué ?

— Je n'en sais rien, Flavia, peut-être. Mais ces agents obéissent à d'autres règles que la mafia, grimaça Gino en haussant les épaules. Ils ne tuent pas aussi facilement.

Il jeta un œil sur les deux espions inconscients :

— Ils sont tous les deux dans les vapes, il faut qu'on décampe maintenant.

Elle décrocha le combiné sur la commode de l'entrée, appuya sur le 0 pour la réception et déclara :

— Bonjour. Ici la suite *Mademoiselle Sans-Gêne*. Il est temps pour nous de quitter les lieux, le devoir nous appelle. Vous pourriez dire à notre amie, quand elle reviendra, que la chambre est toute à elle et qu'elle est payée pour trois jours ?

— *Bien sûr, madame. Nous lui passerons le message. Est-ce que vous souhaitez que nous fassions le ménage ?*

— Non, non, ce ne sera pas nécessaire. Merci.

Flavia raccrocha.

— Attends, une dernière chose. Passe-moi la serviette, je dois nettoyer. Et recouvre bien ces deux-là sous le linge dans le chariot.

Flavia frotta le coin de la commode, effaça toute trace de sang et navigua dans la pièce.

— Gino, j'embarque les carnets. Tous les secrets de Cosa Nostra écrits de ma main. De quoi m'envoyer finir ma vie en prison. Oh flûte !

Elle se hâta vers la chambre et vérifia les tiroirs de la table de nuit sans rien trouver.

— Flavia, qu'est-ce que tu fais ? appela Gino à mi-voix. Nous devons partir, là ! J'entends du bruit dans le couloir.

— J'arrive, cinq secondes ! Je cherche un livre de comptes, il en manque un.

Elle contourna le lit, ouvrit le battant de la penderie et s'exclama :

— C'est bon, je l'ai ! Il était planqué dans le coffre.

— Flavia ! Viens, supplia Gino.

De l'autre côté de la porte, le grincement des roues stoppa. Gino sentit son pouls s'emballer. La poignée s'abaissa. Il bondit, avança le chariot à linge et bloqua l'entrée. Il afficha un air contrit tout en lissant son uniforme d'homme de ménage et lança à la femme de chambre :

— Je ressors. On vient de me prévenir. La suite doit être laissée telle quelle, déclara-t-il en agitant son portable.

Dans la chambre, Flavia plaqua sa main sur sa bouche. Sa peau se hérissa, un voile glacé recouvrit son front et ses yeux affolés parcoururent la pièce. Elle prit le dossier, expédia la serviette tachée de rouge au fond du boîtier blindé et entendit une voix féminine grommeler d'un ton désabusé :

— Ah ? Ah oui, tiens, je viens de recevoir le message aussi. Ils préviennent toujours à la dernière minute. Je fais la chambre d'à côté alors.

Les couinements de roues reprirent, Flavia se laissa aller contre le mur, renversa sa tête puis referma l'armoire et courut jusqu'à Gino.

— C'est bon, Gino, on se sauve, murmura-t-elle

Ils marchèrent à pas rapides vers le monte-charge en poussant le chariot contenant les deux agents et descendirent au sous-sol. Flavia ouvrit la porte de service, Gino propulsa le chariot sur le béton et transféra les corps inertes de Melody et Jazz dans le minivan. Si la fille était légère et élastique, on ne pouvait pas en dire autant de l'homme athlétique aux muscles denses. Il enlaça Jazz par la taille, le hissa à hauteur de poitrine puis expédia l'espion à l'arrière du véhicule. Il essuya une goutte de sueur sur son front et râla. Gino souffla, passa une main dans ses cheveux et démarra le moteur. Flavia déposa son sac entre ses jambes et se tourna vers lui, les yeux brillants et déterminés :

— S'ils ont tué Tonio, ils vont le payer cher. Très cher.

Chapitre 4

Framboise s'était décidée à quitter le luxe du Grand Hôtel Savoia l'après-midi suivant la disparition de Jazz. Sans lui, la suite désertée avait perdu tout son charme. Et elle ne supportait plus les sonneries du téléphone, les demandes d'interview, les journalistes aux aguets dans les fauteuils à la réception et les paparazzis embusqués derrière les colonnes de marbre.

Elle s'était réfugiée trois jours durant dans un appartement médiocre qu'elle louait dans une barre anonyme derrière la gare Principe et le supermarché Carrefour. Une tenace odeur de renfermé gangrenait la salle de douche, les années avaient terni le mur jaune du salon et le plafond s'écaillait par endroits, signalant d'anciennes fuites d'eau chez le voisin du dessus, mais ce petit deux-pièces présentait l'immense avantage de se situer sur le même palier que celui des parents de Nicolo.

Elle s'était attachée au garçon. Il avait treize ans maintenant, la langue bien pendue, et elle lui devait une fière chandelle. Toute la presse gravitait autour d'elle, mais Nicolo avait lui aussi contribué à la chute du parrain. Sa mère était charmante et, si son père s'était renfermé sur lui-même et avait renoncé à se battre après l'accident qui l'avait envoyé dans un fauteuil roulant, il l'avait malgré tout laissée s'immiscer dans leur vie sans protester. La famille l'avait accueillie à bras ouverts et Nicolo avait sauté de joie en découvrant qu'elle s'était installée dans l'appartement de l'autre côté du mur. Elle projetait de les aider de son mieux et, grâce à eux, ce premier dimanche après l'arrestation de Giovanni Cortisone et le retour des Mammas à Milan s'annonçait moins solitaire que prévu.

Son pouce feuilleta la centaine de pages de sa courte biographie et un courant d'air frais emporta l'arôme du papier neuf vers ses narines.

La Folle Erreur de Don Cortisone, une jeune femme face à la mafia... Son existence entière exposée au public. À vingt-six ans ! Elle se trouvait bien trop anodine pour que l'on raconte sa vie, mais *Modes et Décoration*, qui avait commandité l'ouvrage, tenait à surfer sur le succès phénoménal de ses bottes à franges, des bottes sur lesquelles se précipitaient toutes les femmes d'Italie depuis que son rôle dans la chute du parrain s'étalait dans les journaux. « Une publicité grandiose et inégalée, s'était exclamée sa biographe enthousiaste en calculant ses futures ventes, et ton business en bénéficiera aussi, Framboise ! » En effet, son idée de bottines ethniques avait révélé un large public avide d'industrie éthique et de produit bio. Elle avait apporté une bouffée d'oxygène dans un marché saturé. Et maintenant que ses patrons avaient été mis sur la touche, elle comptait bien reprendre la responsabilité du business qu'elle avait créé. Elle avait du pain sur la planche.

Elle rejeta ses cheveux châtain roux sur ses épaules, puis reposa sa bio sur le laminé blanc de la table pliante en se demandant si la couverture n'était pas un peu trop prétentieuse. Le photographe avait décidé d'envoyer un clin d'œil narquois à ses anciens employeurs véreux en la capturant de plain-pied devant une de leur boutique MA & L. Elle avait posé pour lui, à la fois gênée et excitée. La photo la montrait avec des bottines à franges, une de ses créations, et une simple jupe noire plissée lui arrivant au-dessus du genou et mettant en valeur ses jambes. Une blouse à longues manches et large col en V d'un émeraude foncé faisait ressortir sa peau pâle et s'accordait avec ses yeux gris-vert. Afin de donner un effet « capturé sur le vif » et du volume à ses cheveux, le photographe avait souhaité qu'elle balance la tête de droite à gauche comme une pimbêche. Elle s'était exécutée, mal à l'aise, se sentant l'âme d'une starlette s'efforçant de séduire un parterre de professionnels lors d'une audition. Elle était certaine qu'il avait renforcé les couleurs. En réalité, ses yeux n'étaient pas aussi clairs et elle ne se souvenait pas que les rayons du soleil aient jamais donné à sa chevelure ces éclats lumineux et presque orangés. Le tout renvoyait l'image d'une fille tendance, audacieuse et confiante, alors qu'elle n'avait fait que se révolter face à l'injustice avec l'énergie du désespoir. Un frisson d'embarras lui parcourut le dos. Elle se sentait bien moins courageuse qu'on ne le disait et, sans l'aide des Mammas, elle n'aurait jamais pu réussir.

Surtout, elle avait rencontré Jazz. Elle n'aurait pas survécu sans l'agent des SOCISS et sa collègue Melody. L'arrestation de Don Cortisone se révélait autant leur victoire que la sienne. Depuis, elle avait relu cent fois la lettre qu'il lui avait laissée dans la suite du Savoia. La disparition de Jazz l'effrayait. Un stress insidieux l'enveloppa soudain et lui glaça l'échine. Elle se figea. Des conclusions cruelles lui traversèrent l'esprit. Non ! On ne pourrait pas lui faire avaler que Jazz, son bel espion, l'avait abandonnée de façon aussi désinvolte.

En premier lieu, la serviette trouvée dans le coffre, avec ses taches rouges, était vraiment trop louche. Et son message ! Il était truffé d'inexactitudes. À commencer par sa signature : Blues McIntosh ! Soit il se moquait d'elle, ce qu'elle refusait d'accepter, soit il appelait à l'aide. *Il aurait tout aussi bien pu écrire « au secours »*, avait-elle conclu. Et il y avait ce « salue bien Anna », comme si elle allait passer le bonjour à cette traîtresse qui l'avait dénoncée à Cortisone ! Les Mammas s'étaient montrées merveilleuses, mais un ver insoupçonné avait rongé le fruit dès le début et elle avait failli en mourir. Non, les moments extrêmes que Jazz et elle avaient partagés, craignant pour leurs vies, et les nuits d'amour aussi, cela ne pouvait pas finir ainsi.

Tout ce que Framboise souhaitait maintenant était un peu de calme, du repos et retrouver Jazz. Trois jours déjà, lents et interminables, sans aucune nouvelle. Elle attrapa son cocktail litchi-gingembre et se renversa en arrière dans le petit canapé usé qui s'affaissa sous son poids. Qu'étaient devenus les deux espions ? Elle était convaincue que Melody et Jazz s'étaient replongés jusqu'au cou dans les ennuis. Mais par quel bout débuter les recherches ? Elle soupira et vida son verre. Au moins, les journalistes la laissaient tranquille. Personne n'avait encore déniché sa planque. Elle se leva, partit récupérer dans la cuisine un bloc de parmesan et un sac en papier contenant quatre poivrons bio achetés chez Ahmed, le primeur en bas de l'immeuble, puis s'en alla frapper à la porte de ses voisins.

— *Entre, Framboise, entre !* cria Mattea à travers la cloison.

Elle traversa le couloir où s'entassaient les chaussures et pénétra dans la petite salle à manger. La table, un modèle suédois bas de gamme blanc et éraflé, occupait une position centrale. Depuis l'accident de Carlo, le meuble avait été rétréci et la rallonge reposait appuyée contre le plâtre blême du mur. La pièce embaumait la viande mijotée, les herbes méditerranéennes, l'ail et l'oignon grillé. Paolo Conte fredonnait en sourdine « *it's wonderful, it's wonderful, good luck my baby, it's wonderful...* » La mère de Nicolo sortit de la cuisine attenante en essuyant ses longs doigts fins de couturière sur son tablier à carreaux. Le sourire spontané qui égaya son visage las lui fit chaud au cœur.

— Tiens, cadeau, du parmesan pour les pâtes et, ça aussi, c'est pour toi. Regarde comme ils brillent, ils sont magnifiques.

Framboise lui offrit les poivrons vert, orange, jaune et rouge. Mattea redressa sa silhouette mince et droite et une expression fugace, indéfinissable, ternit ses pupilles noires cernées de fatigue. L'instant d'après, elles avaient retrouvé leur chaleur bienveillante.

— Ce n'était pas nécessaire, tu sais... mais merci. Ça me donne envie de préparer une salade croquante multicolore.

— Ce n'est rien et ça me fait plaisir. Je ne peux pas manger avec vous et ne rien apporter.

— Je vais les ranger avec les tomates.

Framboise la regarda avec tendresse s'éloigner d'un pas pressé vers la cuisine étroite. Mattea avait à peine dépassé la quarantaine et déjà ses cheveux frisés couleur noisette s'émaillaient de bouclettes grises. Le foyer ne tenait que grâce à elle et les longues heures passées dans l'atelier de confection lui autorisaient peu de répit. La paralysie de son mari – et la perte de salaire qui en avait découlé – avait représenté un coup de massue. L'arrestation de Don Cortisone et la fin des enveloppes qu'il leur versait pour que Nicolo joue les espions avaient rajouté une difficulté supplémentaire. Mattea revint vers elle en se frottant les mains de plaisir, le visage réjoui et des pattes d'oie rieuses au coin des yeux.

— Prêts à vous régaler ?

Framboise se mordit la lèvre. Sa célébrité subite lui promettait un avenir radieux et la logique voulait que ce soit elle qui soutienne Mattea, mais l'absence de Jazz lui rongeait les sangs. Un flot amer lui serra la gorge. En revanche, il émanait en permanence de la mère de Nicolo une gaieté subtile et inoxydable qui lui remontait le moral. Mattea absorbait les coups durs, courbait l'échine et laissait les tempêtes la traverser avant de rebondir dans la vie ; alors qu'elle-même était plutôt du genre à batailler vaille que vaille dans la tempête en encaissant les coups jusqu'à obtenir gain de cause. Ou pas. Elle questionna :

— Où est Nicolo ?

— Parti manger chez un copain, répondit une voix grave dans son dos.

— Tiens, tu es là, Carlo ? Tu n'es pas en bas avec tes amis ? s'étonna-t-elle.

Emprisonné dans son fauteuil roulant, en jean usé et T-shirt serré, l'homme au torse massif et aux jambes mortes lui expédia un regard noir.

— Tu me croyais au bar ?

— Eh bien... pour être honnête...

— Nicolo parti, je reste coincé ici. Qui peut me descendre ? Je ne vais pas me jeter dans les escaliers, grommela-t-il.

Ses paumes solides s'écrasèrent d'une rage impuissante sur les anneaux d'aluminium, ses doigts épais et calleux se refermèrent et il se propulsa vers elle. Son visage rectangulaire, symétrique et dur, semblait taillé dans la roche. Son menton et ses joues fermes étaient piqués de poils noirs et drus. D'un geste vif, il remit à sa place une courte mèche brune, dévoilant un pli courroucé sur son front lisse et les pectoraux bien dessinés de l'ancien docker qu'il avait été. Ses yeux marron pétillaient d'une colère contenue. Elle recula d'un pas. Il était presque beau. Elle devinait, derrière la rage de l'homme mûr paralysé, la détresse du garçon charmant qui avait séduit Mattea et, si elle n'avait su que Carlo était cloué dans son fauteuil, elle aurait pu croire qu'il était sur le point de lui sauter dessus. Elle leva ses mains en signe de reddition et l'homme grogna :

— Tu lui veux quoi à Nicolo ?

— Carlo, intervint Mattea d'une voix sereine, laisse donc Framboise tranquille. Allez, à table, installez-vous.

Mattea vint déposer entre les assiettes un plat d'osso buco et du risotto à la milanaise.

— Régalez-vous ! C'est du faux safran bien sûr, mais cela donne quand même une magnifique couleur jaune.

— C'est délicieux, Mattea. Et splendide. Merci, la complimenta Framboise.

La jeune femme pivota vers Carlo.

— Je peux répondre à ta question. Nicolo s'est montré fantastique. Sans lui, je serais morte dans la cave de Don Cortisone. Vous avez un garçon débrouillard et intelligent. Il se donne les moyens de réussir. Et il a su faire le bon choix en décidant de ne plus travailler pour Cortisone. Il possède un sens moral, votre fils. Vous pouvez en être fiers. Vraiment.

Mattea rougit de plaisir. Ses lèvres s'arrondirent en un sourire ineffable. Carlo garda le silence, les yeux dans le vague, puis finit par lâcher :

— Mouais, c'est un bon petit gars.

— Un petit gars qui t'aime, Carlo, précisa Framboise. Il ne le montre pas, mais il capte tout : tes énervements, tes faiblesses, tes victoires. Il n'ignore pas à quel point c'est dur, il est fier de toi, il est fier de ses parents. Il n'a qu'un rêve : gagner assez d'argent pour vous offrir une belle maison. Sans escalier.

Carlo se figea, le couteau pointé vers le plafond dans son poing fermé, puis plongea le nez dans son assiette en serrant les dents. Mattea l'observa tendrement puis recula sa chaise qui racla sur le carrelage. Elle contourna la table. Ses doigts fins caressèrent les cheveux de son homme avant de retomber.

— Je reviens avec la carafe d'eau.

Framboise le vit relever la tête et lutter pour relâcher les mâchoires.

— Il est fier de moi ? Depuis mon accident, il n'y a rien dont il ne puisse être fier, articula-t-il enfin dans un souffle. Je vais changer. Là, il pourra être fier de moi.

Chapitre 5

Le galet dur et rond comme un œuf pressait contre son dos, diffusant une douleur aiguë depuis ses omoplates jusque dans son épaule gauche. Melody racla ses doigts sur la terre sèche avant d'émerger d'un sommeil comateux, l'esprit embrumé, et ouvrit les yeux sur un plafond de béton gris lacéré de longues traînées blanches de plâtre. Suspendue à deux fils électriques, une ampoule solitaire, au repos, la narguait tel un petit fantôme pâle. L'air sec et confiné entre les quatre murs de pierres émit un sifflement en pénétrant ses narines déshydratées et elle prit conscience du profond silence qui régnait, uniquement troublé par le léger souffle de Jazz.

Elle le détailla, toujours inanimé à ses côtés, allongé sur le dos dans la semi-obscurité à même le sol froid. Ses yeux clos fixaient le plafond, ses bras reposaient le long du corps et ses mains avaient été réunies sur son entrejambe. Il gisait, apaisé, en position mortuaire. Ses pectoraux à peine dissimulés sous son T-shirt blanc se soulevaient au rythme de sa respiration et Melody laissa divaguer ses yeux vers l'arrondi de son biceps. À l'approche de la trentaine, il n'avait rien perdu de la superbe de ses vingt ans. Il fallait reconnaître ça à leur métier : tous les deux risquaient sans cesse leur peau, mais leurs corps restaient affûtés comme des rasoirs malgré la course du temps.

Jazz et elle... Que de bons souvenirs, mais il s'agissait d'une époque révolue. Quoique. Avec Framboise hors-jeu, peut-être que la flamme pourrait se raviver, au moins pour une bulle d'oxygène entre deux missions. Au sein des SOCISS, quoi qu'on en dise, les relations entre collègues n'étaient pas si rares. Cela procurait tellement de bien de ne pas mentir et de se confier en parlant sans contrainte.

Elle abandonna le bel agent à ses rêves et son regard acclimaté à l'obscurité se déplaça vers les murs de pierres jointives et le battant métallique et rouillé de la porte incrustée dans la paroi. Une faible lueur venue de l'extérieur s'infiltrait dans la pièce par une petite lucarne rectangulaire. Elle se redressa sur ses avant-bras, à la recherche d'un interrupteur inexistant. Sa queue-de-cheval balaya le sol. *Qui que soient les personnes qui nous ont amenés ici... Flavia !* L'image de la femme au foulard et lunettes noires flasha dans son esprit. Son index se posa sur son cou, là où la fléchette l'avait atteinte. Melody sentit la colère monter et elle se maudit de s'être fait surprendre ainsi. Elle haïssait les anesthésies et cette faculté qu'avait le cerveau de se déconnecter du réel sans son accord et sans préavis. Une trahison qui laissait son corps à la merci de n'importe qui. Son esprit, piégé, sans mémoire aucune. Une décharge subite d'anxiété lui traversa la poitrine, elle s'assit et inspecta ses vêtements froissés. Ses mains remontèrent le long de ses jambes, renfilèrent les pans de son chemisier blanc dans son jean bleu ajusté et parcoururent ses cheveux très bruns et sa queue-de-cheval avant de retomber dans sa nuque sans rien trouver d'anormal. Elle balaya ses pommettes hautes, ses doigts descendirent sur son menton et son cou et elle se leva d'un bond. Elle sautilla, secouant la terre collée à ses vêtements.

Le sol résonna et Jazz frémit. Il ouvrit les paupières. Le plafond flou dansa devant ses yeux vitreux. Jazz demeura silencieux une courte minute avant de se redresser d'un seul mouvement brusque. Assis sur la terre meuble, il reprit son souffle d'une longue inspiration sifflante et s'écria :

— Framboise !

— Quoi, Framboise ?

Melody le dévisageait, étonnée. Jazz bondit sur ses pieds et scanna du regard la petite pièce sombre.

— Tu supposes qu'ils l'ont capturée elle aussi ? ajouta-t-elle en fronçant les sourcils.

— Aucune idée. Peut-être. Si Flavia Cortisone a été capable de nous piéger, elle peut très bien s'être emparée de Framboise.

— Tu te fais du souci pour elle ? Je croyais qu'entre elle et toi, c'était fini, lui jeta Melody en sentant une pointe d'agacement lui titiller l'estomac. *Et moi, je pensais avoir évacué cette jalousie stupide.*

Jazz haussa les épaules et détourna le regard. Ses yeux balayèrent de nouveau la pièce.

— Il va falloir sortir d'ici. Une idée de l'endroit où nous sommes ?

— Une cave. Probablement dans la proche banlieue de Gênes ou à Gênes même. Peut-être sur les coteaux qui tombent des collines, le sol y est en pente. De toute façon, ce ne peut pas être très loin du centre. Ils n'auraient pas pris le risque de nous voir revenir à nous pendant le transport.

— Ils ont dû nous déplacer à l'arrière d'un camion ou dans un coffre, en déduisit Jazz. Tu te sens comment ?

— Bien. Nous anesthésier était gonflé, Flavia et ce type ne nous connaissent pas. Il n'y a pas beaucoup de marge entre l'endormissement et le coma fatal.

— Pas faux.

Melody tapota le cadran de sa montre du bout des doigts.

— Tu sais quoi ? Nous avons passé une nuit entière dans ce trou. Faut qu'on se tire d'ici.

— Une nuit ? *Shit !*

Jazz pinça ses lèvres, concentré. Il se dirigea vers la porte rouillée et frappa la surface de son poing fermé. Un son mat et plein se fit entendre et de fines particules de poudre brune se déposèrent sur ses phalanges. Il poussa sur la paroi de métal aux gonds encastrés dans des piliers de granit. Le battant ne bougea pas d'un millimètre. Il recula d'un pas, observa encore, puis son index soucieux vint titiller son menton et sa lèvre inférieure.

— Ce serait plus simple à travers les murs. Cette plaque d'acier me semble inébranlable.

— Inébranlable, peut-être, mais cela vaudrait le coup d'essayer de la transpercer, répliqua Melody.

Elle sortit son corsage de son pantalon qu'elle déboutonna d'un geste lent tout en le dévisageant, laissant apparaître une frange de dentelle orange phosphorescente. Jazz la fixa quelques très courtes secondes et se rabattit vers le mur qu'il longea en caressant les pierres de sa main. *Oui, c'est ça, va-t'en ! Il n'y a pas si longtemps, tu n'aurais pas hésité à m'aider à baisser mon jean au lieu de me tourner le dos*, songea Melody en se rappelant leurs années d'entraînement à Glasgow. Elle annonça sèchement :

— J'ai mis l'XtremLace Laser inventé par Shipo. La porte n'y résistera pas.

Elle se demanda sur quels nouveaux outils travaillait Shipolivskaya, la géniale technicienne des SOCISS. Les sous-vêtements en dentelle XtremLace que Shipo concevait pour elle joignaient l'utile à l'agréable : chaque modèle dissimulait un accessoire qui pouvait se révéler décisif dans les instants critiques où l'on jouait sa vie. Le très fin câble scie camouflé dans sa culotte noire lui avait permis de découper les maillons d'acier enchaînant Framboise et Jazz aux murs du sous-sol de Don Cortisone. Et L'XtremLace orange qu'elle portait aujourd'hui était composé d'un matériau phosphorescent et abritait sur la hanche un minuscule tube laser de la taille d'un crayon IKEA.

— Écarte-toi un peu, tu veux ? ordonna Melody. Allez, bouge !

Son ton cinglant l'avait surpris. Il la détaillait maintenant avec attention. Elle pointait le laser vers la porte, les jambes écartées, les pieds ancrés au sol et le pantalon à mi-cuisse. Sa culotte luisait d'un halo orange pâle dans l'obscurité. Les yeux de Jazz s'attardèrent sur la dentelle puis remontèrent sur le fin corsage avant que leurs regards ne s'accrochent. Il esquissa un sourire complice. Le visage concentré et tendu de Melody se radoucit. *Peut-être que c'est vrai, qu'il n'y a plus rien entre Framboise et lui.* Elle prit soudain conscience du murmure de voix et du bruit des pas derrière la porte.

— *Oh shit !* souffla-t-elle.

Elle remonta son jean, une clé cliqueta dans la serrure au moment où Jazz la rejoignait au centre de la pièce. La lumière jaillit de l'ampoule au plafond. Le panneau métallique, bien que rouillé, pivota sur ses gonds sans un grincement, révélant un homme, arme au poing. *Un Beretta*, identifia Melody d'un seul regard. Flavia entra ensuite, une lueur désespérée dans les yeux, le canon de son pistolet dirigé droit sur eux.

— Pas un geste ! Ce ne sont pas des fléchettes cette fois-ci. Aucun mouvement inconsidéré ou Gino et moi vous endormons définitivement, avertit-elle avec un trémolo dans la voix.

Melody se décala et modifia ses appuis, accroissant la pression à la pointe de ses pieds, prête à bondir. Elle frôlait le déséquilibre. Ce n'était pas grand-chose, mais tout se jouait parfois à quelques microsecondes. Elle n'avait pas besoin de regarder Jazz pour savoir qu'il faisait de même. Elle jaugea la distance qui le séparait de l'homme puis de Flavia Cortisone. La femme du parrain semblait tendue comme une arbalète et sur le point de craquer. Il ne manquait que quelques millimètres à son doigt crispé sur la gâchette pour que le coup parte. Melody leva les bras en l'air en un mouvement très ralenti et prononça d'une voix douce et basse :

— Nous ne bougerons pas. Vous êtes du bon côté des armes. Où sommes-nous ?

Melody nota l'index qui se relâchait et vit la femme se détendre et expirer longuement.

— Chez moi. Vous croyez que les Cortisone ne possèdent que l'ancienne capitainerie sur le port ? Je n'en reviens pas que vous ayez osé poser une bombe dans le salon. Vous avez détruit cinq cents ans d'histoire ! Giovanni dispose de biens dans toute la ville. Mon époux peut dormir en prison, nos planques sont toujours là.

— La bombe n'est pas de notre initiative, lâcha Melody. C'est un coup de Framboise, mais votre mari l'a bien cherché !

— Je m'occuperai d'elle plus tard, répliqua Flavia.

— Eh, laissez-la tranquille ! Si vous la touchez, je vous traquerai jusqu'à la fin de vos jours, rétorqua Jazz d'un ton glacial. Vous vous lèverez chaque matin en vous demandant si vous n'êtes pas en train de vivre les dernières heures de votre vie et lorsque je vous tuerai, ce sera un soulagement.

Melody l'observa, les yeux froids. Une violence sur le point d'exploser tendait le corps de Jazz et il ne lui avait jamais paru aussi dangereux. Un cobra dressé et prêt à mordre. Elle gardait Gino du coin de l'œil. L'homme en alerte avait resserré sa prise sur la crosse du Beretta.

—Vous y tenez, à cette fille… comme moi, je tiens à mon fils, s'étrangla Flavia. J'ai entendu dire mon mari qu'il avait envoyé Tonio chez ces vieilles dames et qu'il n'était jamais revenu.

— Les Mammas ?

— Elles sont redoutables ! renchérit Melody en souriant. Mais nous ignorons tout de la disparition de Tonio.

— Lui, il sait quelque chose, intervint Gino en fixant Jazz. Je l'ai vu dans son regard.

—Alors, parle ! explosa Flavia. Où je te flingue ici ! T'as trois secondes ! Un, deux…

— OK. OK ! Je vous raconte tout. Ce que je peux vous dire, et ce n'est pas grand-chose, c'est que Tonio a été enfermé dans la cave d'une Mamma. Il s'y trouvait encore quand j'ai été capturé par votre mari.

— Le nom de la femme, siffla Gino.

—Anna.

—Anna comment ? s'égosilla Flavia.

—Aucune idée, répliqua Jazz. Anna des Mammas, c'est tout ce que je sais.

— Et on la trouve où, cette Anna ? glapit Flavia d'une voix stridente.

Son doigt enfonça la gâchette. Le coup partit. La détonation explosa dans la cave, Melody se courba en avant, plaqua ses mains sur ses oreilles. Jazz se tassa sur lui-même. Un éclat de pierre jaillit du mur derrière lui et vint ricocher sur la porte métallique avec un grand *bong*.

—On se calme ! gueula Gino. Tout le monde ! Flavia, toi aussi, s'il te plaît !

Flavia Cortisone acquiesça en tremblant.

— Maintenant, répondez sagement à mon amie. On peut la trouver où, cette Anna ? ajouta-t-il d'une voix doucereuse.

Jazz soupira :

—Elle possède un grand appartement via Arsenio Lupini. Au 18. Troisième étage. Code CC1492.

—Eh bien, voilà ! conclut Gino en attrapant le poignet de Flavia. Nous allons lui rendre une petite visite de courtoisie. En attendant, vous restez au chaud ici.

Il pointa son arme vers eux, son index se crispa sur la détente. Jazz s'élança. Son buste vint percuter Melody, il l'entoura de ses bras, la plaqua au sol et se coucha sur elle. Gino étouffa un rire puis menaça :

— Si je me déplace là-bas et que je découvre que vous m'avez menti, je reviendrai. Et cette fois, je ne ferai pas semblant.

Il entraîna Flavia et claqua la porte. Le métal résonna sur la pierre puis la lumière s'éteignit. Melody grommela :

— Je m'en serais sortie toute seule. Mais merci. Je vois qu'il n'y a pas que Framboise qui compte.

— Il n'y a rien entre Framboise et moi, s'agaça Jazz.

Melody demeura un instant silencieuse.

— Bon. Reprenons là où nous avons été interrompus.

Elle se leva, se planta à ses côtés et déboutonna son jean pour la deuxième fois. La pâle lueur orangée se diffusa autour de sa taille. Elle eut le sentiment que le passé la rattrapait quand Jazz tendit ses bras et lui baissa son pantalon à mi-cuisse, dévoilant sa culotte XtremLace juste sous son nez. Elle sourit. La dentelle phosphorescente se reflétait dans les yeux noirs de Jazz. Sa main descendit vers le microlaser sur sa hanche. Elle le sortit de son étui, l'activa et le braqua sur la serrure de métal

Chapitre 6

Malgré tout ce qu'elle venait d'y vivre, Framboise adorait Gênes. Ses venelles alambiquées cachaient un palais ou une petite église à chaque coin de rue. Le parfum des focaccias, du pesto maison et des épaisses galettes de pois chiches cuites au four s'élevait depuis les *trattorias* familiales, essaimées sur des placettes discrètes. Elle chemina dans les *vicos*[4], laissant bien au nord la via Garibaldi, la seule avenue rectiligne de la ville ancienne où s'alignaient les demeures somptueuses des doges ayant régné à tour de rôle sur la République de Gênes.

Elle abandonna peu à peu les ruelles étroites de la cité moyenâgeuse, traversa la voie du 12 octobre, date anniversaire de l'arrivée aux Bahamas de Christophe Colomb, et déboucha devant le palais de justice. Le bloc massif de pierre beige, de verre et d'acier plongeait la rue dans l'ombre, imposant sa présence du haut de ses dix étages. Elle gravit les marches deux à deux et franchit le portique détecteur de métaux. Le policier de garde la reconnut aussitôt — après tout, Cortisone et elle monopolisaient les grandes pages des journaux — et n'hésita pas à la laisser monter seule l'escalier vers le bureau du procureur.

Une odeur de café flottait dans la pièce. Des armoires métalliques submergées de classeurs gris recouvraient deux murs complets et une lumière terne trouait la vitre sale. Elle s'avança sur le linoléum strié de traces noires. Abrité derrière un plan de travail enseveli sous les dossiers cartonnés, Evangelisto Carminorosso abandonna les feuillets qu'il consultait. Le procureur était un petit homme aux cheveux rares et au

---

[4] Étroites ruelles ou passages entre les immeubles.

visage rond que l'on aurait pu croire mou et jovial s'il n'avait été transpercé de deux yeux durs comme des noisettes, toujours en alerte. Il se départit de son air studieux et ébaucha un sourire amical avant de la saluer telle une vieille connaissance :

— Bonjour Framboise. Ravi de vous revoir, grâce à vous, je lève le nez de mes papiers. Asseyez-vous. Pas trop désœuvrée en ce moment ?

— J'ai failli mourir deux fois en deux semaines. Alors, une semaine normale, c'est appréciable. Je reprends mon souffle, Monsieur le Procureur.

Son visage se tendit. Les embruns et la sensation du vent froid sur son corps nu resurgirent soudain. Elle frissonna et, comme ce soir-là où les deux frères Luigi et Tonio Cortisone l'avaient jetée à la mer, referma ses bras sur sa poitrine. Heureusement, Jazz avait jailli des eaux pour la sauver. Elle se mordit l'intérieur de la joue. Ses yeux refirent le point sur Carminorosso. Le procureur ne payait vraiment pas de mine dans son pull à losange bordeaux et gris. Elle se reprit et ajouta :

— J'ai de quoi m'occuper : ma biographie sera demain ou après-demain dans toutes les librairies.

— Votre biographie ? Déjà ? Vous ne perdez pas de temps...

— La presse est toujours pressée. Ils pensent que mon histoire pourrait intéresser des lecteurs. Il s'agit plus précisément d'une courte bio, je n'ai pas tant vécu. La journaliste avait un modèle clé en main.

— Eh bien, qu'ils ne se précipitent pas, votre vie promet de s'enrichir encore. Vos anciens patrons sont en prison. Qui dirige les boutiques MA & L aujourd'hui ? Un administrateur judiciaire. Et cet homme fonce droit vers le burn-out. Trop de boulot, même s'il ne l'admettra jamais. Les entreprises en redressement sont légion et il n'arrive plus à suivre. Mon rôle est de protéger les intérêts de la société. Le tissu industriel et économique en fait partie. Alors, je lui ai proposé de vous confier la direction du groupe, du moins temporairement, dans un premier temps. Qu'est-ce que vous en dites ?

— J'en dis que... vous êtes sérieux ?

Framboise le dévisageait, incrédule.

— Diriger MA & L ? Mais je ne possède pas les compétences !

Carminorosso leva les yeux au plafond, accentuant l'accent circonflexe de ses sourcils touffus, puis sourit d'un air affable, quitta son fauteuil et contourna le bureau :

— Mot pour mot ce qu'il m'a rétorqué ! Mais il a fini par céder. Vous êtes douée d'un talent créatif, le succès de vos bottes à frange est incontestable. Vous êtes courageuse et opiniâtre, vous avez défié la mafia et...

— Je n'imaginais pas que mes patrons blanchissaient de l'argent sale !

— Et vous possédez du leadership. Vous avez su convaincre ces petites dames...

— Les Mammas

— Vous avez réuni les Mammas autour de vous pour monter une équipe de choc et arriver à vos fins. Je pense que vous placer à la tête du réseau MA & L se justifie complètement.

Framboise resta muette, immobile sur son siège. Son cœur battait la chamade. Son index tritura une mèche rousse. Ses jambes fourmillaient d'excitation. N'y tenant plus, elle se mit debout, tourna autour de sa chaise et s'appuya bien droite, les mains crispées sur le dossier, face au procureur. Si elle prenait la direction de la cinquantaine de boutiques du chausseur italien, fini les arguments stériles et les discussions interminables en réunion *Feel good in your shoes*[5] pour convaincre l'équipe de la justesse de ses vues. Elle pourrait donner vie aux images qui naissaient dans sa tête, augmenter les salaires des ouvrières dans les ateliers de confection — aider Mattea et Carlo ! — et remercier les Mammas à la hauteur de leur immense soutien et des risques qu'elles avaient courus pour la secourir. Sans un mot, elle opina du chef vigoureusement, le regard pétillant.

— Cette décision constituerait un excellent choix, continua le procureur. Votre réussite commerciale, votre combat et tout le cirque médiatique qui vous entoure vous ont rendue populaire. Vous paraîtrez légitime aux yeux du public, les clientes vous suivront et je ferais en sorte que vous soyez épaulée dans cette mission. Alors, vous êtes convaincue ?

---

[5] Se sentir bien dans ses pompes.

Une esquisse de sourire se forma enfin sur ses lèvres jusqu'à ce que la joie illumine son visage. Elle lâcha d'une voix vibrante :

— D'accord ! Mais il est bien entendu que j'agis comme je le veux ?

— Dans la mesure où vous préservez les emplois et sécurisez les activités, vous avez carte blanche. Et si vous faites croître l'entreprise et devenez riche, personne ne viendra vous chercher des poux dans la tête, au contraire. L'administrateur judiciaire va s'attaquer à la montagne de paperasse à remplir et vous contactera. On avance comme ça. Des questions ?

— Rien à voir, mais est-ce que vous avez des nouvelles des deux espions écossais ? Jazz et Melody ?

— Les deux SOCISS ? Aucune info. Ce n'est pas mon rayon. Autant que je sache, la mission est accomplie et, Cortisone étant sous les verrous, ils sont rentrés traquer Nessie en buvant du whisky.

— J'ai découvert des traces de violence. Du sang.

— Ah ! C'est regrettable, mais nous ne pouvons rien faire. Les agents étrangers ne sont pas de notre ressort. À leur gouvernement d'agir. Non, ceux qui m'intéressent, moi, ce sont Flavia Cortisone, elle nous expliquerait les points obscurs dans les livres de comptes, et surtout Tonio : le fils Cortisone est une brute qui devrait rejoindre son père et son frère derrière les barreaux.

Framboise entrecroisa ses doigts. Ses lèvres se pincèrent en une moue équivoque et elle se remémora les trois dockers à qui elle avait confié Tonio. Saucissonné dans le tapis d'Anna la fourbe. Ils l'avaient déposé endormi et drogué dans un container en partance pour New York. Elle s'était assurée qu'il eut des vivres, mais elle ne pourrait jurer qu'il ait survécu. Non pas que cela l'empêche de dormir ; Tonio avait tout fait pour la tuer. Mais tout de même, elle ne se voyait pas avouer ça à Carminorosso. Elle repoussa le dossier de sa chaise, les pieds couinèrent sur le linoléum.

— Je n'ai absolument aucune idée d'où se trouve Tonio. J'espère bien ne jamais revoir ce salaud. Et Flavia non plus ! se hâta-t-elle d'ajouter. Merci de votre confiance, Monsieur le Procureur, je ferai de mon mieux pour MA & L.

Evangelisto Carminorosso observa la porte se refermer, les sourcils froncés puis haussa les épaules et se replongea dans ses dossiers. De retour dans son appartement près de la gare, Framboise se rua sur son portable et appela Gina en sautillant tout excitée autour de la table basse :

— Allo, tata, c'est Framboise. Devine pourquoi je te téléphone ?

— Salut ma chérie ! Tu as eu une autre idée, c'est ça ? Qu'est-ce que tu nous concoctes maintenant, les tongs à franges ?

— T'es bête ! Non, devine qui te parle au bout du fil ? La nouvelle directrice de MA & L ! Tu te rends compte ? Des millions de chiffre d'affaires et des centaines de salariés. Toutes mes idées vont pouvoir prendre vie !

— Tu ne vas pas pédaler dans la semoule ? Tu veux que j'appelle les autres pour t'aider ?

— Non, non, je n'ai pas besoin des Mammas, je travaillerai avec les équipes actuelles. Tu sais quoi ? Ma première décision, puisque Michelangelo et Leonardo sont maintenant hors-jeu, sera de rebaptiser les boutiques et de remplacer leurs initiales MA & L par *Raspberry Follies*[6].

— Oh la la la la la la ! *So british*, la classe ! Vous viendrez déguster mon *panettone* avec... Au fait, tu as des nouvelles de Jazz ?

— Jazz a disparu, tata.

— Comment ça, disparu ? T'es toujours en carafe ?

— Oui, mais cela ne va pas durer. Bises, je t'embrasse.

Framboise raccrocha. L'inquiétude, estompée par l'annonce inattendue du procureur, revint lui tordre les entrailles. Son cerveau ne parvenait pas à se détacher de la serviette blanche ensanglantée trouvée dans le coffre du Grand Hôtel Savoia. Ne sachant qu'en faire, elle l'avait emballée dans un sac plastique qui dormait maintenant sous son évier de cuisine avec les produits ménagers. Elle serra le poing d'impuissance : la suite Mademoiselle Sans-Gêne avait été le témoin d'un événement dramatique et elle seule s'en préoccupait ! Elle retourna pour la millième fois vers la lettre de Jazz. Sa disparition n'était plus tenable, Jazz avait besoin d'elle. Une crise d'angoisse lui torpilla la poitrine, elle se

---

[6] Les folies de Framboise.

cramponna à la table basse. Ses yeux sautèrent directement au bas du message.

Si un jour tu veux être une SOCISS, appelle le 8197 de n'importe où au Royaume-Uni et demande à parler au comte de Cagliostro. On te demandera : « Montecristo, vous voulez dire ? » et tu répondras : « Non, il est enfermé au château d'If, je veux un homme libre ». Ensuite, on te donnera des instructions.

Sa respiration saccadée retrouva un rythme régulier, elle fouilla dans son sac à la recherche de son téléphone, se jeta dans le canapé et composa l'indicatif international du Royaume-Uni suivi du 8197. Une femme lui répondit :

— *I am listening*[7].

— Je désirerais parler au comte de Cagliostro.

Après un instant, une voix d'homme enchaîna en français :

— *Montecristo, vous voulez dire ?*

Framboise soupira.

— Mais non, il est enfermé au château d'If, c'est un looser, Montecristo. Je veux un homme libre.

Il y eut un silence puis la voix reprit.

— *Désolé, vous avez dû faire un faux numéro.*

— Quoi ?

Elle regarda le message *Fin de discussion* qu'affichait son écran. *Ils se moquent de moi, là !* Elle rappela, agacée :

— Je voudrais parler au comte de Cagliostro.

— *Montecristo, vous voulez dire ?* répéta la même voix masculine.

Cette fois, j'ai zappé l'opératrice, remarqua Framboise.

— Non, il est enfermé au château d'If. Je veux un homme libre.

— *Le comte n'est pas disponible pour l'instant. Souhaitez-vous lui laisser un message ?*

— Oui. Et ne me raccrochez plus jamais au nez ! Réveillez Cagliostro et secouez-le un peu ! Cela fait trois jours que ses agents Jazz et Melody ont disparu et, si j'étais lui, je commencerais à m'inquiéter avant que ses SOCISS ne soient complètement carbonisées.

---

[7] Je vous écoute.

— Les mots ont leur importance. Soyez précise à l'avenir. Votre message sera transmis. Le comte va prendre les mesures nécessaires et vous remercie pour votre appel.

L'homme raccrocha. Framboise soupira et jeta son portable dans le coussin. *Qu'ils se bougent, et vite !*

Chapitre 7

Tonio Cortisone hoqueta, attrapa en tâtonnant, dans une obscurité quasi totale, la bouteille de Brunello di Montalcino et porta le goulot à ses lèvres. Il engloutit le réputé vin italien dans son gosier. Un filet du liquide rouge sombre suinta de sa bouche et dégoulina sur sa barbe en broussaille. Il bredouilla « J'vais toutes les buter », essuya son front et son menton luisants d'un revers de sa manche constellée de taches avant d'amorcer un lancer de bouteille contre la paroi du container.

Le bourdonnement du *Diamonds are Forever* s'accentua puis le plancher vibra avant de s'incliner sous la houle. Les éclats de verre des bouteilles brisées les jours précédents glissèrent en crissant vers la froide cloison d'acier. Un éclair de lucidité le ramena à la raison, Tonio baissa son bras. La bouteille roula sur le sol de métal et buta contre un os de jambon rongé. Il s'assit en pleurant des larmes d'ivrogne sur le tapis qui lui servait de couche. Il renifla. Les latrines improvisées au fond du conteneur puaient, le vin ranci puait, le vieux jambon puait, lui-même puait, mais il ne sentait plus rien.

Il avait perdu le compte des jours. Il s'était esquinté les poings et la gorge, à force de frapper et hurler, avant d'abandonner tout espoir de signaler sa présence. Il ratissa sa tignasse noire en pétard, rayant son crâne de ses ongles sales afin d'en chasser une sempiternelle démangeaison, racla sa nuque crasseuse, puis un doigt tremblant chemina le long de la cicatrice sur sa joue. Une tranchée dans sa barbe. Il tâtonna dans l'obscurité, s'enveloppa dans une bâche puis marmonna de nouveau son mantra dans un sanglot « J'vais tous les buter ! Salopes de Framboise, de vieilles folles... Enfoirés d'espions ! J'vais tous les buter. » Tonio s'écroula sur le tapis turc dans un sommeil aviné.

À trois kilomètres de là, au volant de son camion encore vide de tout conteneur, Mickey Gambino jeta un coup d'œil à sa montre, observa le policier armé jusqu'aux dents examiner son badge et put enfin pénétrer dans la zone portuaire. Gambino, un petit Italo-Américain trapu aux yeux rieurs et aux rares cheveux noirs et raides lui tombant sur les tempes, emprunta Okinawa street, coupa Dakar street avant de poursuivre tout droit dans Busan et Formose, laissant derrière lui Egypt Street. Il stationna son engin sur le quai de Tripoli au point de collecte des conteneurs géré par Maher l'Iranien, sortit de sa cabine et, sans se soucier du béton huileux d'hydrocarbures, alluma une cigarette.

Gambino porta son regard vers le *Diamonds are Forever*. Vingt ans qu'il prenait livraison ici de spécialités du pays qu'il redistribuait dans la moitié des commerces du Little Italy historique. Enfin, ce qui en subsistait. Il défendait le quartier bec et ongles contre les avancées des Chinois. China Town s'était répandu comme une gangrène et avait déjà corrompu une bonne longueur de Mulberry Street. Lui résistait. Entre Broome et Canal Street, grâce aux gros bras de Nicomedo Lupo et à quelques saccages agrémentés d'estafilades au cran d'arrêt, s'alignaient encore les *ristorante*, les *trattorias* et les *cafés-gelateria*. Il le fallait. Pour l'honneur, pour le pays, pour la Famille. Les Chinois avaient répliqué avant que tous s'accordent pour maintenir un statu quo. Le business avant tout.

L'accès au port constituait une porte ouverte sur tous les trafics. Entre Don Lupo et lui, c'était un échange de bons procédés. Don Lupo calmait les ardeurs expansionnistes de la concurrence et lui fermait les yeux sur ce qu'il découvrait parfois dans certains conteneurs. Non pas qu'il ait vraiment le choix. Une indiscrétion et le parrain veillerait à ce qu'il se taise définitivement. Et les Asiatiques remporteraient la bataille et avaleraient tout cru le restaurant familial fondé par son grand-père. Un tel désastre n'arriverait pas de son vivant. Don Lupo n'avait pas à s'inquiéter : il resterait muet comme une tombe.

Au-dessus de l'immense navire, les grues agitaient sans répit leurs pattes d'insecte métalliques, s'emparant des blocs d'acier pour les déposer à tour de rôle sur les trente-huit tonnes les attendant quarante mètres plus bas en file indienne. La radio crachota un jet de paroles incompréhensibles puis Maher annonça :

— *Mickey, ça va être à toi. Le tien arrive dans trois conteneurs. Palan numéro quatre.*

— OK. Ciao, Maher, à la revoyure.

Mickey Gambino écrasa sa clope contre sa portière, se hissa dans son camion et se joignit au cortège trépidant. Quelques minutes plus tard, son prédécesseur dégageait le quai dans une odeur de diesel, laissant échapper un nuage noir. Gambino s'engagea sous le portique et vint se placer sous le quatrième palan. Dans sa cabine, le dominant de plusieurs mètres, l'opérateur poussa sur des manettes et deux câbles se tendirent au-dessus du conteneur brun-rouge en provenance de Gênes. La brique de métal froid trembla sur sa base et Tonio se retourna dans son sommeil. Le moteur du treuil émit un chuintement, le conteneur survola le cargo et le dock puis amorça sa descente vers le plateau du semi-remorque. Tonio ouvrit les yeux, songea *Ça tangue beaucoup aujourd'hui* avant de refermer ses paupières.

Gambino quitta le port, longea les installations de l'aéroport international de Newark Liberty avant de bifurquer sur sa gauche. Il traversa Staten Island, franchit le pont de Verrazzano puis contourna Brooklyn pour rejoindre une zone d'entrepôts le long de l'East River, derrière le pont de Manhattan. Il ouvrit son hangar et observa les palettes vides. Il était grand temps de refaire le stock. Comme à chaque fois, les yeux de l'homme pétillaient d'excitation à l'idée de découvrir sa nouvelle cargaison. Son conteneur bimestriel était un énorme cadeau de Noël. Il savourait d'avance les prosciutto di Parma et di San Daniele arrosés de Brunello di Montalcino et de Barolo, les panettones, l'huile d'olive de Toscane dégustée à la petite cuillère et se voyait déjà plonger la fourchette dans les bidons d'anchois napolitains.

Il sortit de sa poche la clé du cadenas, nota en grognant un point de corrosion du conteneur laissant passer l'air et déverrouilla les deux larges battants de métal. L'odeur d'alcool et de bête fauve lui sauta à la figure. Mickey Gambino fronça le nez et recula, fixant les débris de verre, les emballages éventrés, l'os de jambon rongé et le clochard assis et aveuglé qui protégeait son visage d'une main tendue. L'ivrogne, le poing refermé sur le goulot d'une bouteille de rouge à peine entamée, ânonna en italien « Y a trop de lumière » avant de se frotter les paupières et de bredouiller :

— Ça y est ? On est arrivé ?

Gambino écarquilla de grands yeux qui ne riaient plus du tout et passa sa main sur son crâne lisse. Un afflux de sang lui monta à la tête, son visage rond s'empourpra et il s'écria dans la même langue :

— *Porca puttana troia !* Vous êtes qui ? Vous faites quoi dans mon conteneur ?

— J'ai été kidnap... hic... pé, mais z'en faites pas, j'vais tous les buter !

L'abruti avala une grande lampée de vin et toussota :

— C't à vous, c't élixir ? L'vaut le détour ! Z'en voulez ? C'est la maison... hic... qui régale !

Mickey Gambino inspira violemment par les narines, se crispa, bras raidis le long du corps et serra ses poings. Il bondit dans le conteneur, attrapa l'homme par le col en retenant son souffle et l'arracha du tapis. Il sauta sur le béton, l'ivrogne s'écrasa sur le sol en couinant :

— T'es fou ! T'sais qui j'suis ? J'vais t'buter !

— Garde ta salive, le clodo !

Gambino lui tordit le poignet, rabattit son bras dans le dos et le souleva d'un coup sec. L'épaule craqua, l'homme rouspéta d'une voix pâteuse, s'esquinta les genoux sur l'asphalte et trébucha avant de parvenir à se relever. Mickey le propulsa devant lui. Il traversa l'entrepôt au pas de charge, fulminant de colère et ouvrit les toilettes. Il catapulta l'ivrogne à l'intérieur. Le clochard heurta la cuvette en céramique, gémit et s'aplatit contre les parpaings gris du mur. Gambino tourna la clé dans la serrure. Son prisonnier beugla :

— Toi, le nain, j'vais te buter aussi, avec la salope, les vieilles et les espions !

Gambino shoota dans la porte, éructa un « Ta gueule », attrapa son portable dans la poche de sa veste et appela le parrain.

— Don Lupo ! C'est Mickey.

— *Ah Mickey, Mickey,* come va ? *En quoi puis-je t'être utile ?*

— J'ai besoin de votre autorisation, j'ai un putain de rat à balancer dans la baie. Il m'a bouffé le jambon et vidé les caisses de grands crus, ce salaud !

— *Un rat, tu dis ? Quel genre de rat ?*

— Du genre clandestin et ivrogne qui schlingue. Le genre à s'offrir une petite croisière en cargo de Gênes à New York dans mon conteneur !

— *Et qu'est-ce qu'il raconte, ton clandé ?*

— Il délire. Il veut buter tout le monde : moi, des vieilles, une salope, des espions...

— *Des espions ? Tu en as fait quoi ?*

— Enfermé dans les chiottes.

— *OK, écoute, Mickey. Je compatis. Mais je peux te demander d'être patient ? Avant de le balancer à la flotte, tu vas le laisser dégriser. Puis nous lui poserons quelques questions. Tu n'as pas envie de savoir comment il est arrivé dans ton conteneur ?*

Gambino raccrocha, énervé, et se dirigea à pas rapides vers sa cargaison endommagée.

Chapitre 8

Gino entonna *O Sole Mio* face au soleil de Gênes. La mer scintillait. Sa voix de ténor résonna au sommet de la maison jaune. Il emplit ses poumons, écarta ses bras pour saluer une foule imaginaire, reprit le refrain puis se tut. Flavia, immobile à son côté, se tenait, elle aussi, devant la grande baie vitrée du salon au dernier étage. Elle savourait son chant, espérait-il, et jouissait d'une vue imprenable sur le centre-ville historique et le port. Gino se demanda ce qu'elle pensait. Cette maison sur les hauteurs formait un havre de paix. Elle y vivait, sans faire de vague, sur ses économies, discrète. Les journées étaient calmes, sans violence ni montée d'adrénaline. Une vie normale ; elle semblait s'en contenter. Puis Tonio avait disparu et elle s'était métamorphosée en tigresse. Une mère à la recherche de son rejeton. Un sourire lui vint aux lèvres. Le petit avait aiguisé ses griffes depuis longtemps.

— Gino, tu t'en occupes ? demanda Flavia.

— Bien sûr !

— Alors, qu'attends-tu pour rendre visite à cette Anna ? Il faut battre le fer tant qu'il est chaud ! Plus on poireaute, plus Tonio est en danger, répliqua Flavia.

Elle pirouetta sur un talon et le tança d'un regard sévère en croisant et recroisant ses doigts fébrilement. Après l'interrogatoire des espions écossais, empruntant les escaliers de pierre blanche creusés et polis par les ans, Flavia et lui avaient remonté à pas lents les trois étages de la haute bâtisse adossée à la colline. D'un geste nerveux, elle avait envoyé son pistolet sur le fauteuil et s'était servie d'une main tremblante un petit verre de grappa qu'elle avait avalé d'une gorgée. Gino l'avait observée sans mot dire. Se faire oublier constituait souvent le meilleur des antistress. Il l'avait rejointe derrière l'îlot de la cuisine, offrant sa présence discrète, et en avait profité pour se faire couler un café. Le ronronnement du broyeur pulvérisant les grains torréfiés avait rompu le silence et l'odeur généreuse du breuvage avait empli la pièce. Si sa compagnie l'avait réconfortée, elle n'en avait rien montré et s'était très vite éloignée vers la fenêtre. Le soleil inondait l'étage et une irrépressible envie de chanter s'était emparée de lui. Il observa Flavia avant de tourner les talons vers la cuisine, fit de nouveau gronder la machine et revint avec un minuscule expresso. Il déposa sa tasse sur la table de verre devant lui et se laissa tomber sur le canapé de tissu jaune en soupirant.

— L'arrestation de Giovanni a désorganisé ma vie à moi aussi. Je n'ai plus de patron, faut que je me trouve du boulot. Donne-moi un peu de temps.

— C'est justement ce que je n'ai pas, du temps, Gino. Et c'est moi, maintenant, ton patron.

— Flavia... Depuis combien d'années on se connaît tous les deux ? Vingt ans au moins, tu ne crois pas ?

Il la rejoignit et contempla à son côté la mer bleue et le phare dressant sa silhouette noire dans l'azur.

— Je vais avoir du mal à te considérer comme le nouveau patron. Nous sommes amis, nous deux, poursuivit-il.

La main de Flavia attrapa la sienne puis elle planta ses yeux dans les siens :

— C'est vrai. Et ma famille a explosé. Giovanni finira sa vie en prison, Luigi passera quinze, vingt ou vingt-cinq ans derrière les barreaux, on verra ce que décideront les juges, et mon second fils a disparu. La police le traque. Chaque jour, je crains d'apprendre par la radio qu'on a retrouvé son corps dans les collines. Si j'ai la moindre chance de sauver Tonio, je la prends. Alors, fonce discuter avec cette Anna, maintenant. S'il te plaît. Mon ami.

Gino hocha la tête et lâcha d'une voix qu'il souhaita confiante :

— J'y vais. Tonio va bien, j'en suis sûr. Cette Anna nous le confirmera. Prends garde à toi. Toi aussi tu es traquée. Si la police te met la main dessus, tu te retrouveras en cellule comme les autres. Elle est sûre au moins cette baraque ?

— Je l'ai achetée il y a je ne sais plus combien d'années sous un nom d'emprunt. Giovanni n'y est jamais venu. Elle est prévue pour ça, pour être une cache discrète. Ma cache discrète. En dehors du centre et sans vis-à-vis.

— Alors, c'est bien. Je file faire connaissance avec Anna.

Sa voix pleine et profonde entonna les premiers vers de *Bella ciao*.

« *Una mattina mi sono alzato, O bella ciao, bella ciao, ciao, ciao...* »

Toujours chantonnant, Gino se dirigea vers la porte, attrapa sa veste de cuir brun qu'il jeta sur son épaule et cala son arme au creux de ses reins, entre sa peau et sa ceinture. Il referma en douceur le portail sur la rue, vérifia que personne de suspect ne se trouvait dans les parages et enfourcha son scooter Yamaha noir. Il dévala la colline. Dix minutes plus tard, Gino se garait le long du trottoir de la piazza Arsenio Lupini. L'immeuble, moderne et quelque peu décrépi, ne payait pas de mine et ne se démarquait en rien de ses voisins. Il composa le code. Gino s'étonna presque en constatant que Jazz ne l'avait pas trompé et pénétra dans l'entrée. Son regard balaya la rangée de boîtes aux lettres. La seule Anna était une Anna Traviata. Appartement 302. Jusqu'ici, les renseignements de l'espion étaient exacts. Il escalada l'escalier de bois poli, prenant les marches deux à deux, sonna puis, en l'absence de réponse, frappa à la porte. Une femme dans la soixantaine, vêtue d'un vieux pull jaune sans forme et d'une longue jupe grise, apparut sur le seuil, l'observa d'un air interrogateur puis porta sa main à sa bouche en lâchant un « Oh ! » avant de se figer d'effroi. Elle ouvrit des yeux ronds et bégaya :

— Mais Giovanni... Giovanni est en prison. Il avait promis !

Gino fronça les sourcils, intrigué, tendit son bras pour la repousser et claqua la porte derrière eux. Les lèvres de la femme tremblaient, elle paraissait sur le point de s'effondrer.

— C'est bien vous Traviata ? Anna Traviata ?

Elle hocha la tête et des boucles blond cendré tombèrent dans ses yeux affolés. Il nota qu'elle ressemblait à Flavia. Même corpulence, même stature et même visage ovale au regard sombre. L'assurance en moins. Elle ne lui poserait aucun problème.

— Il avait promis, balbutia la Traviata. Je l'avais averti, pour Framboise, je lui avais dit de se méfier d'une fille amoureuse et en colère.

Avec une arme en plus ! Je n'y peux rien, moi, si tout s'est fini en eau de boudin !

— Giovanni avait promis quoi ?

— Eh bien… d'annuler ma dette !

— Je ne viens pas pour ça.

— Vous n'appartenez pas à Cor… Enfin, vous ne faites pas partie de la ma… Vous ne travaillez pas avec Giovanni Cortisone ?

— Non.

— Je… Mais qu'est-ce que vous voulez, alors ? Partez de chez moi ! Ou j'appelle la police !

Elle se rua vers le salon et son portable posé sur la table.

— Eh ! On se calme !

Gino la rattrapa en trois pas rapides, lui plaqua la main dans le dos et la propulsa sur le canapé. La femme s'y recroquevilla et serra ses bras contre sa poitrine. D'une vieille chaîne stéréo s'échappait en sourdine le chœur des esclaves de *Nabucco,* il se joignit au chant et fredonna « Va, pensée, sur tes ailes dorées » avant de stopper net. Elle le fixait, paniquée. Il haussa les épaules avec un sourire froid, déclara « Un vrai génie, Verdi ! » puis souffla la flamme de la bougie orange à l'arôme de bergamote.

— Mieux vaut ne pas jouer avec le feu.

Elle chuchota :

— Je n'ai pas d'argent. Enfin si, quelques billets, dans le tiroir.

La femme pointa son doigt vers la petite console de l'entrée et le supplia :

— Ne me faites pas de mal, je vous en prie.

— Je travaillais pour Giovanni Cortisone.

— Oh…

— Je ne travaille plus. J'ai un nouvel employeur. Tenez, voici ma carte.

Il lui tendit un sobre rectangle de carton blanc crème : *Gino Mascarpone – Maître de chant*

— Oh… Mais…

— Je n'aimerais pas devoir vous faire chanter, alors dites-moi. Tonio Cortisone ? Mon patron veut à tout prix retrouver Tonio Cortisone.

— Le fils Cortisone ? Vous venez chez moi pour me demander où est Tonio Cortisone ? Mais je n'en sais rien !

Gino sentit l'exaspération monter. Il s'avança vers elle puis se ressaisit. Il la dominait de toute sa taille et commença à siffloter les premières notes de *Bella ciao*. Le visage d'Anna Traviata se décomposait de seconde en seconde. Elle lui évoqua un poisson hors de l'eau en train d'asphyxier. Il attendit, mais elle restait la bouche ouverte sans émettre le moindre son. Il insista :

— Mes sources m'affirment que Tonio a été enfermé dans votre cave.

— Mais je n'y suis pour rien, moi, c'est elle, c'est Framboise !

— Vous n'étiez pas au courant ?

— Non ! Je ne suis pas folle ! Il faut avoir perdu l'esprit pour s'attaquer aux Cortisone.

— Et Framboise a maîtrisé Tonio toute seule ?

— Comment je peux le savoir ? Elle ne m'a rien dit ! Seule, cela m'étonnerait, elle était tout le temps collée à cet espion, Jazz. Les Mammas habitaient aussi chez moi.

— J'imagine que Tonio n'est plus dans votre cave ?

— Dans ma... Oh mon Dieu, non ! Tonio Cortisone prisonnier, ici, juste en dessous ? Je ne pourrais plus dormir. Framboise et les autres ont volé mon tapis et ont emmené Tonio quelque part.

Gino se frotta la tempe, inspira profondément puis soupira en levant les yeux au plafond. Il fit craquer sa nuque et désigna du menton le fauteuil face au canapé.

— J'ai du mal à suivre, je vais m'asseoir. Ne tentez rien que vous pourriez regretter. Sinon...

Il passa la main dans son dos et en revint avec le Beretta. Anna poussa un petit cri. Gino afficha un air satisfait, se laissa tomber dans le fauteuil et reposa son bras sur l'accoudoir, ses doigts négligemment placés sur l'arme. Il poursuivit en soufflant une fois de plus :

— Bon, les Mammas. Parlez-moi des Mammas. Elles ont agacé Giovanni et je sens qu'elles commencent déjà à me chauffer.

— Les Mammas, c'est comme cela que Framboise nous appelle.

— Nous ?

— Enfin, les autres. Moi, depuis que j'ai parlé de Framboise à Giovanni, je suis… Je ne suis plus une Mamma, conclut-elle avec un tremblement dans la voix.

— OK. Les autres ?

— De vieilles copines de Gina, la tante de Framboise. Elles sont cinq, plus Gina.

— Et ?

— Et quoi ? Ce sont de jeunes retraitées, comme moi. Elles s'ennuient alors, quand Framboise nous a appelées à l'aide, elles ont foncé sans réfléchir. Gina mène la troupe, elle est hyperprotectrice envers sa nièce, mais c'est Monica la plus futée. Elle a survécu à Giovanni quand même ! Puis il y a Claudia qui philosophe tout le temps ; Sophia, la voix de la raison ; Ornella avec son esprit coquin et Silvana qui a le cœur à l'ouvrage, mais à qui il faut toujours tout expliquer. Puis il y avait moi…

La femme s'effondra en sanglots et plongea sa tête dans ses mains. Gino fit la moue en se demandant où tout cela le menait et ce que dirait Flavia.

— Les Mammas, je les trouve où ?

— Quoi ? bredouilla Anna, les yeux pleins de larmes.

— Les Mammas ! Elles sont où ?

Gino referma ses doigts sur la crosse et leva le bras.

— Milan ! Elles sont à Milan ! Je ne connais pas les adresses !

— Et Framboise, elle est où ?

— Ben… Je n'en sais rien.

— Sûre ? rugit soudain Gino en brandissant son pistolet.

Il jaillit du fauteuil et se rua sur Anna. Elle hurla :

— Je ne sais pas où elles sont toutes, je le jure !

— Il ne me reste plus qu'à trouver Framboise alors, grommela Gino. C'est dingue cette fille, quelle enquiquineuse !

Chapitre 9

Framboise déboucha sur le palier, claqua la porte de son appartement et le regretta aussitôt. Une onde de douleur s'éveilla derrière son front, un long *hummm* plaintif lui échappa et elle se massa les tempes du bout des doigts. Elle ne pensait pourtant pas avoir tant bu. L'évocation du dîner de la veille lui apporta une bouffée de gaieté qui fit naître deux petites lunes verticales à la commissure de ses lèvres. La soirée en compagnie de Mattea, Carlo et Nicolo s'était révélée inhabituellement joyeuse. Le père de famille semblait métamorphosé. Apaisé. Une expression satisfaite n'avait pas quitté son visage et, de façon étonnante, il n'avait avalé que de l'eau. Carlo avait tenu parole et mis ses bonnes résolutions en pratique. Il avait raconté comment il passait ses journées à s'entraîner à la salle de sport et à redécouvrir la ville, tout en échangeant des regards complices avec Nicolo. Le garçon semblait épanoui et profitait des vacances pour parcourir les ruelles avec son père et vider l'entrée du tunnel menant au manoir Cortisone, un antique pigeonnier, de son guano de chauve-souris. Il le revendait un bon prix à Ahmed pour fertiliser son champ et tout le monde était content.

La douleur dans son crâne reflua enfin, elle souffla, libérée, verrouilla la porte à la hâte puis ses bottines à franges colorées claquèrent sur les marches de bois patinées de l'escalier. Sa robe longue bleue vola autour de ses chevilles, Framboise retroussa sa manche, jeta un œil à sa montre et déboucha dans la rue en criant :

— *Buongiorno* Ahmed !

La cinquantaine bien portante, le vendeur de fruits et légumes, assis sur une pile de cageots devant son étal, sourit d'un air jovial en contemplant sa jolie voisine s'engouffrer dans une Mercedes d'un noir étincelant aux vitres teintées. Il se tourna vers le scooter Vespa rose avec lequel il l'avait vue arriver quelques jours plus tôt. Elle se prénommait Framboise, elle était passée à la télé la veille, les journalistes excités avaient expliqué qu'elle reprenait les activités de MA & L, rappelant encore une fois qu'elle avait fait mordre la poussière au parrain. Tous lui prédisaient un grand avenir. Ahmed eut une moue désabusée. Il était aussi impossible de faire barrage à Cosa Nostra que de bloquer les inondations de la place Saint-Marc ou d'empêcher les Allemands en short de s'abattre en été sur le lac de Garde. La mafia était une hydre dont les têtes repoussaient sans cesse et qui n'avait pas la mémoire courte. Il ne partageait pas la confiance des journalistes sur l'avenir de Framboise. Il n'y avait qu'à voir ce qui s'était passé avec Roberto Saviano ou, pire, avec le juge Falcone. Le marchand se leva, observa le taxi brillant tourner dans la rue à l'angle et se dit qu'à la place de la jeune femme, puisqu'ils vantaient tant sa future richesse, il commanderait un véhicule blindé.

Sur la banquette arrière, Framboise consulta encore une fois son portable. L'application mobile lui indiquait une minute de retard supplémentaire. Elle tiqua, gigota d'impatience. Ses doigts agacés rejetèrent une mèche châtain roux sur sa nuque puis elle s'avança entre les sièges pour s'adresser au conducteur :

— Ce serait possible d'accélérer ?

— Eh ! C'est Gênes ici, ça zigzague dans tous les coins, râla l'homme. Je suis obligé de rouler pianissimo, je ne peux pas aller plus vite que la musique !

— Un petit crescendo, alors ? Non ? Cela me rendrait service, je suis déjà en retard.

Sur l'appli, la durée du trajet avait maintenant augmenté de deux minutes. Le chauffeur haussa les épaules, l'air de dire « Cause toujours », accrocha son regard dans le rétroviseur intérieur puis déclara après un instant de silence :

— Je vous ai aperçue hier à la télé. C'est vrai que vous avez arrêté Giovanni Cortisone ?

— Je ne l'ai pas arrêté, j'ai permis son arrestation par la police. Et un agent secret m'a protégée.

— Ils n'en ont pas parlé.

— Les agents secrets sont secrets, vous savez. C'est leur boulot.

— Et il se trouve où, cet agent, maintenant ?

— Je ne peux pas vous le dire. C'est un secret.

Framboise s'appuya sur le dossier et serra la mâchoire. Jazz avait disparu. Pff... La prudence, jamais ? Son job était de rester vivant, non ? Plongé dans les ennuis, le Jazz, et Melody avec, à coup sûr. Son bel espion était tombé dans un piège, cela lui plombait le moral. Elle frappa du poing sur le siège. Et maintenant, cela allait encore être à elle de se décarcasser pour le sauver ! Elle n'aurait pas imaginé qu'après si peu de jours il puisse lui manquer autant. Elle trouvait incroyable la façon dont les épreuves les avaient soudés aussi vite. Sa vie était partie en vrille et Jazz l'avait aidée à reprendre le contrôle dans le tourbillon qui l'emportait. Le danger s'était effacé, mais le tourbillon, lui, demeurait toujours là, à commencer par le rendez-vous qui se profilait. Elle frétilla d'excitation et de stress et se mordilla la lèvre. Elle aurait tant aimé partager cette journée avec Jazz. Le taxi pila soudain, le buste de Framboise se plia autour de la ceinture de sécurité bloquée, lui coupant le souffle et le conducteur lui lança :

— Vous avez vu, je vous ai réalisé un petit crescendo !

— Euh oui, merci, c'est gentil, toussota-t-elle en lui tendant un billet.

Elle prit pied sur le trottoir et, quittant le boulevard, s'enfonça avec impatience dans la rue piétonne. La journée commençait à peine et les touristes baguenaudaient déjà, cheminant au ralenti, reluquant les boutiques tout juste ouvertes, grignotant des viennoiseries, un gobelet de café en carton à la main. Parmi d'autres, la vitrine MA & L exposait deux de ses modèles. Une vague de satisfaction et de fierté lui gonfla la poitrine. D'un pas vif et allègre, elle se faufila à travers le magasin en souriant, fut reconnue par une vendeuse stupéfaite et rejoignit l'étage d'administration au-dessus de la boutique.

Tommaso Moretti et Natalina De Luca l'attendaient sur la moquette rase de l'open space, tous deux très sérieux au milieu des bureaux, devant un tableau blanc recouvert de chiffres et de pourcentages. Moretti, l'administrateur judiciaire, affichait un air grognon sur son visage rond, presque poupon sous une débauche de cheveux bruns frisés. La réunion ne s'engageait pas sous les meilleurs auspices, mais c'était à prévoir, Carminorosso l'avait mise en garde. Tiré à quatre épingles dans un costume bleu à fines rayures plus claires, Moretti côtoyait De Luca, la directrice administrative et financière. Natalina De Luca était une grande femme longiligne au visage fin, d'apparence sévère, à la courte chevelure quasi blanche et au sourire pincé. Elle portait ce jour-là un tailleur beige sur un chemisier jaune pâle qui adoucissait son allure trop stricte et Framboise se rappela que MA & L avait débauché cette spécialiste chez son concurrent peu de temps avant la crise.

— Ravi de vous rencontrer, mademoiselle. Je suis très heureuse de collaborer avec vous, nous allons devoir travailler en synergies, déclara De Luca d'un ton chaleureux. La créativité pour vous, le contrôle financier pour moi. Oui, je sais, l'expression n'est pas très glamour.

— Commençons tout de suite, la coupa Moretti d'un ton sec en défiant Framboise du regard. Puisque nous avons été dans l'obligation de vous attendre, Dopamine, il nous a semblé bénéfique de poser quelques chiffres sur le tableau afin de préparer la séance.

— Mademoiselle Dopamine, Moretti ! Je vous prie de m'excuser du retard, lâcha Framboise, furibonde. Monsieur Moretti, il ne vous a pas échappé que les transports dans cette ville n'étaient pas réglés comme du papier à musique. Et il ne m'a pas échappé non plus que vous étiez chargé de la gestion temporaire de MA & L. Par définition, une gestion temporaire n'a pas pour vocation à s'éterniser. J'ai cru comprendre que le procureur avait usé de son influence pour me nommer à la tête de MA & L, mais je n'y suis pour rien.

Elle adopta un faux air penaud, réprimant un sourire et ajouta :

— Ceci posé, je suis ici pour vous écouter et apprendre. On commence ?

Elle observait avec de grands yeux intrigués les colonnes ROI, ROA, REX et CA[8], l'écart réalisé par rapport au V2 de l'année précédente et le cumul des chiffres consolidés sur les mois passés. Framboise pivota vers Natalina De Luca puis bougea ses bras en un geste de désarroi :

— Pff... Je n'y comprends rien. Vous pourriez m'expliquer ?

— Ah !

Tommaso Moretti attrapa sa tête à deux mains et enfonça ses doigts dans ses cheveux frisés avant de s'étrangler :

— C'est du grand n'importe quoi ! Jamais vu ça ! Carminorosso a perdu l'esprit. Je décline toute responsabilité en cas de faillite !

Il claqua la porte, descendit l'escalier en frappant la rambarde et sortit sur le trottoir. Par la fenêtre, Framboise attendit que l'homme s'éloigne de quelques pas et allume une cigarette puis s'adressa à la directrice financière :

— Un rabat-joie d'éliminé. Vous m'expliquez, madame De Luca ?

Une demi-heure plus tard, elle lâcha d'un ton désinvolte :

— C'est très clair, en fait ! Le produit global est de loin meilleur que prévu, puisque nous sommes près de deux millions au-dessus de la prévision de REX, avec un CA bien supérieur. En revanche l'image reste contrastée car les résultats de la branche maroquinerie sont à la peine alors que ceux de la branche chaussure explosent, avec une activité plus que soutenue et une montée en valeur phénoménale. C'est bien ça, j'ai tout bon ?

Elle pétillait d'enthousiasme. Un franc sourire s'afficha sur le visage de Natalina De Luca :

— C'est exactement ça.

— Et mon analyse, c'est que les résultats de la branche chaussure sont tirés vers le haut grâce au succès de mon idée de bottines éthiques et ethniques. Nous pourrions, un : créer une ligne de maroquinerie éthique et ethnique, sur le modèle des bottines ; et, deux : accroître les volumes en production pour soutenir la demande des chaussures et lancer la gamme de sacs à main.

---

[8] ROI : Retour sur investissement ; ROA : Return On Assets ; REX : Résultats d'Exploitation ; CA : Chiffre d'affaires ; V2 : deuxième trimestre.

— Belle stratégie, mais nous nous heurtons à un problème. Avez-vous remarqué la vitrine en bas ? Vous avez peut-être constaté qu'on n'y voit que deux exemplaires différents de vos bottines.

— Oui, j'ai noté et je trouve cela un peu léger d'ailleurs, si on considère que tous les autres modèles de la gamme remportent aussi beaucoup de succès.

— Nous rencontrons des problèmes d'approvisionnement. Notre prestataire aux États-Unis nous fait faux bond. Les stocks de cuir arrivent à épuisement et les ateliers tournent au ralenti. Il devient urgent d'agir.

— Pardon ?

Framboise soupira de désarroi.

— Ortie-Sauvage est la femme navajo qui fournissait les peaux à Michelangelo et Leonardo, mais elle est aussi de mèche avec la mafia. Maintenant que ce dingue de Cortisone est sous les verrous, elle a dû cesser d'expédier la production de la tribu.

— Mmm... Dans ce cas, il ne s'agit même pas d'intensifier la fabrication ou de fluidifier un approvisionnement paresseux.

De Luca donna une série de coups secs de ses ongles rouges sur le panneau blanc avant de conclure :

— Nous sommes dans une impasse. Il n'est pas envisageable que le nom de l'entreprise soit associé d'une quelconque manière à la mafia. Le scandale serait énorme. Le public y verrait une trahison.

— En effet, acquiesça Framboise. Mes bottes éthiques et ethniques issues d'une tribu mafieuse ? Tout le *business model* s'écroulerait. MA & L doit impérativement se procurer la matière première ailleurs. Est-ce qu'il ne serait pas possible de communiquer en annonçant que face à l'ampleur du succès, nous sommes en rupture de stock ? Nous pourrions demander à nos clientes de patienter, leur expliquer que nous travaillons à des modèles uniques et organiser un grand lancement dès que leurs produits préférés seront de nouveau disponibles en boutiques ?

— Si, c'est envisageable. Mais nous avons la contrainte d'agir vite, avant que l'effet de mode ne s'estompe.

— En parlant d'effet de mode...

Framboise jeta un œil sur le cadran de sa montre.

— Je m'excuse, je dois vous quitter. Je suis vraiment désolée, madame De Luca, mais j'ai une séance de dédicace à midi à la librairie *L'ami retrouvé*[9].

— Une séance de dédicace ?

— Oui, ma biographie.

Framboise haussa les épaules, mais ne put réprimer un sourire.

— Il faut surfer sur la mode et exploiter tous nos avantages. Considérez cela comme un investissement et du marketing promotionnel, la marque est liée à mon nom maintenant. Merci pour tout, madame De Luca, on se revoit très vite, s'écria Framboise en descendant vers la boutique et la rue.

Un taxi la déposa à la librairie située via Luccoli au rez-de-chaussée d'un ancien palais, à proximité de l'opéra Carlo Felice et des splendeurs de la via Garibaldi. Elle passa le seuil et s'exclama :

— Oh la la, mais il y a foule !

— Ils sont venus pour vous, Framboise.

Helena Mancini, la libraire, portait un tricorne sur ses cheveux bruns et courts, un maillot rayé bleu et blanc et un pantalon de corsaire bouffant.

— Mais qu'est-ce que vous faites habillée comme ça ?

— J'ai animé un atelier lecture pour les enfants toute la matinée. Maintenant, à votre tour, venez.

Elle la conduisit vers une grande table entre deux colonnes de marbre, se faufilant dans le public en criant « Excusez-moi, excusez-moi, laissez passer ». La foule frémit. Des « Framboise ! » et des « C'est elle, la voilà ! » fusèrent dans la salle. Framboise suivit Mancini et se fraya un chemin parmi ses admirateurs en croisant des regards excités. Elle réprima un frisson d'angoisse. Tout ce monde… Heureusement, il existait encore des clients qui ne se souciaient aucunement d'elle, comme cette maman avec son enfant au rayon contes et ce bel homme en cuir brun et aux tempes grisonnantes feuilletant un roman de Mario Puzo. Framboise, dans la cohue, ne perçut pas le regard insistant de Gino sur sa nuque. Elle contourna les piles de sa biographie, se tourna vers le

[9] L'Amico Ritrovato, via Luccoli, 98/r, 16123 Genova GE, Italie.

public, le salua d'un geste timide alors qu'un sourire illuminait son visage. Son cœur battait à toute vitesse. Elle se servit un verre d'eau d'une main peu sûre et l'avala d'un trait. Ses yeux émus parcoururent la file d'attente. Tous ces gens s'étaient déplacés pour elle ? Sa paume vint cacher sa bouche étonnée, mais son regard incrédule trahissait sa joie. Elle ne pourrait jamais inventer une dédicace originale pour chacun ! Elle s'assit à la table, s'empara d'un exemplaire de *La Folle Erreur de Don Cortisone, une jeune femme face à la mafia* et leva les yeux. Ses deux premiers fans, deux hommes, se tenaient là et la dévisageaient, insistants et curieux. Soudain tendue, elle bredouilla :

— Bonjour ! Vous vous appelez comment ? Euh... Je fais une dédicace pour vous deux ou vous en voulez deux ? Je suis désolée, je ne sais pas trop comment on fait d'habitude, c'est ma première séance de dédicace, expliqua-t-elle d'un air contrit.

— La dédicace ne sera pas nécessaire.

Framboise se recula sur sa chaise, étonnée :

— Un petit mot gentil, avec votre prénom, cela ne vous ferait pas plaisir ?

L'homme le plus à gauche la reluqua, glacial, sortit sa carte de policier et la lui brandit sous le nez.

— Mademoiselle, vous êtes en état d'arrestation.

La phrase la percuta en plein cœur. Elle eut l'impression qu'on la giflait. Puis le temps se pétrifia. Son regard écarquillé d'incompréhension croisa les yeux durs de l'homme, chercha du soutien parmi la foule abasourdie et se posa sur Mancini, effarée. Elle déglutit soudain, une bulle de salive amère et désespérée dévala son œsophage, elle s'étrangla et toussa. La chaleur lui monta aux joues. Le second carabinier contourna la table au ralenti. Le cliquetis du métal froid se refermant sur ses poignets résonna dans le silence du public médusé. Gino, furieux, reposa violemment le roman de Puzo. Transie, Framboise frissonna. Puis tout s'accéléra.

— Police corrompue, c'est une honte ! cria une voix.

Une rumeur indignée emplit la librairie. Les policiers, muets et butés, la bousculèrent vers la sortie. Elle traînait les pieds, désespérée parmi les murmures de protestation. Une angoisse horrible lui étreignit la poitrine et elle sentit ses poils se dresser : se pouvait-il que tout cela ait un lien avec Jazz ? Se frayant un chemin dans la foule, Gino les prit en filature.

Chapitre 10

Dans une petite pièce sombre du tribunal, derrière une vitre sans tain et un expresso imbibé de sucre à la main, l'inspecteur Vito Meli observait la femme, sans aucun doute coupable. Ni son visage émacié ni sa silhouette ascétique ne trahissaient son goût excessif pour les confiseries et les pâtisseries. Lutter contre la mafia générait une tension perpétuelle et il supposait que les calories s'évacuaient dans le stress et la fumée de ses cigarettes. Il avala une dernière gorgée de café, reposa sa boisson sur la table de bar ronde près du cendrier empli de mégots puis son index nettoya le fond de la petite tasse blanche du sucre non dissous. Il se lécha le doigt. Il sortit un fin peigne de la poche de son pantalon de flanelle gris flottant sur ses longues jambes maigres, plaqua une mèche raide sur son front et lissa ses tempes poivre et sel. Puis, d'un revers de la main, il essuya avec soin sa fine moustache à l'anglaise clairsemée de poils blancs, rajusta le nœud de sa cravate bordeaux et sa veste gris clair sur ses épaules. Engoncés dans leur orbite, ses yeux marron se reportèrent vers la vitre. La jeune femme avait jusque-là échappé à toute poursuite en devenant une star en quelques jours. La chute de Don Cortisone avait éclipsé toutes les zones d'ombre, mais lui, Vito Meli, jetterait une nouvelle lumière sur l'affaire, dans ses moindres recoins.

L'inspecteur ne s'étonnait qu'à moitié que Evangelisto Carminorosso se soit laissé berner par Framboise. Le procureur s'attendrissait devant le sexe faible, dans un reste de chevalerie surannée. Ses épaules tressaillirent en un sursaut agacé. De la connerie, tout ça ! Le sexe des femmes vérolait le monde et affaiblissait les hommes. Mais lui, Meli, possédait le don d'échapper à leur emprise. Face à leurs minables tentatives de séduction, il ne ravalait pas sa fierté. Il n'éprouvait aucune difficulté à rester lucide. Il le reconnaissait, la fille détenait un charme vénéneux. Ses yeux balayèrent la suspecte de haut en bas, de ses cheveux châtain roux ondulés tombant sur son corsage blanc tendu sur sa poitrine et cintré à la taille, jusqu'à ses jambes dissimulées sous une légère et longue robe bleue et les fameuses bottines à franges colorées qui avaient provoqué à la fois son malheur et sa fortune. *Trop tentatrice pour être honnête... Tu pensais éviter la justice ?*

Il pianota sur son portable, expédia un message puis regarda la montre dorée à son poignet. La suspecte patientait en silence sous les néons depuis plus d'une heure, assise sur une froide chaise de métal et menottée au pied de la table soudée au sol. Elle avait appelé au début, puis cessé très vite de crier. Il en avait déduit qu'elle disposait d'un brin de jugeote. Il se reconnaissait bien là, il ne négligeait aucun indice et creusait la psychologie des suspects. La fille ne lui résisterait pas longtemps.

Vito Meli hésita devant la boîte en carton rose distribuant des bûchettes de sucre, lutta contre la tentation et temporisa jusqu'à ce que la petite aiguille trotte jusqu'au douze. Quand elle atteignit une verticale parfaite, il attrapa les documents près du cendrier et appuya sur la poignée de la porte. Il pénétra dans la pièce d'un pas résolu, veillant à ne pas ciller les paupières sous la lumière aveuglante. Il nota avec satisfaction le cuir noir lustré de ses chaussures brillant sous les néons. Il claqua l'épais dossier cartonné sur la table d'acier. La tôle vibra. Framboise rouvrit les yeux, se redressa sur sa chaise et le fixa avec espoir. Meli tempéra son hostilité, la scruta bouche pincée, adoptant une expression impénétrable. Rien de tel pour déstabiliser les suspects. Debout, il compta dans sa tête jusqu'à trente, jeta un œil sur la trotteuse de sa montre puis s'assit face à elle en silence. Il ouvrit son dossier et étala les feuillets d'un geste précis. Sans même daigner la regarder, il l'apostropha :

— Framboise Dopamine ? Française ?

— Euh... Oui, bien sûr. Vous le savez déjà.

Il la lorgna par en dessous. La jeune femme avait croisé ses bras pour rehausser sa poitrine et caressait ses manches blanches avec ses paumes, étirant son corsage. Elle grelottait de froid, soi-disant. Ses trucs de sorcière ne fonctionnaient pas avec lui, il ne se laisserait pas attendrir. Même si elle propulsait ses seins magnifiques en avant. Même si son côté pile se révélait aussi enjôleur que son côté face. Non, il ne se laisserait pas séduire. Il releva la tête pour croiser ses yeux.

— C'est la procédure. Pour limiter les erreurs judiciaires. Bien qu'avec vous, je ne tomberai pas dans le même piège que le procureur.

— Quelle erreur ?

— Je vais y venir.

— Qu'est-ce que je fais ici ? Pourquoi m'avez-vous arrêtée ?

— Je vais y venir.

D'un petit air satisfait, Meli se renversa sur son dossier et se lissa la moustache entre le pouce et l'index. Sa trotteuse parcourut un demi-cadran puis il se leva, tourna le dos à la suspecte et se figea devant le miroir sans tain.

— Vous vous êtes fourrée dans un sacré pétrin, nous savons tout. La vérité surgira bientôt au grand jour. J'espère que vous avez bien profité de vos derniers instants de liberté.

Il étudiait son reflet. Framboise trembla sur sa chaise, son visage se décomposa, pâlit et sa tête oscilla de gauche à droite en un signe de dénégation. *Mouchée ! Tu fais moins ta maline !* Un sourire de contentement arrondit sa bouche fine. Il caressa sa cravate entre ses doigts. Confuse, Dopamine se pencha en avant et répéta :

— Mes derniers instants de liberté ?

Vito Meli éloigna aussitôt son regard du décolleté vicieux. *Pécheresse !* Une fois de plus, il sortit son peigne et rabattit ses cheveux lisses sur le côté. Puis son poing vint s'écraser sur le miroir. La surface brillante fléchit, le son grave explosa dans la petite salle, il fit volte-face, furieux, et croisa les bras :

— Vous allez nous balader longtemps comme ça ! Personne ne défie impunément la mafia ! Votre récit est bourré d'invraisemblances, de points obscurs. Vous voulez me faire avaler qu'une jeune femme, comme vous, ajouta-t-il avec une mimique méprisante, aurait pu survivre à Don Cortisone, à Corti le Dingue ? Alors que même Falcone et Borsellini y sont passés ? Allez, dites-moi, vous appartenez à quel service de la DGSE ?

— Mais c'est absurde ! Je ne suis pas une agente !

— Ah ! Vous ne niez pas savoir ce qu'est la DGSE !

— Je ne suis pas totalement inculte !

— Le Mossad, alors ? Non, peau pas assez mate... Le FSB ? Ils sont connus pour soudoyer les faibles avec des femmes, les Russes. Quoique ce sont plutôt de grandes blondes...

Il observa les ondulations virant au roux de sa chevelure, les yeux gris-vert et attrapa son menton pointu entre ses doigts :

— Avec votre style, je penche pour le MI6.

Il se rengorgea fièrement et la toisa avant de lui expédier un clin d'œil complice :

— *So, you British ?* Vous êtes MI6, n'êtes-vous pas ?

— Mais vous êtes un grand malade ! Au lieu de vous acharner sur moi et de vous faire des films, vous feriez mieux de vous intéresser aux vrais espions ! Jazz et Melody se sont volatilisés, ils ont besoin d'aide, ce n'est pas normal cette disparition.

Meli se raidit :

— Vous niez ? Ne me prenez pas pour un imbécile ! Les innocents ne posent pas des bombes et n'explosent pas les maisons. Oh... Vous appartenez à la 'Ndrandgheta ? Vous avez éliminé Tonio et Flavia Cortisone ?

— Mais c'est Jazz qui m'a expliqué !

— À éliminer les corps ? déclara-t-il d'un ton doucereux.

— Non ! Jazz m'a montré pour la bombe.

— Encore ce Jazz ! Trop facile. Allez-y, racontez-moi donc vos relations avec cet agent si mystérieux que personne ne l'a vu, sauf vous et le personnel du Grand Savoia.

— Ah ! Mais vous dites n'importe quoi ! Plein de monde l'a vu.

— Épargnez-vous des efforts. Vous ne réussirez pas à me convaincre en entortillant votre mèche et en passant une main dans votre crinière, avec votre petite moue exaspérée, votre teint de pêche et vos lèvres boudeuses. Et ne me regardez pas sans cesse de vos grands yeux humides !

Vito Meli prit un air amusé.

— Cela ne marche pas avec moi, à d'autres ! Quant au Savoia, l'enquête nécessite de rencontrer des gens fiables et dignes de confiance.

Le petit personnel ne prête pas attention à grand-chose, les témoignages sont toujours flous et sujets à caution.

— Vous êtes gonflé ! Vous ne considérez que ce qui vous arrange.

— Non, je suis réaliste. Et pourquoi ne viennent-ils pas témoigner, vos espions ? Elle est bien pratique, leur disparition.

— Mais je me tue à vous le dire ! Vous devez les rechercher, je vous jure que ce n'est pas normal. C'est votre boulot, non ?

— Je répète encore une fois : en quoi consistaient vos relations avec ces agents fantômes ? Ce sont vos officiers traitants ?

La fille se mordit la lèvre et roula des yeux. Il jubila. *Je la tiens, elle va craquer.*

— Je n'ai pas de relation, ils m'ont sauvé la vie, c'est tout.

— Tut tut tut. Ne mentez pas !

Vito Meli sortit de la salle et revint quelques secondes plus tard avec la biographie de Framboise.

— Page 74 et page 459... Vous séduisez l'homme dans le dessein d'entamer des relations charnelles et la femme vous jalouse.

— Quoi ? Mais quel esprit dérangé ! C'est une biographie romancée, il faut appâter les lecteurs, rajouter de l'histoire entre les faits bruts. Ce bouquin n'est pas un documentaire.

Meli la contempla, ses yeux sombres insondables.

— Écoutez, Jazz m'a sauvé la vie, cela crée des liens ! Évidemment que nous nous apprécions. Combien de fois allez-vous m'obliger à répéter qu'il faut que vous les retrouviez, tous les deux !

— Afin que vous trafiquiez vos alibis ? Moi, ce qui m'intéresse, c'est de découvrir ce que vous avez fait de Tonio Cortisone et de sa mère. Si on ne coupe pas toutes les têtes, l'hydre va reprendre vie.

Trois coups brefs retentirent à la porte. Vito Meli grogna et un policier en civil pointa son nez :

— Inspecteur, vous pouvez venir quelques instants ? Nous avons du nouveau.

Meli se tourna vers Framboise et lança :

— Vous, vous ne bougez pas. Ah oui, j'oubliais que vous étiez menottée, se moqua-t-il dans un rictus sardonique en quittant la salle d'interrogatoire.

Dans la pièce d'observation de l'autre côté du miroir, le haut-parleur crachouilla : « *Mais je vais me le farcir, ce type ! On va rajouter un bonus dans ma bio, il va s'en prendre plein la tronche !* »

Vito Meli fixa le policier et râla :

— Ne prêtez pas attention à la suspecte. Bon, vous avez quoi ?

— Une serviette de toilette pleine de sang dans un sac plastique trouvé sous l'évier de sa cuisine. Avec le sigle HGS dans un coin. On a vérifié : elle provient de l'hôtel Grand Savoia. J'ai interrogé la réception et la femme de chambre, il en manquait bien une dans la suite *Mademoiselle Sans-Gêne* occupée par la suspecte. L'employée se souvient avoir remarqué des traces rouges dans le coffre de la penderie. Malheureusement, elle a tout nettoyé.

— Ah ! Dopamine, cette fois je te tiens, jubila Meli. Ma main à couper que la serviette provient du coffre.

Il claqua son poing droit dans sa paume et déboula dans la salle d'interrogatoire. Il se gratta la joue, un sourire pincé sur le visage, et annonça :

— Vous êtes cuite et recuite ! Sur le bûcher même. La serviette pleine de sang chez vous, cela vous parle ? Et le sang dans le coffre de l'hôtel ?

Il s'appuya sur la table et se pencha vers elle :

— Vous avez tué qui ? Flavia ou Tonio ?

Les prunelles de la fille jetèrent des éclairs. Elle arma son poing, prête à bondir. Meli recula d'un pas. *Essaye donc voir, ma cocotte, que je te plaque au sol !* Soudain, la porte s'ouvrit à la volée et télescopa le mur.

— Alors, je la cherche dans toute la ville et vous la retenez dans mon arrière-cuisine ! Ici même au tribunal ! Vous jouez à quoi, Meli ? tonitrua le procureur Evangelisto Carminorosso, enserrant la biographie de Framboise entre ses doigts.

— Je fais ce que vous n'avez pas été capable de faire ! Je comble les zones d'ombre pour jeter la lumière sur cette affaire et boucler le dossier.

— Vous allez la libérer tout de suite.

— Je crains que ce ne soit pas possible.

— Inspecteur Meli !

Vito Meli se planta face à Carminorosso et articula à voix basse :

— Deux espions envolés. Tonio Cortisone introuvable. Flavia Cortisone dans la nature. Une attaque à la bombe. Et aujourd'hui, des traces de sang établissant un lien direct entre la suspecte et ces disparitions.

— Des traces de sang ?

— Oui. Cette femme se vautre au cœur de tout ce micmac. Alors soit nous la plaçons en détention, soit j'ameute la presse et j'explique comment vous avez succombé aux courbes alléchantes de ce succube. Je ne manquerai pas de rappeler que votre intervention chez Don Cortisone constitue un semi-échec, ce psychopathe de Tonio court toujours.

Le procureur garda le silence puis lâcha :

— Un faisceau de présomptions mal étayées. Nous pourrions imaginer plein d'autres explications à vos suppositions. Vous souhaitez être muté dans un village des Pouilles ?

Meli souffla par les narines tel un taureau furieux.

— Je n'accepterai pas moins qu'une mise en liberté surveillée avec bracelet électronique. Ça ou votre visage dans les tabloïds.

Le magistrat poussa un long soupir, puis pivota vers la fille.

— Je suis désolé, Framboise. On fera la dédicace plus tard.

Meli ricana. *Encore un qui avait succombé aux charmes pervers d'une sorcière.* Carminorosso tourna les talons et faillit heurter Tommaso Moretti.

— Que faites-vous là, vous ? clama-t-il d'un ton sec.

— L'inspecteur Meli m'a envoyé un message tout à l'heure. Et j'en apprends de belles ! À l'évidence, si Dopamine est placée en liberté surveillée, elle ne peut plus administrer le groupe, déclara l'ex-administrateur judiciaire avec un fin sourire. J'en reprends donc la direction temporaire.

Un large sourire fendit en deux le visage de Meli. Ses doigts défroissèrent l'emballage d'un bonbon acidulé, ses lèvres s'arrondirent et il aspira la gourmandise. La Dopamine s'était ratatinée sur sa chaise. La friandise heurta ses dents, sa langue la déplaça dans sa bouche. Le jus sucré coula dans sa gorge.

— Un des meilleurs, à la framboise, zozota-t-il, comblé.

La coupable, avachie sur le dossier, lui montrait enfin du respect. Elle avait remballé ses seins provocants. Son chemisier flottait lâchement sur son ventre. *De la retenue, bien, ça !* Dopamine balaya du regard son visage et celui de Moretti avant de se poser incrédule sur le procureur. Et Meli n'en crut pas ses oreilles. La femme lui donna un ordre !

— Carminorosso, retrouvez Jazz, il vous expliquera tout.

Chapitre 11

Dans l'appartement milanais, Monica, une belle femme opulente de soixante ans tout rond, dont les cheveux bruns et lisses se refermaient en virgule sur son cou, juste au-dessus des épaules, observait Gina qui toisait ses amies. Quand cette dernière avait déclaré « Libérer Framboise, évidemment », le silence s'était imposé dans la pièce malgré la radio qui ressassait inlassablement les événements des jours passés, depuis le licenciement abusif de Framboise par MA & L jusqu'à la cascade de conséquences inattendues ayant abouti à la chute de Giovanni Cortisone et à l'arrestation surprise de Framboise.

Monica frissonna en portant la main à sa joue. La douleur cuisante du coup violent que lui avait asséné le mafieux se réveilla. Son esprit logique et sa connaissance des échecs, ainsi qu'un peu de charme, peut-être, l'avait sauvée, mais elle demeurait celle qui s'était fait piéger. Gina, au contraire, était celle qui avait su s'emparer des commandes et éviter les faux pas. Les épreuves traversées les jours précédents pour venir en aide à sa nièce, Framboise, l'avaient transformé en leader de leur petit groupe. Gina tourna les talons, agacée, et coupa la radio. La voix excitée se tut enfin. Monica songea que rien ne laissait deviner les qualités de chef de Gina, sa capacité à arrêter des décisions rapides et à ramener les Mammas sur les rails. Son amie présentait une apparence banale, un mètre soixante-trois, dans la moyenne, et si elle était un peu moins enrobée qu'elle, il fallait sûrement l'imputer à son caractère nerveux. Gina portait avec allégresse ses soixante-deux ans. Bien sûr, elle possédait quelques rides au coin des yeux et à la naissance du cou, mais ni plus ni moins que les autres femmes de son âge. Elle se serait fondue avec aisance dans la foule et y serait restée anonyme si ce n'était pour son regard qui, comme toujours, et encore plus en cet instant où elle les observait toutes, éclairait son visage avec force et détermination. Gina écarta ses mains, en un geste interrogateur :

— Vous me semblez éteintes, là, que se passe-t-il ? Vous acceptez la mission ? Les Mammas, on se déride, quoi, nous ne pouvons pas laisser tomber Framboise ! les houspilla Gina en posant les mains sur ses hanches.

— Bien sûr que j'accepte, annonça Sophia. Je ne me suis jamais sentie aussi vivante que ces derniers jours, je ne me vois pas retourner à mes lectures.

— Et moi à mon tricot, soupira Silvana. Par les cornes du diable, même l'idée de la messe m'ennuie, vous imaginez ?

Monica renchérit :

— Moi, c'est pareil. La vie normale, cela ronronne trop. Pourtant, avec ce qui m'est arrivé, je devrais souhaiter un peu de calme. Mais bon, les échecs et les musées, cela manque parfois de piment.

— C'est vrai, ça, faut s'exciter dans la vie, s'empressa d'ajouter Ornella, faut que le sang pétille ! Allons libérer Framboise ! Et pourquoi on n'appelle pas Anna ?

— Framboise ne pouvait plus la voir, répliqua Gina. Je préfère qu'on fasse sans elle.

Elle quitta le parquet de chêne clair pour le carrelage gris de la cuisine, se hissa sur la pointe des pieds puis revint en s'exclamant :

— Une nouvelle mission se doit d'être fêtée dignement ! Qui veut de mes croquants amandes-anchois-tomate ? Avec mon pesto, ils donnent la patate.

Monica et Gina se laissèrent choir sur des poufs tunisiens face à Claudia, Ornella, Silvana et Sophia serrées sur le grand canapé. La table basse, une mosaïque colorée de carreaux d'inspiration marocaine, se recouvrit de gourmandises qui tressautèrent quand le portable de Gina vibra.

— *Si, pronto ?*

— *Gina, c'est Anna.*

— Tiens, quand on parle du loup, souffla Gina.

Elle bascula son téléphone en mode haut-parleur, le reposa sur la table et reprit :

— Oui, Anna ?

— *Framboise a des problèmes.*

— Je viens d'apprendre ça, une vraie honte ce Meli. D'ailleurs, nous sommes toutes réunies chez moi. Pas question qu'on abandonne Framboise dans le pétrin.

Sur sa chaise dans son grand appartement à Gênes, Anna se couvrit la bouche et ses épaules tombèrent. *Elles se sont réunies sans me prévenir.* Un voile de tristesse l'enveloppa et elle murmura d'une voix éteinte :

— *Oh, je vois... Gina, je ne parle pas de* ce *problème. Un inspecteur de police, ce n'est qu'une broutille pour les Mammas. Je voulais t'avertir. J'ai reçu la visite de Gino Mascarpone. C'est un homme de Cortisone.*

— Mais Cortisone est en prison !

— *Oui, mais pas sa femme. Je pense que Mascarpone travaille pour Flavia. Elle cherche Tonio.*

— Tonio ? Et pourquoi ce type viendrait-il te voir, toi, pour trouver Tonio Cortisone ?

Dans l'appartement de Milan, le silence avait envahi le salon et les Mammas tendaient l'oreille.

— *Parce que vous avez enfermé Tonio dans ma cave, voilà pourquoi,* s'agaça Anna. *Et comme personne ne m'a raconté ce que vous avez fait de Tonio et qu'il pointait un énorme pistolet sur moi, je l'ai calmé en l'informant que la seule qui pouvait le renseigner c'était Framboise.*

— Quoi ! cria Gina. Mais tu...

— *Eh, Gina, ce n'est pas toi qu'on bouscule et menace avec une arme ! J'essaye de survivre ! Tu vois, je t'appelle pour te prévenir. Dès que Framboise sera libre, Mascarpone va l'attendre au tournant. Pense ce que tu veux, mais moi aussi j'aimerais aider ta nièce. Tu as mis le haut-parleur ?*

— ...

— *Mouais, tu ne réponds pas. Tu l'as mis, hein ? Eh, les filles, je sais que vous êtes là. Vous pouvez toutes revenir loger chez moi si vous le souhaitez. Framboise est à Gênes, pas à Milan, vous aurez besoin d'un point de chute.*

Gina haussa ses épaules et hésita avant de déclarer :

— Ce serait avec plaisir, Anna. Merci. Mais avant il faut que tu nous expliques. C'est quoi l'histoire entre Framboise et toi ?

Anna se hérissa sur sa chaise. Son cœur accéléra et elle ferma les yeux. Sa main gauche se crispa sur l'assise, ses jointures blanchirent et son bras raide commença à trembler. Elle tenta de se reprendre, entama une série d'inspirations-expirations pour se calmer, son souffle chuinta dans le salon milanais à travers le haut-parleur.

— Anna ? Anna tu vas bien ?

— *J'ai... J'ai...*

Anna s'étrangla et toussa.

— *J'ai averti Don Cortisone que Framboise venait l'attaquer pour sauver Jazz.*

Gina se pétrifia, bouche bée. Ses pupilles s'agrandirent et elle fixa le téléphone sur la table sans le voir.

— Tu as fait quoi ? hurla -t-elle en s'emparant du portable. Sale traîtresse, je ne veux plus jamais...

— Gina, chut ! l'interrompit vivement Sophia. Ne dis rien que tu regretteras plus tard.

Elle se leva du petit canapé vert et posa ses mains sur les épaules de son amie alors que Claudia, Monica, Silvana et Ornella se cherchaient du regard, incrédules.

— Quoi, chut ? Comment ça, chut ? Mais cette sardine...

— Gina ! Passe-moi ce téléphone et va t'asseoir, tu surréagis. Je te comprends, tu es en colère.

— Je surréagis, moi ? Je surréagis ? Vous avez du jambon sur les yeux ou quoi ? Anna...

— Anna va tout nous expliquer. En attendant, Framboise est vivante, non ? Elle va bien. Alors ? Anna, c'est Sophia.

Anna avait coincé son portable entre ses genoux et sanglotait, la tête entre ses mains. Elle essuya une larme sur sa joue et croassa :

— *Sophia...*

— Anna, tu veux nous raconter ? Pourquoi as-tu prévenu Cortisone ? Il t'a menacée ?

Anna renifla et souffla dans son mouchoir. Elle confia d'une voix lasse :

—Après le décès de Julio, tout s'est compliqué. Je n'avais plus d'argent, l'assurance m'a lâchée, mais je devais toujours rembourser la banque, pour l'appartement. Ou je finissais à la rue. Je comptais chaque centime. Je traversais à pied toute la ville avec mon caddy pour économiser le bus et dégotter les produits les moins chers. Puis un jour, un homme de Cortisone m'a abordée à la fin du marché, lorsque tout est bradé, et m'a proposé de racheter ma dette. Il baisserait mes mensualités et je le rembourserais à mon rythme, sur une longue durée. Je n'aurais jamais dû accepter. Depuis lors, il me tenait. J'ai dit à Giovanni que Framboise le cherchait pour cesser de payer.

Sa voix vira vers l'aigu, elle cria presque :

—Je n'en pouvais plus de son racket, tu comprends ! Les paiements ne s'arrêteraient jamais. J'ai craqué, Gina. Chaque jour je remercie le ciel que Framboise s'en soit sortie indemne. C'est pour cela que je t'ai appelée aujourd'hui. Elle se trouve de nouveau plongée jusqu'au cou dans les ennuis, je veux aider.

Gina serrait les mâchoires. *Elle a vendu Framboise pour du fric !* Les Mammas demeuraient sous le choc et Claudia avait plaqué ses deux mains sur ses cheveux, horrifiée. Sophia reprit :

— La vie est pleine de choix, Anna. Je ne te juge pas. Toi seule peux prendre la mesure de ce que tu as traversé et des remords avec lesquels tu dois vivre. Moi, j'ai choisi : j'accepte ta proposition. Je suis prête à revenir chez toi. Comme tu le disais, il nous faut un point de chute à Gênes et, ton offre d'hébergement, c'est déjà aider Framboise. Je te laisse maintenant. Je vais discuter de tout ça avec les autres.

— *Sophia, n'oublie pas,* cria Anna, *Mascarpone sautera sur Framboise dès que la police la relâchera !*

Sophia raccrocha sans un mot et examina les Mammas et leurs visages en berne.

— Les filles, ce n'est pas comme si quelqu'un était mort...

— C'est tout comme ! cracha Gina. Elle a vendu ma nièce pour du pognon. Et il n'y a pas que Framboise. Jazz et Melody auraient pu y rester. Et Monica !

Cette dernière frissonna et passa sa main sur sa joue, là où Giovanni Cortisone l'avait frappée.

— D'une certaine façon, c'est grâce à Anna que Framboise est devenue une star de la lutte antimafia, remarqua Silvana. Capturée puis délivrée. Anna en a fait une héroïne.

— N'importe quoi ! C'est aussi mou que de la mozza, ton argument ! Framboise a failli y laisser sa peau comme le saumon au fond de l'assiette, elle n'a jamais demandé à être célèbre ! grogna Gina. Elle serait morte sans nous. Sans Jazz. Sans Nicolo.

Claudia opina puis exposa :

— Je crois que, sans trop de risque, nous pouvons faire confiance à Anna. Cette histoire l'a bien secouée. Elle ne nous trahira plus et elle apprécie sincèrement Framboise. Au contraire, elle fera tout pour se racheter. Je suis d'accord avec Sophia, nous devrions accepter sa proposition de loger chez elle.

— Ça me convient, laissa tomber Silvana songeuse.

— Eh bien, moi, cela ne me va pas ! explosa Gina. Dormir chez ce serpent ! Son geste me reste en travers de la gorge. Ma Framboise, vous imaginez ? Non, mais vous imaginez à quel point ce doit être tordu dans la tête d'Anna pour qu'elle envisage, ne serait-ce qu'une seconde, de trahir ses amies ?

— Non, Gina. Justement nous n'imaginons pas, répliqua Sophia. Personne ne peut se mettre à sa place. Claudia a raison, Anna fera tout pour se racheter.

— Et toi, Monica, t'en dis quoi ? lança Gina.

— C'est trop dangereux.

— Quoi, c'est trop dangereux ? déclara Silvana.

— Croire en Anna est trop risqué, murmura Monica. Cela va nous poser des problèmes. À chaque situation un peu délicate, nous aurons cette arrière-pensée : est-ce qu'elle est fiable ?

— On a beau faire confiance et s'amuser, c'est comme une partie de jambes en l'air, faut se protéger, lâcha Ornella d'une voix sentencieuse. Je vote contre, pour le moment. Rien ne dit que, plus tard, nous ne pourrons pas changer d'avis.

Claudia grimaça, Sophie et Silvana se regardèrent, puis Silvana haussa les épaules.

— Comme vous voudrez… Pas de rédemption, alors ?

— Et j'ai une solution, reprit Ornella. Il n'est pas nécessaire de loger chez Anna, nous possédons un superbe point de chute à Gênes. Vous ne voyez pas ? L'entrepôt retapé pour produire les bottines de Framboise n'a jamais servi. Le premier étage est parfait, non ? Des canapés, une cuisine, toilettes, douche...

— Excellente idée, annonça Gina en retrouvant le sourire. Et pour Anna, tant pis, il ne fallait pas qu'elle abandonne ses amies comme de vieux anchois.

Chapitre 12

Les caisses de cannabis enrichi au THC et en cocaïne s'entassaient du sol au plafond dans le container laboratoire transformé en four par la chaleur du désert d'Arizona. Malgré son emplacement, collé à la paroi au fond du canyon dans une vaine recherche de fraîcheur, Ortie-Sauvage y étouffait. Ses longues tresses noires dégageant sa nuque et son ascendance navajo n'allégeaient en rien le poids du jour. Dans ses sous-vêtements de coton blanc, la jeune femme, qui gérait le trafic et officiait comme chimiste, luisait de sueur. Elle enleva son masque à gaz plaqué sur ses pommettes fières, le suspendit à un crochet à l'entrée et enfila ses tongs pour éviter la brûlure du sable chaud. Son visage rond, fin et racé, s'encadra dans la porte de métal, espérant un souffle d'air. Les oiseaux se taisaient. Les lauriers et les herbes hautes, pétrifiés. La nature aussi assommée qu'elle par la chaleur. Une goutte salée apparut sur son front dégagé, s'enhardit entre ses sourcils menus et dévala l'arête de son nez droit et fin avant de s'écraser dans la poussière. Où elle disparut aussitôt, évaporée.

Ortie-Sauvage rejoignit dans l'atmosphère suspendue sa caravane posée en plein soleil. La porte buta contre une caisse et elle pivota sur son profil avant de se faufiler à l'intérieur. Là aussi, la drogue avait commencé à envahir son domaine personnel. Une mouche s'installa sur son front pour butiner sa peau cuivrée. Ortie-Sauvage la chassa d'une main blasée, épongea son corps moite avec un carré de serviette d'un blanc sale, engloutit une canette de bière glacée récupérée dans le frigo et décrocha son téléphone. Depuis qu'Iridium avait maillé l'espace autour de la Terre d'une constellation de satellites, communiquer s'avérait facile. Cela lui épargnait les deux heures de route pour sortir du canyon de Chelly et trouver le réseau.

Trois mille kilomètres plus à l'est, à New York, dans son appartement cossu de l'Upper East Side, non loin de Central Park, revêtu d'un ample sweat-shirt vert chiné et d'un pantalon de lin gris, pieds nus, Don Lupo relâchait la tension dans son canapé de cuir blanc.

Il le méritait. La journée à négocier avec les Mexicains avait failli tourner au massacre. Ces dingues contrôlaient déjà ouvertement un pays, mais leurs ambitions demeuraient démesurées. Leurs physiques respectifs avaient souligné leurs différences et instauré une méfiance épidermique. Lui rassemblait tous les attributs du caucasien typique : une grande taille, des cheveux beige foncé ne dépassant guère le centimètre, un large front au-dessus de sourcils presque blonds et un nez court légèrement aplati. Son teint clair rosi par le passage précis du rasoir contrastait avec la peau mate de ses trois interlocuteurs râblés, tatoués, aux cheveux mi-longs. Ses lèvres fines et son menton carré lui procuraient une autorité et une assurance qu'il avait su mettre à son profit. Et lorsque les gars du cartel avaient tenté de l'intimider, ses pupilles bleues et dures, engoncées dans leur orbite, avaient fixé leurs yeux noirs sans ciller. *Enfin, accord conclu,* songea-t-il.

Son regard flottait sur l'écran télé et les infos de CNN lorsque son portable émit une discrète sonnerie. Il posa sa vodka-martini, tendit un bras négligent vers le téléphone et répondit.

— Lupo.

— Ortie-Sauvage. Je suis...

— Ah ! J'attendais votre appel. Vous cherchez à écouler votre came qui cuit dans le désert depuis l'arrestation de Cortisone.

La Navajo se figea. Ses yeux fixaient sans le voir son minuscule plan de travail et son dos se crispa sous le choc. Le cocon protecteur du canyon de Chelly venait de se dissoudre au soleil et elle se sentit comme le chien de prairie exposé au regard du rapace. Ses activités clandestines auraient dû rester secrètes. Malgré la chaleur, une sensation de fraîcheur l'envahit et sa peau se hérissa sur ses bras. D'un geste mécanique, elle planta le couteau à découper dans la planche à pain et le *tchoc* du métal pénétrant le bois dur la sortit de sa léthargie.

— Comment savez-vous ? lâcha-t-elle enfin.

— De la même façon que vous, vous connaissez mon numéro. Vous et moi, nous évoluons dans la même branche professionnelle.

— Exact. Dans ce cas, vous vous doutez que je cherche Tonio.

— Tout le monde cherche Tonio. Il se planque quelque part et fait le mort.

— J'ai besoin qu'il ressuscite. Quelqu'un doit succéder à Don Cortisone.

— Oui, effectivement, confirma Lupo en fixant l'écran.

CNN revenait une fois de plus sur l'explosion de la demeure du parrain de Cosa Nostra et commentait en boucle, entre le cours de Wall Street et un glissement de terrain en Thaïlande, l'opération du procureur Carminorosso ayant abouti à l'arrestation spectaculaire de chef de la mafia. Lupo reprit :

— Je n'ai aucune idée de l'endroit où se trouve Tonio.

— Et vous n'avez pas non plus la moindre idée de son potentiel successeur ? On ne peut pas laisser le business au point mort de cette façon. Les affaires sont stoppées et le manque à gagner devient considérable. Et stupide. Le *Live and let die* est arrivé et la marchandise stagne à l'intérieur. J'ai besoin d'un réceptif en Italie. Ne me dites pas que vous ne connaissez personne, Don Lupo, déclara-t-elle d'une voix douce en insistant sur le Don.

Elle a raison, mais je ne laisserai pas passer une telle occasion. Pas de précipitation surtout. Je ne finirai pas dans un baril au fond de l'Hudson. Il acquiesça :

— Vous avez raison, la situation n'est pas tenable. Mais tant que Tonio ne réapparaît pas, la branche new-yorkaise de Cosa Nostra n'inter… Excusez-moi.

Nicomedo Lupo attrapa la télécommande et monta le son en fixant le bandeau *Breaking News* qui défilait en bas de l'écran. La voix de la commentatrice, dans un subtil équilibre de neutralité et d'excitation, exposait en boucle :

Nouveau rebondissement dans l'affaire dite « des bottines ». Nous venons d'apprendre l'arrestation de Framboise Dopamine, la jeune femme à l'origine de la chute du parrain. Elle serait impliquée dans la mystérieuse disparition de Tonio Cortisone, l'héritier mafieux.

Lupo appuya sur *Mute* et reprit :

— Vous avez entendu ? Dopamine sort du circuit.

— J'ai entendu, oui, ce qui m'amène à un deuxième problème à régler, rétorqua Ortie-Sauvage. J'ai un stock de cuir destiné à MA & L qui me reste sur les bras. Et un autre en attente à l'arrivée.

— Je répète : la branche new-yorkaise de Cosa Nostra ne se mêlera pas des affaires de la famille en Italie. *Au moins dans un premier temps...* On attend que Tonio refasse surface. Stockez la marchandise et faites gaffe à l'insolation.

Nicomedo Lupo raccrocha, silencieux. L'arrestation de Giovanni créait des effets domino dont il fallait se méfier. Il vida son verre. « Bon, moi j'ai à décider du destin d'un rat », murmura-t-il. Il attrapa sa veste et sauta dans un taxi. Le véhicule pris plein est, évita le gros du trafic en empruntant Franklin Delano Roosevelt Drive et fila vers la pointe sud de Manhattan en longeant l'East River. Vingt-cinq minutes plus tard, il déposa son client dans la zone industrielle de Navy Yard. Lupo claqua la portière et s'avança dans l'odeur de carton et de plastique de l'entrepôt.

— Hello Mickey.

Il le salua d'un signe de tête et s'assit sur un bidon face à lui. Le commerçant lui répéta une nouvelle fois toute l'histoire que Lupo conclut par un sec : « Suffit ! Montre-moi le type. » Gambino se dirigea vers les toilettes, tourna la clé. La porte jaillit de ses gonds et le percuta de plein fouet. Il bascula en arrière, s'écrasa sur le tuyau d'incendie jaune fixé au mur, Tonio bondit et vint s'encastrer sur le poing de Lupo. Le souffle coupé, il s'écroula sur le béton. Son gémissement prit fin sur un long sifflement, le bruit de l'air s'engouffrant dans ses poumons et il grogna, recroquevillé sur le sol :

— J'vais tous vous buter !

Don Lupo le regarda de haut avec une moue dubitative et lâcha froidement :

— J'en doute. Les rats, on les noie avant qu'ils ne propagent la peste. *Italiano ?*

— *Si.*

— Alors, tu vas comprendre. Je suis Don Lupo.

— Et moi, Don Cortisone, haleta Tonio.

Nicomedo grimaça un sourire sarcastique.

— Mauvais choix, l'ami. Don Cortisone est en prison.

— Que Dieu préserve mon père en ces temps difficiles. Mon nom est Cortisone, Tonio Cortisone.

— Mickey, nettoie-moi ça, il pue. Et trouve-moi un portrait du fils Cortisone, ordonna Lupo en détaillant le clochard devant lui.

— Avec plaisir !

Gambino déroula le tuyau d'incendie et appuya sur la détente du pistolet industriel. À fond. Le liquide sous pression fusa, la colonne d'eau explosa sur Tonio qui se plia en deux, le visage dans ses mains, puis le jet balaya son corps de haut en bas. Tonio se décala d'un pas et chancela, maigre comme un chat mouillé. Il moulina des bras en une attaque bravache, tentant de progresser vers Mickey. Lupo s'avança d'un pas et le faucha à la cheville, Tonio chuta dans le ruisseau s'écoulant sur le sol vers la grille d'évacuation.

Gambino abandonna la lance à eau et partit chercher son portable. Il googla le nom de Tonio Cortisone et revint avec le portrait d'un homme aux traits durs et aux cheveux raides. Il projeta une barbe imaginaire sur l'image de l'homme imberbe, mais ce qui lui enleva tout doute était la cicatrice caractéristique sur la joue gauche.

— Don Lupo, ce type... Regardez !

— Ah ! Le retour du fils prodigue ! Cela change la donne...

Lupo jeta un œil dédaigneux sur l'homme hirsute et trempé se tenant le coude, assis par terre, dans la flaque d'eau, avant de piétiner de long en large dans l'entrepôt en se gratouillant le menton. Il revint vers Gambino et haussa les épaules, lui signifiant « il va falloir faire avec » puis tendit sa main vers Tonio en affichant un sourire qu'il souhaita aussi contrit que possible.

— Don Cortisone ? Nos excuses. Votre apparition soudaine ici à New York alors que tout le monde vous cherche à Gênes est une immense surprise. Nous n'aurions pas pu le soupçonner une seconde. Mickey et moi avons réagi en professionnels. Ce genre de situation impose une certaine ligne de conduite, vous le comprendrez mieux que personne.

Tonio grimaça de satisfaction et saisit la main tendue en grognant :

— Devriez réfléchir et vérifier avant d'agir ! Cela vous jouera de mauvais tours.

Il se releva en frissonnant de froid. Lupo nota l'esquisse d'un sourire furtif sur le visage du fils Cortisone puis tout le poids du monde sembla s'abattre sur les épaules de Tonio. Il lui parut encore plus misérable dans ses vêtements trempés. *Se montrera-t-il à la hauteur de son père ?* se demanda Lupo. Il voulait faire le fier et endosser son nouveau rôle de chef, mais à le voir ainsi, aussi piteux, il doutait que le jeune homme ait la carrure nécessaire pour le job. En un regain de dignité, Tonio se redressa, gonfla la poitrine et sautilla en agitant les bras pour décoller le tissu mouillé de sa peau. L'eau dégoulinait le long de ses jambes et s'écoulait sur le béton. Une lueur farouche traversa son regard, il piétina la flaque à ses pieds et tenta de lisser ses cheveux gras et sales vers l'arrière, dégageant son visage. Tonio serra les mâchoires pour réfréner un claquement de dents et finit par lâcher :

— Vous pouvez me fournir un passeport. Et des habits propres. Et financer mon retour en Italie. J'ai quelques petits comptes à régler là-bas.

— Le voyage surprise en conteneur ?

— Entre autres. Et venger mon père afin de rétablir le respect dû à ma famille.

— L'honneur est une valeur noble, mais désuète. Sur le nouveau continent, nous nous efforçons d'être pragmatiques, exposa Don Lupo d'un ton didactique. Le business s'en porte bien mieux.

Il braqua ses yeux bleus et froids sur le jeune Don Cortisone en espérant que celui-ci n'allait pas déclencher une vendetta sanglante et contre-productive pour des questions d'ego.

— Il s'agit de la réputation de Cosa Nostra, répliqua Tonio. Une affaire de survie si nous ne voulons pas nous faire bouffer par la 'Ndrangheta.

— La réputation de Cosa Nostra se rétablira bien mieux par une succession sans heurt et un business florissant que par une vendetta pour l'honneur.

Tonio se tut et serra les mâchoires. Lupo constata que son interlocuteur avait repris du poil de la bête. Il faudrait qu'il surveille les actions de Tonio en Italie et vérifie que le jeune nouveau parrain tienne ses promesses.

— Je vous fournirai un passeport, annonça-t-il. Et je prélève quinze pour cent sur les livraisons de drogue produite par Ortie-Sauvage.

— Quinze pour cent !

Tonio grogna, planta ses yeux dans ceux de Lupo et ouvrit la bouche pour protester.

— Tut tut… Vous m'êtes redevable, Don Cortisone. Un passeport et votre liberté ne valent pas une petite commission ? Et encore un conseil : remettez vite la logistique en place ou la Navajo ira chercher d'autres débouchés. Et faites-lui plaisir, elle vous a attendu : débarrassez-la du stock de cuir préparé pour les boutiques MA & L.

L'évocation de MA & L ramena Tonio vers Framboise et au jour funeste où elle l'avait enfermé dans la cave de cette Anna. Une bouffée de colère lui fit serrer les poings et il acquiesça en silence. *Celle-là, je vais la buter !*

Chapitre 13

— *Gosh !* Nom d'un chardon, le laser est mort ! s'exclama Melody. Plus de batterie.

Elle contempla le petit tube d'un air dépité et le rangea sur son flanc. Ses bras ballants retombèrent sur ses cuisses nues, elle relâcha sa nuque en expirant et sa tête s'inclina vers le sol.

— Il faut qu'on foute le camp, déclara Jazz.

Elle shoota dans la terre meuble, laissant une trace noire, et souffla :

— Je sais ! On attend, on patiente et on s'adapte, s'agaça-t-elle en se retournant vers son partenaire. Mais nous devons sortir de là. Nous avons peut-être chanté victoire un peu trop tôt après avoir mis Cortisone sous les verrous.

Jazz l'admirait dans la pénombre de la cave. Ses cheveux noirs, réunis en une queue-de-cheval, densifiaient l'obscurité en se balançant doucement. La dentelle XtremLace échancrée rayonnait sur son pubis. Le halo émis par sa culotte orange créait des ombres sur son corsage blanc maintenant froissé et soulignait sa poitrine menue. Question souplesse et tonicité, la jeune femme appartenait à l'élite et aurait pu en remontrer à n'importe quelle gymnaste. Bien plantée sur le sol, campée sur ses jambes et le pantalon rabaissé aux genoux, elle évoquait une déesse de la guerre et de l'amour surgie des ténèbres. Jazz s'étonna de ne plus rien ressentir pour elle. La flamme de désir qui le brûlait par le passé ne s'allumait plus.

Son imagination dériva vers Framboise. Il la visualisa dans la posture de Melody et aussitôt sa gorge s'assécha. Il déglutit. Son cœur piqua un sprint rapide. Stop ! Il fallait qu'il cesse de penser à Framboise et qu'elle sorte de sa tête. Elle avait sa vie, il avait la sienne. Tout n'était pas faux dans la lettre qu'il lui avait laissée. Les activités d'un espion tenu à la discrétion ne s'accordaient pas avec celles d'une jeune femme ambitieuse devenue soudain célèbre. Une relation impossible, a fortiori quand la fille vivait à Gênes et que l'agent était basé à Glasgow. Mille cinq cent soixante-dix-huit kilomètres séparaient les deux villes à vol d'oiseau. Il le savait, il avait vérifié. Son poing vint soudain frapper sa cuisse. Alors que Melody remontait son jean, Jazz s'écria :

— Attends !

— Hum...

Elle haussa les sourcils avec curiosité et sentit un fourmillement la traverser. S'il voulait batifoler, peut-être se laisserait-elle tenter par un câlin rapide, en souvenir du bon vieux temps. Mais Jazz se contenta d'ajouter :

— J'ai besoin de lumière pour étudier la porte.

Melody pinça ses lèvres et se raidit. Elle se maudit de s'être enlisée dans des songeries stériles et des projections illusoires fondées sur les souvenirs du passé. Le passé était le passé et le présent, eh bien, le présent n'avait plus rien à voir. Elle lâcha d'un ton sec :

— Ah oui ! La phosphorescence... Au moins, cela marche encore.

Jazz et elle se rapprochèrent du battant métallique puis elle s'immobilisa et Jazz décocha un énorme coup de pied là où le laser avait entamé le fer. Le panneau vibra tel un gong tibétain, mais tint bon sa position sans broncher.

— Il va falloir envisager autre chose, trancha Jazz.

— *Shit !* enragea Melody.

Elle laboura le sol, marquant la terre d'une encoche sombre. Des particules marron et noires vinrent cribler le bas de la porte.

— Tu as vu ça ? s'étonna Jazz

Il s'accroupit devant elle.

— Regarde ces grains noirs sous la couche de surface. Nous sommes dans une ancienne cave à charbon. Le charbon, ça brûle, non ?

— Non. Enfin, pas comme ça.

— Le laser est totalement HS ?

— Raide mort. Plus rien à en tirer tant que je ne le recharge pas.

Melody lui lança un regard dur.

— C'est bon pour la lumière ? Je peux me rhabiller ou tu souhaites me mater en culotte encore un peu ?

— Te mater ?

Un pli irrité apparut au coin des lèvres de Jazz.

— Je ne te mate pas, j'analyse afin d'essayer de nous sortir de là, râla-t-il d'un ton revêche en se relevant. Qu'est-ce que tu as, Melody, tu n'as pas envie de quitter ce trou ?

Il y a que je te mets mes petites fesses sous le nez et que tu ne me regardes même pas, voilà ce qu'il y a, Jazz ! Melody recula d'un pas vif, rajusta son pantalon et se reboutonnait lorsque Jazz lui attrapa la main et la mena vers le mur. Elle trébucha.

— Eh, tu fais quoi ?

— Tu vois cette colonne de briques brunes qui se démarque des autres ? Elle nous dessine le conduit de cheminée.

— Des pierres réfractaires à la chaleur et alors ? Tu veux quitter cette cave comme le père Noël ? En supposant qu'on parvienne à dégager une ouverture, on ne passera jamais, Jazz !

Il l'observa, perplexe. Melody semblait agacée et cela ne lui ressemblait pas. Elle perdait son sang-froid ? Il lâcha d'une voix lasse :

— Je cherche simplement des solutions, Melody. J'étudie notre prison. Une cheminée, du charbon, il y a peut-être quelque chose à en tirer. Tu vois d'autres indices ? Le sol, le plafond ? questionna-t-il en s'asseyant dos aux briques et en appuyant sa nuque sur le mur.

Soudain, il s'immobilisa, en arrêt, et ses pupilles s'agrandirent.

— Quoi ? lança Melody.

— Viens près de moi, lui intima-t-il en tapotant les graviers à côté de lui. Écoute !

Il colla son oreille contre le conduit de cheminée. Un doux murmure de voix flotta jusqu'à eux. Trois étages au-dessus, Flavia explosait, hystérique :

— Framboise, arrêtée ? Par tous les saints, Gino ! Cela fout en l'air tous nos plans ! Elle seule sait si Tonio est vivant. Comment va-t-on faire ? Je veux le retrouver avant qu'on ne me retrouve moi ! Je veux revoir mon fils ! Mes planques tombent les unes après les autres, les flics examinent à la loupe la paperasse de la chambre forte au sous-sol de ma maison, s'étrangla-t-elle. Ils remontent la piste. Cet endroit est sûr, mais j'ai quand même la trouille. Tu pourrais faire évader Framboise, histoire qu'on la cuisine tous les deux ?

Dans la cave, Jazz se tourna vers Melody.

— Tu comprends ?

— Pas bien. Elle s'énerve après la police et cherche Tonio.

— Et qu'est-ce qu'ils racontent à propos de Framboise ? Elle a été arrêtée, c'est ça ?

Melody comprit que Jazz se mordait la lèvre sans même s'en rendre compte.

— Je crois. Et Flavia et Gino veulent lui parler.

— Ça chauffe vraiment trop. Faut qu'on s'échappe pour la mettre à l'abri.

— Tu as raison sur un point : faut qu'on se tire d'ici en vitesse et qu'on sauve notre peau. Chut, écoute ! Gino parle, constata Melody.

— Flavia, je ne peux rien pour Framboise, expliquait l'homme de sa voix grave.

Gino avait saisi sa main et la réchauffait entre les siennes. Il continua :

— Framboise est détenue chez les flics, je ne suis pas suicidaire. Son arrestation spectaculaire, après celle de ton mari et de ses employeurs véreux, c'est un coup de pied de trop dans la fourmilière. La presse grouille, une foultitude de gens pullule autour d'elle. Je ne peux pas organiser une évasion. Il faut attendre qu'elle sorte, pas le choix. En revanche, ici, on ne craint rien. Cette baraque a été achetée sous un nom d'emprunt.

— Oui, enfin, sous un nom d'emprunt… sous mon nom de jeune fille.

— Flavia !

— Je me tue à te le dire, Gino, tança-t-elle en retirant sa main.

Elle lui tourna le dos et s'avança vers la baie vitrée. Gino joignit ses mains derrière sa nuque et soupira :

— *Capisco*. Si tes appartements sont saisis les uns après les autres, faut qu'on décampe, tous les deux. On ne va pas attendre qu'ils nous tombent sur le râble. T'as toujours ta maison à Vernazza ?

— Tu penses à la maison des Cinq Terres ?

— Oui.

Flavia resta silencieuse. Derrière la vitre, le ciel virait au gris et elle devinait aux nuages chargés une atmosphère lourde et moite. La façade maritime se heurtait aux collines et maintenait la ville dans un îlot tropical et humide dont elle ressentait de plus en plus fréquemment les effets délétères. Gino avait raison. Changer d'air lui ferait du bien. Elle pirouetta et lui sourit.

— Les Cinq Terres... Bonne idée. *Une planque parfaite cette fois, avec un anonymat total. La maison appartient à un prête-nom, avec des échappatoires par les collines ou par la mer.* Et les deux espions ?

— On les embarque. Ils savent trop de choses et ils ont peut-être retrouvé la mémoire.

Au sous-sol, Melody attrapa la main de Jazz et s'écria :

— Ils parlent de nous ! Je crois qu'on va déménager, Jazz ! Ils veulent nous emmener aux « cinq terres ».

Jazz dégagea sa main et grommela :

— C'est ce que j'ai entendu aussi. Les cinq terres, les cinq terres, je ne connais pas. Ils l'ont répété plusieurs fois. Ça te dit quelque chose, à toi ?

— Rien du tout, aucune idée. Et je n'ai rien compris au reste.

— Je pense à un truc. Un peu tordu, mais au cas où quelqu'un passerait par là... Tu peux t'approcher, Melody ? Attention !

Sans attendre, Jazz encercla les cuisses de sa collègue de ses bras puissants, cala ses avant-bras sous les fesses de Melody et la souleva comme une plume. Il se retrouva avec le visage contre son ventre et Melody sentit son nez lui chatouiller le nombril. Elle garda le silence le temps de quelques battements de cœur rapides, trop rapides, et lança dans un souffle :

— Mais qu'est-ce que tu fais, Jazz ?

— Gratte le plafond, prends du plâtre, ânonna-t-il d'une voix étouffée, la bouche dans son corsage. Je veux de la pierre blanche.

— Encore un peu trop bas, attends. Serre-moi bien.

Elle leva ses jambes, enlaça ses cuisses autour de son torse, raffermit son emprise et étira son bras.

— Monte-moi. Plus que quelques centimètres. Pousse sur mes fesses. Oui, comme ça.

— C'est bon ?

— Oui… c'est très bon !

— Alors, on redescend.

Melody se laissa glisser contre son corps. Son visage effleura ses cheveux, elle tressaillit, électrisée.

— Jazz…

Il se dégagea en s'ébrouant.

— Quoi ?

Elle inspira une grande bouffée d'air sec, cligna des paupières, rajusta son corsage et souffla :

— Non, rien. Cela rime à quoi ? C'est quoi ton plan, Jazz ?

— S'ils nous emmènent dans les cinq terres alors, essayons de déposer un indice. Tu pourrais fabriquer une pyramide blanche dans le coin de la pièce avec le plâtre que tu as récolté ? Moi, je gratte les briques.

Quelques minutes plus tard, Melody le regardait, sourire aux lèvres, devant cinq petits monticules : un en terre marron, un autre noir de charbon, un de plâtre blanc et les deux derniers en brique, rouge et brune. Jazz lui rendit son sourire, son visage s'illumina puis afficha un air faussement navré :

— Je sais : un peu léger, il faudra un enquêteur malin, mais nous avons maintenant une représentation des cinq terres.

— Pas suffisant, commenta Melody. C'est une bonne idée, mais il est nécessaire d'indiquer à ceux qui les verront que ces pyramides ont un sens. Nous devons attirer leur attention, faute de quoi ils passeront à côté du message.

Elle s'accroupit, ramassa un morceau de charbon et traça un J et un M qu'elle cercla d'un cœur à ras du sol, derrière les cinq petits tas de terre, à l'angle des murs.

— Hum… Trop visible.

Elle grappilla une poignée de poussière, la souffla sur l'inscription, l'éclat noir et brillant des traits au graphite s'atténuèrent. Elle se recula, satisfaite :

— Voilà ! Qu'est-ce que tu vois ?

Il haussa les épaules et fronça les sourcils.

— Nos initiales dans un cœur, comme le dessinent les amoureux partout dans le monde. Le cœur était-il vraiment nécessaire ?

Elle eut un sourire narquois.

— Indispensable ! Personne ne songera à un appel à l'aide ou à un signal de détresse. Un graffiti anodin, banal, un peu puéril. Innocent. Si Flavia ou Gino le remarque, rien n'est moins sûr, vu l'obscurité qui règne ici et l'emplacement en bas du mur, le dessin ne les inquiétera pas. Ils croiront que nous sommes désespérés et ils n'y prêteront plus attention. En supposant que l'on nous recherche, évidemment, soupira-t-elle.

— Cela m'étonnerait que Framboise ne remue pas ciel et terre pour nous trouver.

Pour me retrouver. Et si Framboise voit un jour ce cœur, elle va enrager. Dans un sursaut de colère, il racla la poussière, projetant des gravillons contre la porte. *Il faut que je m'ôte cette fille de la tête !* pensa encore Jazz. Melody le dévisagea, ébahie. Le silence qui s'installa fut de courte durée. Des pas lourds dans l'escalier brisèrent l'instant. Sur le qui-vive, les regards de Jazz et Melody se croisèrent au moment où, derrière le battant de métal, la voix de Gino grondait :

— OK, vous deux ! Collez-vous au mur du fond, face à la porte. Je veux vous voir en entrant.

Chapitre 14

Meli l'avait enfin relâchée. Munie d'un bout de plastique noir pesant au poignet. Sonnée, le regard baissé vers le bracelet électronique et la moquette rase et usée, Framboise traçait seule son chemin vers la sortie. Confuse. Honte et colère, humiliation et révolte tourbillonnaient dans sa poitrine. Un effleurement du doigt l'aurait fait hurler. À travers le dédale de bureaux du tribunal, ses bottines battaient le sol sous les yeux curieux des magistrats et secrétaires pointant leurs nez par les portes entrebâillées. Elle hésita : fuir en courant ou leur rentrer dedans ? De temps à autre, une bouffée de mal-être la submergeait. Sa jambe se détendait alors en un geste incontrôlé, son talon percutait la moquette avec un bruit sourd. Elle traversait le deuxième étage lorsqu'un greffier s'avança dans le couloir pour la scruter avec animosité. Elle vit ses yeux noirs se poser sur son bracelet et il lui sembla que l'homme esquissait un imperceptible hochement de tête approbateur.

Elle s'immobilisa, détailla l'individu, une liasse de dossiers sous le bras, et afficha un sourire crispé. Une secrétaire en tailleur bleu marine apparut derrière le greffier et lui chuchota sur le pas de la porte :

— Tu crois que c'est une vendue à la mafia ?

Les employés sortirent un à un de leur bureau et s'alignèrent devant leur porte, la scrutant sans mot dire. Elle ralentit, incertaine. Une chape de silence l'enveloppa et pesa de tout son poids sur ses épaules. Une boule de panique remonta de son ventre, envahit sa poitrine et gagna sa gorge qui devint aussi sèche que du papier de verre. Une force invisible comprimait sa vessie. Elle en oublia le bracelet électronique à son poignet gauche, se redressa et passa son index sur son œil. Sa paupière droite cessa ses folles saccades. *Je. Suis. Innocente.* Elle inspira profondément.

— Je. Suis. Innocente !

Son regard balaya l'horizon du couloir puis elle s'éloigna à pas rapides. Elle dévalait les marches vers la rue. Une voix commenta au loin : « Faut attendre, comme toujours. De toute façon, toute la lumière sera faite sur cette affaire » avant qu'une porte ne se referme en un claquement étouffé. Framboise stoppa sa descente, s'agrippa à la rambarde en retenant ses sanglots lorsqu'une femme fine, qui ne devait pas être très loin de la retraite, surgit sur le palier. Ses yeux ternes enchâssés dans son visage long s'allumèrent en la voyant. Elle ne payait pas de mine, mais, malgré son teint pâle contrastant avec ses cheveux noirs et frisés et son air maladif, elle lui agrippa le bras avec vigueur. Framboise chercha à se dégager.

— Lâchez-moi !

— Framboise… Ne faites pas attention à eux. Le vent tournera. Ce pays est gangrené par la mafia et les magistrats sont tellement désabusés qu'ils ne savent plus à qui accorder leur confiance. Moi, je crois en vous.

Framboise perdit le contrôle. Quelque chose céda en elle, son corps s'affaissa, elle s'appuya contre le mur alors que ses yeux s'emplissaient de larmes. La femme fouilla dans son sac en tissu, au logo d'une supérette de produits bio, et lui offrit un mouchoir en papier.

— Ne pleurez pas… Tenez. Et… Est-ce que vous pourriez me le dédicacer ? souffla-t-elle avec espoir en lui tendant un stylo et sa biographie.

Framboise la regarda, interloquée. Elle renifla et essuya ses yeux humides. Le lancement de sa bio et les séances de dédicaces avaient brutalement perdu tout leur sens.

— Oh ! Mon Dieu, vous l'avez achetée… Merci, merci beaucoup. Je crois qu'il reste un chapitre à écrire, grimaça-t-elle en montrant le bracelet attaché à son bras.

— Vito Meli ! Il devrait avoir honte, cracha la femme indignée.

— Vous vous appelez comment ?

— Olivia.

— Ma première dédicace. Je vais être obligé de signer « de la part d'une framboise pour une olive » alors, remarqua-t-elle avec un timide sourire.

— Oh la la, Olivia et Framboise, je n'y avais pas pensé ! Écrivez ce que vous voulez ! Moi, je suis trop contente. Merci. Je vous admire tellement, vous savez ? Vous avez accompli l'incroyable, j'aimerais posséder votre courage. Framboise... Je peux vous appeler Framboise ?

— Bien sûr.

— Framboise, vous remporterez aussi ce combat, j'en suis convaincue. Faites éclater la vérité au grand jour. Je compte sur vous, d'accord ?

La femme lui sourit puis remballa le livre dans son sac et disparut dans l'étage. Framboise descendit l'escalier au ralenti, vidée de toute énergie. Ses doigts se resserraient sur le métal froid et patiné de la rambarde. *Gagner la bataille contre Meli ? Comment ?* Quelques secondes plus tard, elle déboucha du tribunal sur le trottoir. Elle s'arrêta au bas des marches. Une jeune maman et une poussette l'évitèrent de peu en râlant, un bel homme grisonnant sifflotait sur un muret et se replongea dans son journal, un scooter de livraison pétarada et le planton de garde lui intima du canon de sa mitraillette de dégager la chaussée. Une brise légère balaya ses cheveux. Face à elle, un rayon de soleil perçant les immeubles plaquait un rectangle de lumière sur le béton. Elle traversa, quitta l'ombre imposante du tribunal, pinça ses lèvres et des fossettes se dessinèrent sur ses joues. *La vie continue. Je vais me battre. Je vais retrouver Jazz et faire d'une pierre deux coups : le sauver et prouver mon innocence.* Framboise porta la main à sa bouche et frémit en dissimulant un frêle sourire. Elle referma ses bras sur sa poitrine et frotta ses épaules à l'évocation des bras de Jazz, solides, autour d'elle. Elle adorait la lueur dorée de ses yeux fixés dans les siens. Le visage de Framboise s'illumina avant de se figer. Elle devait retrouver Jazz, mais il ne serait pas seul : elle avait presque oublié Melody. Cette vieille histoire qui traînait entre les deux agents, quelle plaie ! Quant à Tonio Cortisone, il était maintenant à coup sûr arrivé à New York. Ce n'était pas elle qui vendrait la mèche à Meli. Elle avançait à pas rapides vers le centre-ville et sourit au souvenir de Tonio emballé dans le tapis de cette traîtresse d'Anna. Alors que ses bottines claquaient sur les trottoirs pavés, elle réfléchit à son plan d'action. En tout premier lieu, appeler les SOCISS. Est-ce qu'ils progressaient de leur côté ? Elle s'assit sur un muret de la piazza Raffaele de Ferrari face à la monumentale fontaine circulaire, attrapa son portable et composa le 8197 :

— Je voudrais parler au comte de Cagliostro, j'insiste, Cagliostro, car Montecristo est enfermé au château d'If. D'ailleurs, ne me répondez pas qu'avec des « *if* », ce n'est pas suffisant, je ne veux pas des si, mais des certitudes, parce qu'avec des si, on mettrait Paris en bouteille et *tutti quanti* ! Bref, j'ai déjà appelé. Avez-vous des nouvelles de Jazz et Melody, vos deux agents disparus dans la nature ?

— *Un moment, s'il vous plaît.*

Une voix agacée revint en ligne :

— *Nous savons qui vous êtes et je p…*

— Parfait ! Et à qui ai-je affaire ?

— *Mon nom est McCoy, Ewan McCoy. Je suis l'officier traitant de Melody.*

— Et c'est comme ça que vous la traitez ? Heureusement que je suis là ! Je vous ai libéré vos SOCISS à Gênes ! Sinon elles étaient complètement grillées, carbonisées même. Bon alors, Jazz ? Des news ? Vous savez où il se trouve ?

— *Non, toujours pas. Mais il me semble que nous aurions eu vent de quelque chose s'il lui était arrivé des ennuis. Il est avec Melody et cette fille est une bombe.*

Framboise crut percevoir un léger sifflement admiratif et sentit son cœur s'arrêter. L'officier traitant reprit :

— *Je veux dire, c'est une bombe professionnellement parlant bien entendu. Melody est une agente extrêmement qualifiée. Il ne pourrait être en meilleure compagnie.*

Un coup de froid souffla sur la place, projetant des gouttes d'eau dans sa direction. Framboise ferma les yeux et inspira. La moutarde lui monta au nez, sa main malaxa et tordit un pli de sa robe bleue et elle hurla :

— Il vous semble ? Vous ne les avez pas localisés ? Mais quel genre d'organisme êtes-vous ? Vous abandonnez vos agents ? Je vais les transformer en chair à pâté, moi, les SOCISS ! McCoy, mes couilles, oui ! Vous devez retrouver Jazz ! Et Melody aussi…

— Framboise, laissez-nous faire notre boulot ! Nous avons alerté tous nos contacts en Italie et nos indicateurs dans les organisations mafieuses gardent les yeux et les oreilles grands ouverts. Mon avis à moi, c'est : pas de nouvelle, bonne nouvelle. Je mets ma main au feu que Melody et Jazz prennent du bon temps !

Il avait raccroché. Devant les jets d'eau de la fontaine, Framboise observa l'écran éteint de son portable sans y croire et le plaqua d'un geste vif contre sa cuisse. *Mais c'est qui ce McCoy ? Il se fout de moi, là ? Il ne bosse pas ? Il attend que tout lui tombe tout cuit dans le bec et fait mourir ses agents ?* L'image de Jazz gisant sur un linceul, tel le Christ sur le tableau de Mantegna dans son appartement, son corps nu, froid et meurtri, la peau grise et pâle, lui fit l'effet d'un uppercut. Ses coudes se posèrent sur ses genoux et elle appuya son front dans ses paumes. La masse floue du bracelet électronique dansa devant ses yeux. Un goût amer se répandit dans son arrière-gorge. Sa main droite vint frotter son poignet irrité, son index força le passage entre la peau fine et le ruban de plastique puis crocheta le bracelet. Elle tira, ne réussissant qu'à se blesser. Framboise ferma les paupières, accablée. Son cœur pulsait sourdement dans sa poitrine. Elle avait risqué sa vie et tout ça l'avait menée où ? À ce bracelet ! Vito Meli lui enlevait tout ce pour quoi elle s'était battue : la reconnaissance de son travail, une réputation si difficile à gagner et la direction inattendue de MA & L. Elle avait tout perdu. Le pire était ce sentiment d'impuissance, cette enveloppe glacée qui la saisissait et la laissait totalement démunie dès qu'elle essayait de trouver une piste. Elle ne détenait pas l'once d'une idée. Sa main plongea dans son sac à la recherche d'un mouchoir et tomba sur le stylo préparé pour les dédicaces. Qu'allait devenir sa bio ? L'éditeur devait râler, déciderait-il de retirer l'ouvrage des rayonnages ? Elle sentit la pression peser sur ses épaules. Le public attendrait d'elle qu'elle réagisse, le texte la présentait comme une battante. Parce qu'elle était une battante ! Du moins s'était-elle toujours considérée comme telle.

Elle s'ébroua, le regard fixé sur les jets d'eau de la fontaine, qui sans cesse s'effondraient sous la gravité et rejaillissaient de la pierre pour conquérir le ciel. Se liquéfier et se laisser couler ou rebondir. *Nous sommes les choix que nous faisons,* songea-t-elle. Une phrase merveilleuse mais exigeante. Ses yeux verts brillèrent d'une détermination nouvelle.

Comme d'habitude dans la vie, il ne fallait attendre son salut de personne et bâtir son destin. Accomplir ce qui devait être accompli et ne compter que sur soi. Soudain, ses lèvres se retroussèrent en un rictus joyeux et une bouffée d'espoir la submergea. Elle n'était pas si seule ! Comment n'y avait-elle pas pensé plus tôt ? Ses copines avaient beau se révéler extravagantes, elles n'en avaient pas moins la tête sur les épaules. Elle pouvait appeler les Mammas. C'était fou à quel point l'idée de parler à Gina et aux autres filles lui remontait le moral. Avec elle, rien n'était impossible. Elle fouilla fébrilement dans son sac et trépigna sur la place en décrivant de petits cercles joyeux, le portable en main.

— Gina ? C'est Framboise.

— *Écoutez, c'est Framboise ! Un peu de silence !* cria sa tante. *Mamma mia, Framboise ! Comment vas-tu ? On a tout suivi à la radio, tu penses bien que j'ai appelé les filles dès que j'ai su. Ils t'ont laissé ton téléphone dans la cellule ? Ou alors tu es au parloir ? Il n'est pas un peu fou ce Meli ? Il est véreux, il appartient à la mafia ? Ce n'est pas possible autrement, tu ne crois pas ? Bon, ça va, tu gardes le moral ? Accroche-toi, ma poulette !*

— Je m'accroche, Tata, je m'accroche, répliqua Framboise avec un sourire jusqu'aux oreilles. Je ne suis pas en prison mais...

— *Comment ça, pas en prison ?* la coupa Gina. *On nous aurait menti ? Il n'y a pas de barreau où tu es, pas un seul petit grillage, rien ?*

— *Si on ne peut même plus faire confiance à la radio maintenant,* clama Silvana d'un ton indigné.

— Eh ! Tu diras à Silvana que je l'ai entendue. J'ai l'impression que vous regrettez ! Non, je suis dans la rue, je viens de sortir du tribunal. Ça va à peu près, répondit-elle en observant les jets d'eau s'effondrer puis rebondir vers le ciel.

— *À peu près ? Comment ça, à peu près ? Qu'est-ce qu'ils t'ont fait ?* brailla Gina.

— Ils m'obligent à porter un bracelet électronique. Un truc en plastique noir au poignet gauche qui émet des ondes. Je ne peux pas m'éloigner à plus de deux kilomètres du tribunal, là où est placé le récepteur. Si je pars trop loin, l'alerte est lancée. L'inspecteur Meli me suspecte d'avoir fait disparaître Tonio Cortisone ainsi que Jazz et Melody. Tonio, OK, ricana-t-elle, mais Jazz ? Il est fou ! Personne ne souhaite plus retrouver Jazz que moi. Il me manque, tata. C'est pour ça que je t'appelais. Tu ne voudrais pas regrouper les Mammas et me rejoindre ici pour le chercher ? J'ai besoin de vous. Et nous sommes invincibles toutes ensemble.

— *Alors là, gloussa Gina, tu tombes pile-poil ! On ne t'a pas attendue pour venir t'aider. Où crois-tu que nous sommes ? Nous sommes à Gênes, ma chérie !*

Framboise pâlit et faillit se mordre la joue.

— Vous n'êtes pas chez Anna, au moins ? Anna n'est pas fiable, crois-moi sur parole, vous ne pouvez pas lui faire confiance. Avec elle, c'est un aller direct pour la tombe. Je t'expliquerai.

— *Framboise, je sais. Anna nous a tout raconté, elle était en pleurs. Certaines voulaient lui donner une seconde chance, mais non. Pas question !*

— Parfait ! Vous êtes où à Gênes, alors ?

— *Dans ton entrepôt, au premier étage. Ce n'est pas une bonne initiative, ça ?*

Framboise approuva gaiement de la tête et se rassit sur le muret, balançant ses jambes.

— Une super idée, l'entrepôt, Gina. Nous avions bien travaillé, pas vrai ? Je n'en reviens pas que les Mammas soient ici. Vous êtes formidables.

— *J'ai un scoop pour toi, Framboise. Les Mammas, c'est fini.*

Framboise faillit s'étrangler et son cœur s'arrêter de battre. Sans les Mammas, elle était foutue. Elle déglutit, retrouva son aplomb et s'écria :

— Quoi ? Oh non ! Que s'est-il passé ? Vous vous êtes disputées ?

— *Mieux que ça ! Désormais nous sommes les M&M's, agence d'espionnage et d'investigation, martela Gina en appuyant sur chaque syllabe. Sauf que notre première mission vient de couler dans le minestrone. Nous voulions te libérer, mais s'il n'existe même pas un petit grillage pour te retenir quelque part, les M&M's n'ont plus rien à se mettre sous la dent.*

— Mais pas du tout, Gina, les M&M's ont du boulot, rigola Framboise, soulagée.

Elle redevint sérieuse et un trait d'inquiétude plissa son front.

— Il faut retrouver Jazz.

Chapitre 15

Framboise renversa sa tête en arrière, d'un réflexe machinal recala une mèche derrière son oreille, oublieuse du ciel gris, et fixa encore une fois la fontaine. Depuis quelques semaines, sa vie suivait un cycle comme ces gouttes d'eau qui s'élevaient puis s'écrasaient sur le sol avant de disparaître. Et rejaillissaient du néant tels des phénix. Ce sale bracelet pouvait l'avoir jetée à terre, ils verraient qu'elle ne se laisserait pas dissoudre. Ils voulaient l'épier sans relâche ? Grand bien leur fasse, ils en crèveraient d'ennui ! Cela ne changeait rien au sentiment d'insécurité qui l'habitait. Se savoir sous surveillance lui hérissait l'échine.

Son regard balaya la place sans rien noter d'anormal et elle se leva avec l'idée que dorénavant elle devrait veiller à tous ses gestes. Une sensation désagréable lui picota la nuque. Son cerveau inquiet lui jouait-il un mauvais tour ou ressentait-elle le poids d'yeux inquisiteurs vrillés sur son crâne ? Elle opéra une brusque volte-face. L'homme en cuir brun, assis à trois bancs de là, pivota prestement vers son journal et consulta son mobile en fredonnant les premières notes de *Bella ciao*. Elle s'arrêta et mordilla l'intérieur de sa joue en fixant ses cheveux clairsemés de gris lui couvrant la nuque. Un frisson lui descendit dans le dos. Elle aurait presque pu jurer que c'était le même homme qu'elle avait aperçu sifflotant à la sortie du tribunal. Un policier à coup sûr. Meli lui tendait un piège. Mais pourquoi ? Avec le bracelet, la pister ne posait aucun problème.

Elle pivota et s'engouffra d'un pas rapide dans la montée de San Matteo. Après tout, il s'agissait peut-être d'une coïncidence. Elle s'arrêta trois secondes devant la vitrine du Ryô et fit mine de consulter le menu.

La silhouette brumeuse de l'homme se dessina dans la vitre. *Une coïncidence, tu parles ! C'est qui ce type ?* Elle délaissa la carte des makis, sushis et sashimis aux couleurs sursaturées et démarra en trombe, ses bottines claquant sur le pavé. Derrière elle, elle identifia le son de pas hâtifs sur la chaussée. Il se rapprochait. Une montée d'adrénaline l'électrisa, elle accéléra. Le bruissement des semelles dans son dos résonna, s'amplifia sur les façades. Hautes. Proches. Elle se sauva dans le couloir de la rue, l'inconnu la rattrapait. Elle s'élança, contourna un camion-benne. Le passage, à droite ! Elle se précipita dans l'étroit *vico* sans nom, planta sa bottine entre deux dalles et dérapa. Son talon céda. Sa cheville bascula, elle gémit, trébucha. L'homme à la veste de cuir avait abandonné toute discrétion, il déboula en courant, droit devant lui, ratant l'embouchure de la ruelle. Elle s'enfonça dans une encoignure, haletante. Elle entendit ses pas s'estomper peu à peu puis son pisteur jura « *Porca vacca !* » *Semé ! Je t'ai eu, mon gars !* Elle distingua son souffle saccadé et le frottement de ses pieds sur le sol. *Il revient !* Un coup d'œil lui suffit : sa chaussure était foutue. Pas le choix ! Elle retira ses bottines, se résolut à les abandonner contre le mur puis elle sut quoi faire. La laverie Lava Piu se trouvait juste à côté. Un grognement de frustration retentit à l'angle de la rue. Vite, il pouvait surgir d'un instant à l'autre ! Elle décampa en silence, s'efforçant de plaquer ses pieds au centre des dalles froides pour ne pas glisser. La laverie occupait un emplacement en or, au cœur d'un îlot central entre deux vicos. Et en face, la boutique de chaussures La Scarpa Nel Cassetto[10] où travaillait Giulietta. « Eh ! Vous ! » éructa une voix dans son dos. Elle détala. Un juron étouffé suivi de pas lourds retentirent entre les murs. Elle fonça, se précipita dans la laverie, glissa sur le carrelage blanc et fit irruption dans le Vico di Campetto. Elle traversa la chaussée et s'engouffra dans La Scarpa Nel Cassetto, pantelante et les pommettes rougies par l'effort et le stress. La clochette surplombant la porte vitrée tintinnabula. Le son aigrelet troubla l'atmosphère paisible de la boutique et la femme massive, de dos et penchée sur un présentoir, fière propriétaire d'un postérieur colossal et de cuisses comme des piliers de temple, lança d'une voix claire :

[10] La chaussure dans le tiroir.

— Bonjour, je suis à vous tout de suite.

— Giulietta ! s'étrangla Framboise.

Giulietta redressa sa silhouette de déesse mère avec la souplesse d'un guerrier sumo, pirouetta et posa ses mains potelées sur ses hanches majestueuses. Elle rayonnait de puissance et de beauté dans sa tunique colorée. Le visage rond et joufflu de son amie la fixa et Framboise nota l'éternelle petite lueur espiègle qui habitait ses yeux noirs et qui, en dépit ou grâce à ses rondeurs hors-norme, séduisait tant certains hommes. Elle se sentit envahie du soulagement du naufragé qui atteint la côte. Giulietta, d'un hochement de tête incrédule, agita les boucles de ses cheveux blonds décolorés et s'exclama, stupéfaite :

— Framboise ?

— Cache-moi, vite !

Elle fila vers l'arrière-boutique et pénétra dans la pièce toute en longueur utilisée comme remise, débarras, toilettes et placard à balais. La porte se rouvrit, Giulietta s'encadra dans l'ouverture. Elle la détaillait de la tête aux pieds. Les cheveux en bataille, le pan de son corsage se faisant la malle à la taille, Framboise la vit plonger un regard intrigué vers ses chaussettes sales et abîmées.

— Il y a un type louche qui me colle au train. Un grand avec des mèches grises, une veste marron. Faut que je m'en débarrasse. Tu peux le bloquer ?

— Tu es sûre ? Tu ne veux pas appeler la police ?

Framboise grimaça.

— La police, en ce moment, je ne préfère pas. Je t'expliquerai.

Giulietta cligna de l'œil, installa une moue moqueuse sur ses lèvres pulpeuses et ballotta ses bras courtauds et rondouillards.

— C'est comme tu le souhaites. Il n'est pas né, celui qui me forcera le passage, bougonna-t-elle avec ironie.

Framboise l'observa propulser avec assurance ses cent trente kilos, son ventre magistral et sa plantureuse poitrine vers la vitrine. Elle referma le battant et s'y appuya en soufflant. Au moins, avec Giulietta était-elle hors de danger. Sa respiration s'apaisait quand elle l'entendit s'écrier :

— Mais... C'est Gino !

Framboise se pétrifia puis entrebâilla la porte pour embrasser la scène. Le grand brun grisonnant se tenait devant son amie, la dominant d'une bonne tête. Il s'inclina vers elle :

— La femme qui vient d'entrer, Giulietta, j'ai deux mots à lui dire.

— Oh...

Giulietta balança ses bras dodus, braqua ses yeux vers le fond de la boutique et déclara, fataliste :

— Framboise, je suis désolée, mais là, je crois que ça ne va pas être possible. Pourquoi tu ne m'as pas prévenue que c'était Gino ?

Elle libéra l'entrée de son corps grandiose et laissa passer l'homme. *Giulietta, non !* Une goutte de sueur dégoulina sur sa tempe. Framboise s'enferma, arracha la poubelle haute de son socle et la cala sous la poignée. Elle se précipita sur le placard, découvrit une pelle en métal et un balai, s'empara de la pelle et l'inséra sous la porte pour la bloquer. *Quelques minutes de gagnées.* Elle observa le vasistas. *Trop petit... Un chouïa trop juste. Peut-être que...* Elle attrapa l'escabeau dans le cagibi, le balai dégringola sur le sol, le poing de Gino, de l'autre côté, s'abattit sur la cloison.

— Framboise ! Ouvrez-moi !

Elle installa le marchepied sous l'ouverture, courut arracher le couvercle en faïence de la chasse d'eau, monta les trois marches et fracassa la vitre. Le verre mat explosa. Giulietta hurla « Framboise ! » et Gino gronda :

— Je vais défoncer la porte, sortez !

Framboise bondit sur le carrelage par-dessus le verre brisé, renfonça la pelle sous la porte puis s'accroupit. Elle déchiqueta sa robe bleue avec un tesson, accrocha le lambeau d'étoffe à un éclat de vitre dépassant de la fenêtre. La porte craqua. *Vite !* Un choc assourdissant retentit, la serrure expulsa une vis. Elle se rua dans les toilettes, escalada la chasse d'eau, le clou doré cliqueta sur le sol. Elle se cramponna à un tuyau, déplaça une dalle du faux plafond. Dans son dos, une baguette de bois s'arracha du mur. Une deuxième vis tinta sur les carreaux.

— Framboise, sors ! s'affola Giulietta.

Allongée en équilibre sur les tasseaux soutenant le faux plafond, elle remettait la dalle en position lorsque la porte se fracassa sur le sol. Elle retint sa respiration. Le verre craqueta sous le battant effondré et l'escabeau de fer grinça.

— *Dio santo !* gémit Giulietta.

— Elle s'est enfuie, *porca vacca !* jura Gino en triturant le bout de tissu bleu entre ses doigts.

Framboise écouta de nouveau le métal protester et le verre crisser sous des pas lourds. Le bruit sourd d'un poing s'écrasant contre du plâtre lui parvint, étouffé ; quelques secondes plus tard, le son aigrelet de la clochette retentit et la porte du magasin se referma dans un chuintement. Elle reprit son souffle, le silence s'installa. Elle entendit Giulietta soupirer :

— Quelle misère… Qu'est-ce que Framboise a encore fait ?

L'entrée sur la rue s'ouvrit une fois de plus et un bonjour interrogateur troubla le calme de la boutique. Le froufroutement de la longue tunique de Giulietta s'estompa, puis Framboise perçut le murmure des voix engageant la discussion. Elle se laissa glisser sur un tasseau qui plia, balança ses jambes avant de placer le pied sur la chasse d'eau et de s'asseoir sur la lunette des toilettes. Le coude appuyé sur un genou, son front reposant dans sa paume, elle expira longuement en se vidant les poumons. Elle ferma les yeux. *Bon, et maintenant ? Giulietta…* Elle sortit de la cabine, plaqua la main devant sa bouche à la vue de la pièce dévastée et s'approcha du lavabo en marchant sur ses orteils, veillant à ne pas écraser un fragment de bois ou un minuscule éclat de verre. Le miroir lui renvoya l'image d'une fille lasse au visage trop grave et aux yeux plombés par les soucis. Elle se hissa sur la pointe des pieds, démonta le néon et patienta. Dès que la clochette égrena son tintement aigu, Framboise se rua sur Giulietta en brandissant le tube de verre blanc. Giulietta, forte comme un roc, ne frémit pas d'un pouce.

— Framboise ! Pourquoi t'es revenue ?

— Je n'étais pas partie.

— Tu étais planquée où ?

— Dans le faux plafond.

— Ça, c'est sûr, c'est un truc que je n'aurais pas pu faire, plaisanta Giulietta. Tu n'as pas voulu t'enfuir par la fenêtre ?

— Je ne passe pas.

— Une beauté comme toi ?

Giulietta la toisa des pieds à la tête de ses yeux taquins.

— Arrête ! Giulietta, assieds-toi ou tu vas affronter mon sabre laser. Je me sens l'âme d'un Jedi en colère, bouillonna Framboise. Pourquoi tu l'as laissé entrer ? Et moi, alors ? Qui c'est ce Gino ?

Giulietta atterrit en douceur sur un banc d'essayage, haussa les épaules et ses lèvres retombèrent en un sourire désabusé.

— Gino Mascarpone est mon prof de chant. Il est plutôt beau gosse, non ?

— Mais... Ah ! Tu vas vraiment te le prendre mon sabre ! explosa Framboise. Ton prof de chant ! Tu as vu comment il défonce les portes, ton prof de chant ? Pourquoi il me court après ?

— À ton avis ? Mascarpone ça ne rimerait pas un peu trop bien avec Cortisone, par hasard ?

— Un prof de chant ? Quel rapport ?

— Il y a plusieurs façons de chanter, Framboise. Tu as le maître de chant à la Scala ou le maître chanteur à la mafia. Gino appartient à la deuxième catégorie, tu vois ?

— Et toi, tu chantes, c'est ça ? se radoucit Framboise.

— Je gazouille. Tu ne t'es jamais demandé pourquoi le précédent proprio avait fait faillite et mis la clé sous la porte alors que moi je tire mon épingle du jeu ?

— Parce que tu gazouilles ?

— Tu as tout compris. Et je n'ai aucune envie d'attraper une angine. Bon, si le Jedi veut bien poser son sabre laser, je vais me lever et nettoyer la remise.

Giulietta se déploya de toute sa stature.

— Tu es repartie en guerre contre la mafia ? Pourquoi il te cherche, Gino ?

— Je me le demande, soupira Framboise, pas la moindre idée. Je te pique une paire de bottines. Et je te rends ton néon.

— Fais comme chez toi et suspend le panneau *Fermé* sur la porte avant de partir, tu veux bien ?

— Sûr. Et, Giulietta ?

Son amie se retourna, de nouveau souveraine, forte et indomptable. Son regard facétieux vint accrocher le sien :

— Oui ?

— Fais gaffe aux angines !

— T'inquiète !

Framboise referma la porte en douceur, contourna le bâtiment, traversa l'arrière-cour au milieu des poubelles et des cartons de pizza, puis obliqua à droite dans le Vico Serra et courut jusqu'à son appartement, faisant voler sa longue robe sur ses cuisses. Elle ralentit à peine pour saluer Ahmed et se rua sous le porche de l'immeuble, gravit deux à deux les marches de l'escalier et pénétra en trombe dans son petit salon. Elle se débarrassa de son sac sur la table basse et se dirigea vers la fenêtre. Elle scruta les encoignures de portes, les allées et les voitures garées. Pas de Gino. Rien d'anormal.

— Faudrait pas que je devienne parano, souffla-t-elle.

Son poignet buta contre le radiateur de fonte et elle pesta contre le massif rectangle de plastique noir qui y tressautait avant d'aller s'écrouler dans le canapé. Elle ne pourrait même pas descendre acheter ses légumes chez Ahmed sans que, quelque part, dans un bâtiment officiel, cela soit tracé et enregistré dans une base de données. Elle grogna de nouveau. Non seulement elle était filée par la police, mais maintenant, le maître de chant était également sur sa piste.

Chapitre 16

Tonio se baladait sur la cinquième avenue, le cœur ouvert à l'inconnu et la main dans la poche, trifouillant une grosse poignée de billets froissés. De tous côtés, cela piaillait, cornait, hululait ou couinait. Les vitres scintillaient, le métal étincelait, les façades de granit rutilaient au soleil. L'artère, une des plus célèbres et friquées de la planète, grouillait de touristes ramollis et de travailleurs pressés en costard. Mais lui, Tonio, se situait au-dessus de la mêlée. En jean et T-shirt bien coupé, il progressait sur le trottoir, bras ballants et regard fier, sans dévier d'un pouce, diffusant dans son sillage une traînée d'after-shave. Des fringues propres, ses cheveux noirs humides et brillants de gel plaqués en arrière, ses joues rasées de près exhibant sa cicatrice qu'il aimait à penser intrigante et sexy, le soleil sur lui, il se sentait requinqué et prêt à conquérir le Nouveau Monde. Le roi de la Grosse Pomme. La populace, d'ailleurs, ne s'y trompait pas et s'écartait sur son passage. La douche brûlante, interminable, qui avait empli de vapeur la chambre, suivie d'une bonne nuit dans un matelas moelleux au Millenium Hotel Broadway, un quatre-étoiles, avait fait le job. Il était Don Cortisone, tout de même ! Il claqua des doigts, satisfait, et sautilla gaiement. Lupo avait enfin compris à qui il avait affaire. Il lui avait refilé du fric et un passeport sans broncher. Le requin, il voulait lui soutirer quinze pour cent de com… Il ferait un effort quelques semaines, mais après, qu'il aille se faire voir ! De toute façon, demain, il serait loin : son avion décollait vers 10 h de JFK International. Bye bye, Lupo ! Il pénétra dans l'ombre de l'Empire State Building et eut une moue méprisante envers les touristes en file indienne patientant pour monter au sommet.

— Z'êtes à New York, bordel. New York ! maugréa-t-il. Pas autre chose à faire que de glander sur le trottoir ?

Il continua sur l'avenue, le nez en l'air. Un sourire vrilla l'éclair gravé dans sa joue à la vision des gratte-ciel brillants convergeant les uns vers les autres dans le ciel bleu : le soleil balançait des étoiles et des losanges dorés dans les panneaux de verre. Une sirène de police hulula, rappela ses yeux vers la rue. Le véhicule blanc et bleu le dépassa à toute vitesse. Il eut à peine le temps de lire les lettres NYPD et de voir l'écusson du New York Police Department avant de s'exclamer :

— Waouh ! C'est comme dans les films !

Il marchait d'un pas guilleret, croisant banques et boutiques de luxe, et écarquilla les yeux en découvrant derrière une vitre la pub pour un cabinet d'avocats : ces types étaient gonflés ! Ils n'hésitaient pas à vous promettre sept cent mille dollars de dommages et intérêts pour une glissade dans un escalier un tant soit peu défectueux ou près d'un million de dollars pour un accident du travail sur un chantier. Il remarqua une plaque d'égout tachée d'huile, porta la main à son menton qu'il gratouilla deux secondes, songeur, et déclara pour lui-même :

— Je ferais p'têt bien de me casser la gueule…

Il poursuivit sa route vers le nord, en direction de Central Park, bifurqua à gauche sur la trente-neuvième rue, puis à droite sur Broadway. Times Square en ligne de mire, Tonio obliquait vers *Joe's pizza* quand Spiderman attaqua. L'homme-araignée projeta son bras. Tonio, sidéré, observa avec incrédulité l'élastique blanc s'enrouler autour de son poignet. Puis il rugit. Sa main gauche jaillit, un *clic* se fit entendre, son pouce libéra la lame d'un couteau et, de l'autre côté du présentoir, les pizzaïolos se figèrent. Avec un rictus mauvais, il trancha le caoutchouc. L'élastique vint claquer avec un bruit sec contre le costume rouge et bleu. Il dressa sa lame, grogna et s'avança vers l'homme-araignée, menaçant. Captain America surgit de nulle part. Le super-héros s'interposa entre lui et Spiderman, leva son bouclier protecteur et Tonio sentit une main crocheter son épaule. Furieux, il pivota. Ses yeux plongèrent tout droit dans ceux de Hulk. Derrière le masque vert grimaçant, il entendit une voix crier :

— Du calme, du calme, *bro*[11], reste cool, c'est une blague.

Il abaissa lentement son bras.

— On fait des photos, des photos avec les touristes, c'est tout, s'empressa d'ajouter Captain America.

Spiderman lança, furieux :

— T'es malade, mec, faut te faire soigner.

Tonio soupira, son front se dérida et il lâcha d'un ton sec :

— Foutez-moi le camp !

Il observa les trois super-héros détaler, replia la lame et rangea l'arme dans sa poche.

— Et retournez à vos pizzas, vous ! aboya-t-il.

Le corps vibrant d'adrénaline, il s'éloigna à grandes enjambées. Son index se plaqua sur la veine pulsant bien trop vite dans sa tempe gauche, sa cicatrice le démangea et il essuya du doigt une goutte de sueur perlant sur son front. Il venait de dépasser la bouche de métro Times Square quand un petit black se téléporta dans ses jambes et chuchota :

— De la coke ? Tu veux de la coke ?

— ...

— Oui ? Non ?

Enfoiré de Spiderman, il m'a mis le stress, songea Tonio. *Et puis New York, bordel, New York ! De la coke à Times Square, le trip !*

— OK, répondit-il.

— Cent dollars

— OK.

Tonio fouilla dans sa poche et en ressortit un billet.

— Bouge pas, annonça le garçon.

Il disparut à travers la foule en un éclair. Tonio fronça les sourcils, le retrouva un peu plus loin et crut l'apercevoir refiler l'argent à un grand type qui s'éclipsa aussitôt, puis il sentit qu'on lui glissait un sachet dans la main. Un deuxième gamin, trop sérieux, l'observa une seconde avant de disparaître à son tour. Tonio referma ses doigts sur la cocaïne. Il hocha la tête, approuvant en connaisseur. Le processus était bien rodé. L'homme qui gérait le trafic n'intervenait pas lui-même. Le fric lui était

[11] *Bro*, abréviation de *brother* : mon frère.

restitué par un mineur, limitant les risques s'il se faisait prendre. Un autre gamin assurait la livraison et apportait la poudre. Le vendeur, l'acheteur, l'argent et la drogue ne se rencontraient jamais. Prouver la transaction devenait difficile. Tonio rejoignit sa suite du quarante-cinquième étage au Millenium tout proche et sniffa deux rails de coke. Par la baie vitrée, il contempla Manhattan, les yeux brillants. Cette ville était éblouissante. Les immeubles de verre chatoyaient comme des joyaux et son cerveau, émulé par toutes ces beautés, analysait chaque éclat de lumière et comptait sans effort les taches jaunes des taxis sur le ruban gris de la septième avenue. *Gênes est trop étriquée pour moi*, songea Tonio. *Seule la grandeur de Manhattan convient à la puissance de mon esprit.*

— J'adÔre cette ville ! brailla-t-il soudain, enthousiasmé.

Il se remémora les mots de Lupo : « Vous m'êtes redevable, Don Cortisone » et émit un grognement. L'œil de New York serait dorénavant fixé sur sa nuque, mais Nicomedo Lupo ne faisait pas le poids face à son habileté. Il l'avait percé à jour, il se montrait bien trop malin et lucide ! Et puis, que pouvait Lupo contre lui ? Son cerveau fulgurait, crépitait, traversé de faisceaux d'intelligence en fusion. Il était devenu une machine de guerre qu'on ne prendrait pas en défaut. Il caressa sa cicatrice, lorgna le fond de teint qui l'atténuerait et la fausse barbe qui viendrait la recouvrir, et jeta un regard amusé sur la perruque blonde et les lentilles de contact qui lui donneraient des yeux noisette. Tonio alla chercher le passeport dans le tiroir du bureau et sourit. En blond, il était méconnaissable. Il passerait les contrôles sans problème. L'image de Carminorosso jaillit en un flash. Le procureur : un chien qui ne lâchait jamais son os. Gênes devait être truffée de policiers à sa recherche et devenue un champ de mines depuis l'arrestation de son père. Derrière chaque anonyme pourrait se cacher un flic, un type d'une mafia concurrente ou un homme à Lupo. Il savait exactement où se rendre. La famille possédait une maison perchée surplombant la mer dans les Cinq Terres. Un autre flash jaillit, lui affichant Framboise, les Mammas et les espions écossais, emportant Carminorosso dans les limbes. Ses lèvres se retroussèrent et un rictus cruel barra son visage.

— J'vais tous les buter !

Face à lui, derrière la fenêtre immense, des lampions festifs s'allumaient un à un sur Manhattan. Un voile bleuté recouvrait la ville. Un excitant cône de lumière montait de Times Square. Tonio, tout fringant et le regard luisant, claqua la porte et redescendit vers la rue. Il se fondit dans la foule du quartier et ralentit le pas en apercevant la blonde sexy sur l'affiche de l'Ambassador. Photographiée sensuellement alanguie sur les lettres rouge sang du mot Chicago, avec sa mini-robe noire et ses jambes immenses en bas résille, elle ne cessait de lui faire de l'œil. Tonio hésita. *Chicago. Une comédie musicale à Broadway, la classe, non ? Chicago*, encore une histoire de truands, de prohibition et de mafiosi. Il ricana. Un sujet maison rien que pour lui. Trop, justement. Au diable Lupo, la coke et le business ! Ce soir, c'était détente. Il pirouetta. Times Square resplendissait de tous ses feux. L'enseigne verte du Starbuck se reflétait à l'envers dans les vitres teintées du New York Police Department, les panneaux lumineux des pubs géantes recouvraient les façades des immeubles, clignotant jusqu'au ciel, et McDo et Coca se tiraient la bourre pour atteindre les nuages, mais s'étaient fait doubler par Samsung, Toshiba et l'agence de presse chinoise Xinhua. Les Américains filaient un mauvais coton. Times Square bourdonnait sous la frénésie de milliers de badauds s'engouffrant dans le Hard Rock Café ou dans le magasin Disney, les taxis vrombissaient, des portières claquaient et les mômes gueulaient devant la boutique M&M's. On pouvait dire ce qu'on voulait des Amerloques, il fallait reconnaître qu'ils savaient y faire. Ils avaient transformé le quartier des sex-shops, des tapineuses et des drogués en parc d'attractions et en machine à cash. Lorsqu'un joli petit cul de sept mètres de haut moulé dans un tanga de dentelle bleue vint s'allumer sur la façade et que sur le reste du gratte-ciel s'afficha une gigantesque bouteille de champagne Moët & Chandon, Tonio ressentit un vague sentiment de frustration et se demanda si, tout compte fait, il n'aurait pas préféré l'ancien temps. Les fesses rebondies disparurent après quelques secondes pour laisser la place à la comédie musicale *Mamma mia*. Son esprit à vif dériva aussitôt vers l'Italie. Il grogna bien trop fort, attirant l'attention des passants :

— Encore les Mammas ! Lâchez-moi, je suis en vacances… et puis, j'vais toutes vous buter !

Les notes de *Hakuna Matata* s'échappèrent d'un haut-parleur et Tonio remarqua les néons scintillants annonçant *Le Roi Lion*. Il slaloma entre les taxis et pénétra dans le théâtre en brassant les billets dans sa poche.

— Très bien ! Au moins, y aura pas de Framboise, de Mamma et de Lupo !

⁂

Non loin de là, dans son appartement de l'Upper East Side, Nicomedo Lupo répondit à l'interphone :

— Alors ?

— C'était quasi une mission suicide ! Il a failli me planter, Don Lupo ! hurla Spiderman. Il est sur les nerfs, le gars. Il a sorti son cran d'arrêt ! S'il n'y avait pas eu Captain America et Hulk, j'y passais !

— Hum... Et pour la coke ?

— Il m'en a pris un gramme, annonça le petit revendeur. Il semblait tout content.

Lupo raccrocha sans un mot de plus. Il composa un numéro en Arizona et attendit qu'Ortie-Sauvage décroche.

— Ici Don Lupo. Le fils Cortisone ? On oublie. Aucun contrôle sur lui-même, pas fiable. Le fruit est pourri, il est tombé loin de l'arbre. Pour vous, les affaires reprennent, je prends le relais. À partir de maintenant, c'est moi qui gère, faut qu'on accélère. Vous êtes prête ?

— Je n'attendais que ça, répondit Ortie-Sauvage.

Elle raccrocha, le sourire aux lèvres.

Chapitre 17

À Gênes, au premier étage du grand entrepôt à proximité du port de plaisance, l'ambiance était studieuse. Comme Gina l'avait annoncé à Framboise, l'agence M&M's y avait installé ses quartiers. Ce qui signifiait simplement que les Mammas avaient déboulé de Milan dans leur vieux combi Volkswagen orange bringuebalant sous une galerie surchargée, s'y étaient reprises à dix fois pour réaliser un créneau sous une huée de klaxons et avaient investi les lieux dans un brouhaha digne du début des soldes. L'escalier de bois avait vibré, les valises s'étaient alignées sur le parquet le long du mur, les canapés-lits s'étaient dépliés, les assises et dossiers rembourrés avaient rejoint les bagages sur le sol pour se transformer en matelas, les draps s'étaient empilés et les bouteilles de vin s'étaient débouchées avant de se vider. Sauf pour Silvana qui ne jurait que par le spritz.

La nuit avait calmé les ardeurs et le dortoir communautaire s'était de nouveau métamorphosé en espace salon. Une atmosphère floue, empreinte d'indécision, s'était abattue dans la pièce depuis que Monica avait lâché « Ce serait une bonne idée de nous professionnaliser, les filles » en contemplant les armes exposées sur la grande table : couteau à pain, aiguilles à tricoter, bombe de peinture, louche de grand-mère, rouleau à pâtisserie, tisonnier et la fameuse canne du défunt Marcello, paix à son âme. Les Mammas, confortablement installées dans le canapé bariolé et les fauteuils en tissu gris, se jetaient des regards en coin tandis que Claudia apportait café et gâteaux secs. Les marches de l'escalier de bois grincèrent et une voix claire s'éleva :

— Coucou les filles ! Vous êtes là ?

— Framboise, ma chérie ! Bienvenue chez les M&M's, agence privée d'investigation et de préservation des beaux espions en détresse.

— Salut tata, salut les M&M's ! Splendide, ce nom ! Alors, comment on attaque ? Vous avez concocté un plan ? Jazz est dans le pétrin, c'est sûr. Sa lettre bourrée d'allusions et la serviette tachetée de sang ne laissent aucun doute.

— On va le retrouver, ton beau gosse ! brailla Silvana.

— Merci Silvana, souffla Framboise.

Gina résuma :

— N'y allons pas avec le dos de la cuillère : Jazz et Melody ont été kidnappés à l'hôtel Grand Savoia…

— Mais comment ? lança Ornella en se redressant dans son fauteuil.

— Ce n'est pas le sujet, intervint Sophia. C'est arrivé, c'est comme ça !

— … et ils ont été emmenés quelque part par leurs ravisseurs que tout désigne comme étant des membres du clan Cortisone.

Framboise opina de la tête et enchaîna :

— Je parie sur une vengeance orchestrée par des fidèles du parrain.

— Ou par sa femme, déclara Claudia, postée à l'orée du salon dans l'espace cuisine.

Un trait dur se dessina sur le front de Framboise qui fronça les sourcils. Ses yeux gris-vert lancèrent des éclairs. Elle renchérit pourtant :

— Oui, ou par sa femme. Quelle famille ! Je me demande quelle femme aurait envie de venger un type comme lui ?

— Les mystères de l'amour sont insondables… Jazz, Jazz, Jazz, fredonna Ornella d'une voix douce.

Gina roula de gros yeux et enchaîna vivement :

— Jazz et sa copine Melody sont…

— Pas sa copine ! grommela Framboise.

— Jazz et Melody sont coriaces comme des calamars trop cuits, voilà ! reprit Gina. Les capturer n'a pas dû être facile, comme le prouve la serviette ensanglantée. On n'a pas pu les emmener très loin, d'autant plus que Don Cortisone avait établi son fief à Gênes. Ils se trouvent forcément ici, dans cette ville, non ?

Framboise s'agita et se redressa dans son fauteuil :

— Oui, mais où ? s'énerva-t-elle.

— Comment va-t-on savoir où les chercher, nom d'un lapin de Pâques ! râla Silvana

Le soupir de Claudia emplit le salon et tout le monde se tut. Puis Monica annonça :

— J'ai réfléchi. Je pars du postulat que ce sont bien les Cortisone qui les ont capturés. L'enquête était terminée, pour Jazz et Melody du moins, puisqu'ils détenaient les livres de comptes et que Cortisone dormait derrière les barreaux. Ils pouvaient quitter le pays à tout moment pour rejoindre les SOCISS en Écosse. Leurs ravisseurs n'ont pas eu le temps d'élaborer un plan compliqué, ils ont agi à la hâte, par crainte que les deux espions ne s'envolent. Or un long transfert multiplie les risques et demande de la préparation. Selon moi, cela serait logique qu'ils soient retenus prisonniers, ici, en ville. Comme le soulignait Gina, Gênes est le fief de Don Cortisone. Et ce ne peut pas être n'importe où dans Gênes.

À ces mots, une lueur d'espoir traversa les pupilles de Framboise. Les M&M's se penchèrent en avant, tout ouïe.

— Vous avez parcouru, comme moi, les vieux quartiers. Que des ruelles tortueuses, alambiquées, étroites avec une vie active, des passants, des touristes, des commerces. À la fois compliqué de s'y garer et beaucoup de monde. Comment les ravisseurs auraient-ils pu être certains d'y trouver une place ? Car je suppose que Melody et Jazz ont été transportés dans un véhicule...

— Ben oui, bien sûr ! Pas sur un scooter de livreur de pizza ! s'exclama Ornella.

— ... et comment être sûrs de ne pas se faire surprendre en transférant leurs corps dans un des immeubles ? Et il n'y a pas que les passants, il faut compter sur tous les yeux curieux qui tuent le temps derrière les persiennes.

— Transférer les corps, tu dis ? souffla Silvana.

— Comment veux-tu qu'ils soient retenus captifs et transportés ? intervint Sophia. Ils doivent être ligotés, drogués, assommés, endormis, que sais-je…

— Pas faux ! confirma Monica d'un hochement de tête.

Elle reprit :

— Donc non, mon avis est qu'ils ne se trouvent pas au centre-ville. Pour une raison supplémentaire encore : les immeubles du vieux centre n'ont pas de cave isolée, et quel meilleur endroit qu'une cave pour emprisonner deux agents hyperentraînés ? La preuve, c'est que lorsque Framboise et Jazz ont capturé Tonio, ils l'ont enfermé dans la cave d'Anna. Mais c'était risqué. Au sous-sol, toutes les caves sont mitoyennes. Il aurait suffi qu'un voisin descende à la sienne et que Tonio s'en aperçoive pour qu'il se manifeste en criant et se fasse libérer. Non, il faut chercher un endroit avec une cave indépendante, autrement dit, une maison. À Gênes et en dehors des venelles du centre historique. Cela nous laisse la façade maritime, le port et les hauteurs de la ville. J'exclus le port et tout ce côté-là de la ville.

— C'est pratique ! Je ne vois pas pourquoi il faudrait les exclure, énonça Gina avec une moue dubitative.

— Pour la même raison que tu n'irais pas te terrer dans une grotte avec une seule voie d'accès si on en voulait à ta vie. Tu choisirais un endroit avec plusieurs portes de sortie pour ne pas être acculée. Or est-ce qu'il y a une porte de sortie du côté du port, si tu dois prendre la poudre d'escampette ? Non. D'un côté, tu retrouves la vieille ville et ses petites rues, un vrai labyrinthe. Alors oui, tu peux t'y cacher, mais pas si tu veux t'enfuir avec quelques affaires, deux prisonniers et un véhicule. Et de l'autre côté, il y a la mer. Un beau barrage naturel. Avec les docks, les porte-conteneurs, le port historique où il est interdit d'amarrer un bateau. Et le port de plaisance se trouve à plus de deux kilomètres. La seule route du coin pour partir en vitesse, c'est la voie rapide surélevée qui est toujours bondée et si facile à surveiller.

— Ça se tient, ton raisonnement, approuva Framboise. Et pourquoi les hauteurs de la ville conviendraient mieux ?

— D'abord, beaucoup de maisons indépendantes sont implantées là, avec des caves. Ensuite, on peut y accéder en voiture, plusieurs routes y mènent ou en repartent, donc autant d'échappatoires. Ces anciennes demeures sont élégantes, discrètes, très proches du haut des collines et touchent le parc naturel qui est sillonné de sentiers reliant des forts génois. En cheminant deux kilomètres, vingt minutes à pied en fonçant, des fuyards aboutiraient à l'échangeur des autoroutes E80, A12 et A7, où ils pourraient récupérer une voiture et disparaître.

— Mam-ma mi-a ! Par la moustache d'Einstein, t'es Sherlock Holmes ! M'étonne pas que tu te sois sortie haut la main des griffes de Cortisone, s'enthousiasma Ornella.

Les M&M's sourirent et Sophia compléta :

— J'ai un dernier argument qui vaut ce qu'il vaut, mais j'aimerais souligner l'aspect psychologique allant en faveur de la superbe théorie de Monica. Une maison sur les hauteurs de la ville, cela renforce l'impression de domination. De là-haut, on peut admirer son empire. Peut-être que Cortisone se postait au balcon et surveillait l'arrivée du porte-conteneurs transportant sa cargaison de drogue. Mais le plus important, c'est de bien comprendre que ceux que nous recherchons sont en fuite : la police les traque et œuvre pour démantibuler tout le réseau Cortisone. Cela m'étonnerait qu'ils soient partis loin. En persistant à vivre ici, ils restent dans leur ville, ils maîtrisent le terrain et c'est toujours rassurant de connaître les lieux. Ils demeurent là où ils ont des souvenirs heureux, des attaches. Ne jamais sous-estimer la force des liens d'affection. Et puis, ils ignorent le sort de Tonio et doivent penser que s'il réapparaît, ce sera ici à Gênes. Pour finir, encore une bricole : avec une maison à flanc de colline, il y a la vue. C'est toujours sympa, une vue sur la mer, même pour des truands, conclut Sophia avec un fin sourire.

Framboise braqua ses yeux sur Monica puis sur Sophia, estomaquée. Enfin, elle bondit sur ses pieds :

— Monica, Sophia, vous êtes incroyables ! J'adore votre idée. C'est notre meilleure piste. Nous n'avons plus qu'à patrouiller dans les rues et chercher. Étudier les noms sur les boîtes aux lettres, poser des questions aux gens du coin. Au moins, cela donne un périmètre d'investigation aux M&M's.

— Cela représente tout de même un paquet de maisons, conclut Gina. J'ai pensé à quelque chose : ce ne serait pas une bonne idée de recontacter Nicolo ? Il nous avait aidées, le garçon. Et il est malin. Si nous nous en sommes tirées sans dommage, c'est aussi grâce à lui. Il pourrait nous filer un coup de main et chercher avec nous.

— Excellente idée, et c'est facile, j'habite à côté de chez lui, je connais ses parents. Je l'appelle.

Moins d'une demi-heure plus tard, Nicolo accrochait son antique vélo à la rambarde devant le grand bâtiment. La porte claqua et il pénétra dans l'atelier, tout joyeux.

— Voilà Nicolo, annonça Framboise. C'est bien lui, à fracasser la porte ainsi.

Nicolo, en baskets, survêtement noir et T-shirt de sport rouge et gris, entra d'un pas alerte et bondissant sur le grand plateau du premier étage. Il s'écria :

— Les Mammas ! Vous êtes revenues ! Je vous manquais, pas vrai ?

— Nous ne sommes plus les Mammas, mais l'agence d'espionnage M&M's, clama Silvana avec son enthousiasme habituel.

— Sérieux ? C'est la classe, j'adore les M&M's ! M&M's comme Mammas et Mammas et Mammas et Mammas et... Mammas puissance six, quoi ! C'est ça ? Et vous espionnez quoi dans votre agence ?

— Toujours aussi malin, Nicolo, constata Gina. Comment vas-tu ? Et tes parents ?

— Mon père, ça va mieux. Du coup, on va tous mieux ! répondit-il, le visage rieur.

Framboise l'enveloppa d'un regard bienveillant et leva la main pour prendre la parole :

— Nous n'espionnons pas, nous investiguons, Nicolo. Les M&M's enquêtent. Nous sommes à la recherche de Jazz.

— Et Melody, précisa Silvana.

— Et Melody, en effet, confirma Framboise sèchement. Ils ont disparu. Je suis certaine qu'il leur est arrivé quelque chose. Nous pensons qu'ils sont retenus dans une des grandes maisons sur les hauteurs de la ville et nous aimerions ton aide. Est-ce que tu serais partant pour nous refiler un coup de main ?

— Je serai une sorte de détective free-lance embauché par les M&M's, alors ? C'est bien payé ?

— Ah ben, je vois en effet que tu es toujours aussi malin et que tu n'as pas changé ! La langue bien pendue ! se renfrogna Gina.

— Mais oui, bien sûr, on te donnera quelque chose, tout travail mérite salaire, déclara Sophia. Tu nous connais maintenant.

— Oui, mais je connais aussi Gina, rigola Nicolo.

Il redevint sérieux d'un seul coup.

— Vous pensez que c'est grave ce qui leur est arrivé ?

— Je pense qu'il faut faire vite, confirma Framboise. Eh, Nicolo ? Si tu nous aides, sois prudent et ouvre l'œil. Jazz et Melody sont probablement aux mains des Cortisone.

Le visage de Nicolo s'assombrit encore plus. Comme toutes les fois qu'il entendait le nom de Cortisone, il songea à son père qui bataillait pour retrouver sa vie. Et à la façon dont lui s'était fait manipuler et acheter.

— Je vous aime bien. Mon père est handicapé à cause de Cortisone. Je vais vous aider. Et le grand méchant loup est en prison, pas vrai ?

Chapitre 18

Nicolo força sur les pédales. Sa main droite lâcha son guidon et balaya la goutte de sueur qui lui chatouillait la tempe puis il se mit en danseuse. Dans son dos, les grincements du fauteuil qu'il tractait rythmaient la montée. La respiration puissante de son père, qui poussait sur les roues, ahanant, décuplait ses efforts. Les briques rouges dans la côte de Oregina défilaient lentement. La ruelle étroite, bombée et bordée de galets ronds où s'évacuaient des torrents d'eau de pluie à l'automne, grimpait droit dans la pente depuis la gare de la Piazza Principe vers le sommet de la colline. Forcément, c'était une *crêuza*. Toutes les *crêuza*[12] montaient raide en suivant la ligne de crête. Pour rejoindre les hauteurs de Oregina, ils n'avaient pas le choix, sauf à se taper les trois kilomètres de route. Ce passage constituait le chemin le plus court, mais Nicolo ne s'attendait pas à ce qu'il soit si dur. La sangle entre sa selle et le fauteuil était tendue à se rompre, son pédalier couinait sous l'effort et le grelot de la sonnette cliquetait, mais il ne lâcherait rien. Il tirait son père. Ils avaient une mission et ils la rempliraient ensemble ! Ils formaient une équipe, tous les deux. Sous ses roues, le ruban de briques pourpres lui évoqua une rivière de sang puis Nicolo grimaça de soulagement à la vue des marches de l'église Notre-Dame de Lorette. *Carlo et Nicolo, les rois de la grimpe, arrivent au bout du tapis rouge, applaudissez les bien fort !*

— On y est presque, haleta son père. À droite.

---

[12] Rue étroite ou piste muletière joignant les crêtes à la vallée selon la ligne de plus grande pente, afin d'évacuer facilement eau de pluie et neige et ainsi de conserver le chemin praticable en toute saison.

La ruelle étroite s'ouvrit sur la rue, Nicolo s'engagea sur l'asphalte et bifurqua vers le sanctuaire au sommet de la colline de Oregina. Il enfonça une dernière fois les pédales, le vélo quitta le béton et s'avança sur les dalles blanches de la placette devant la petite église. Il posa un pied à terre et s'effondra sur son guidon, pantelant. Il jeta un œil derrière lui. Son père, renversé dans son fauteuil, reprenait son souffle, le visage tourné vers le ciel. Une brise légère venue de la côte lui balaya les cheveux et l'odeur iodée lui emplit les narines. Nicolo essuya son front avec le bas de son T-shirt rouge.

— On a réussi, papa !

— Y avait pas de doute, pas vrai ? Saleté de montée ! Allez, détache-moi.

Nicolo libéra la sangle, redressa son vélo et l'accrocha à une barrière de métal. Son père se dirigeait vers le belvédère donnant sur la ville. Au muret, il le vit fixer les grues du port, puis une expression triste assombrit son visage. Il s'écria :

— Eh, papa ?

— Oui ?

— Tu crois qu'on va retrouver Melody et Jazz ? Trouver une maison comme elles ont dit, c'est chaud.

— Je ne sais pas. Moi je pense qu'avec Don Cortisone en prison, une guerre de succession s'est déclenchée. Tous les petits chefs souhaitent devenir grands chefs. Qui pourrait dépenser autant d'énergie pour se venger ? La vengeance est un plat qui se mange froid, non ? Qu'est-ce que Cosa Nostra en a à carrer de ces deux espions ? Le business est leur priorité, tu ne crois pas ? Il n'y a qu'à voir les cargos au port, les affaires continuent. Moi, je pense que c'est Flavia Cortisone qui a fait le coup. Ces disparitions, c'est personnel. Pour avoir réagi aussi vite à l'emprisonnement de Giovanni, de Luigi, il…

— Et Tonio ! Lui, il n'a pas été mis en prison. Et c'est aussi ce qu'a raconté une Mamma, que ça pouvait être Flavia. Ouais… C'est pas bête ! Une réaction pareille, il faut que les ravisseurs aient été frappés au cœur ! s'emballa Nicolo en martelant sa poitrine de son poing. Je suis sûr que t'as raison et que c'est Flavia. On n'a qu'à chercher toutes les Flavia sur les boîtes aux lettres et même tous les prénoms avec l'initiale F, OK ?

— Ça marche ! Eh, Nicolo ?

Son père pointa son doigt vers le frontispice de l'église.

— Tu as vu ? Oregina...

— Ben quoi ?

— La Madone. Oregina, O Regina, O Reine... Tu savais ça ? Sauf que la reine qu'on recherche, elle n'a sûrement pas d'auréole. Ou alors elle porte une couronne de cannabis. Et une mitraillette en bandoulière. Tu fais attention, d'accord ? Je pars par là-bas et toi par là. On s'appelle si on trouve une maison qui correspond.

Nicolo tâta le téléphone dans la poche de son survêtement noir, contourna les murs jaune et rose pastel de l'église Notre-Dame de Lorette et commença à écumer les rues de Oregina, détaillant chaque nom sur les boîtes aux lettres. Une petite voix dans son crâne lui soutenait qu'il allait trouver la cache et les espions. Et la tête que ferait Framboise quand il se pointerait avec Jazz ! À cette idée, un large sourire lui remonta jusqu'aux oreilles. Dans son carnet, il tenait les comptes : après quelques rues, il possédait déjà une Flaminia, une Federica et une Fernanda. Toujours pas de Flavia. Peut-être l'un des deux autres prénoms en F. qu'il avait relevés, sans trop y croire. Le premier se trouvait à la porte d'une grande maison divisée en plusieurs appartements et l'autre avait en face de lui un immeuble qui lui bouchait la vue sur la ville. Les habitations répondant aux critères de Monica étaient rares. Nicolo soupira. Il avait pensé en avoir découvert une, son père l'avait appelé pour lui annoncer que lui aussi, avant que tous deux ne s'aperçoivent que les noms sur les portes ne collaient pas. Il se demanda si les M&M's avaient plus de chance dans les montées de Castelletto. Il voulait bien les aider, mais chercher une baraque ici, au hasard, commençait à être barbant.

Il continua son chemin, grimpant vers le sommet de la colline et le parc naturel quand la maison apparut dans sa ligne de mire. Une grande bâtisse en contre-haut de la rue dont le garage, au niveau du trottoir, affichait un horrible tag sur son volet gris métallisé. Nicolo s'arrêta. Le box avait une sale tronche, mais la façade jaune et ocre ornée de reliefs à la grecque avait de la gueule. Décrépit, mais typique de la ville. Lui, il connaissait quantité de demeures comme celle-là, il s'en fichait, mais il était prêt à parier qu'ici les touristes sortiraient leurs appareils photo.

Les deux premiers étages s'ouvraient sur deux rangées de trois fenêtres qui s'inscrivaient entre des colonnes émergeant du mur. Nicolo se tordit le cou. De là-haut, la vue sur la ville devait être sympa. *Et on la verrait encore mieux si quelqu'un prenait la peine de nettoyer les vitres*, songea-t-il. Il traversa la rue vers le trottoir opposé, puis se retourna.

— Cette baraque, elle est parfaite, murmura-t-il. Et hyper bien placée.

La sonnette ronde encastrée dans le pilier se trouvait juste devant lui. Nicolo hésita un instant à appuyer sur le bouton gris piqué par des années d'oxydation puis fronça ses sourcils. *Faut que je dégotte un nom quand même...* Il longea le mur. La maison se situait au niveau d'un virage en épingle à cheveux et l'arrière de la villa restait invisible de ce côté-ci. Nicolo s'engagea à l'angle de la rue et constata qu'une seconde porte de métal, discrète, à la peinture verte écaillée, débouchait ici aussi sur la chaussée. Parfait pour fuir en douce ! Une boîte aux lettres anonyme, marron et rouillée, s'y accrochait. Il afficha une moue déçue, puis un coin de papier coloré attira son regard. Nicolo saisit un prospectus pour le supermarché local qu'il roula en boule, puis replongea à la pêche aux infos. Il revint avec une enveloppe blanche d'une agence immobilière. Il savait ce qu'elle contenait, son père avait reçu cent fois une lettre identique : « Vous avez un projet immobilier ? Nous vendons et achetons dans votre quartier. Nos experts sont là pour vous aider ». Le courrier était adressé à une signora F. Bianchi. Ses lèvres se retroussèrent en un sourire vainqueur. Une signora F ! Son regard s'éleva et remonta le trottoir vers la colline. Déjà, il apercevait la terre nue des terrains vagues jouxtant les premiers arbustes touffus du parc national.

— Trop bien, laissa-t-il échapper du bout des lèvres.

Il fit demi-tour, s'engagea dans la descente vers le centre, passa l'angle et tomba nez à nez sur une femme au portail. Elle le foudroya du regard et cria :

— Eh, toi ! Ça ne te gêne pas de fouiller dans les boîtes aux lettres ?

Chapitre 19

Le cœur de Nicolo s'arrêta de battre et son cerveau affolé se mit à tourner à plein régime. La femme tortillait une mèche brun rouge avec sa main et le fixait avec de grands yeux inquisiteurs, ses lunettes à verre teinté reposant sur sa tête. Elle gigota un pied nu dans une sandale de jardin en plastique vert et lui lança :

— Eh, toi ! Cela ne te gêne pas de fouiller dans...

Elle s'interrompit et lâcha en se radoucissant :

— Je te connais, non ? Tu es déjà venu chez moi. Tu étais une sentinelle, n'est-ce pas ? Tu surveillais les rues pour Giovanni Cortisone. Qu'est-ce que tu cherches, mon garçon ?

— Ben... Euh... Vous !

Elle devait bien s'en douter. Elle voulait le tester ? Mais qu'elle aille se gratter si elle en désirait plus ! Ce n'est pas lui qui vendrait la mèche en lui apprenant qu'il était en mission pour les M&M's.

— Tu sais qui je suis ?

— Ce n'est pas sorcier ! Si je suis déjà venu chez vous et que vous savez que j'étais une sentinelle de Don Cortisone, alors chez vous c'était chez lui. Donc, vous êtes sa femme, Flavia Cortisone. Logique ! C'est pas plus dur que de couper un Carambar.

Flavia Cortisone lui sourit.

— T'es futé, hein ? Et pourquoi me cherches-tu ?

Nicolo hésita. Son cerveau tourna à toute allure pour trouver une idée puis il lança :

— Je ne bosse pas pour rien. Don Cortisone, il a disparu en prison tellement vite qu'il ne m'a pas payé. Il me doit quelques billets, rétorqua-t-il d'un ton bravache.

— Viens, rentre. Il faut qu'on parle tous les deux.

— Pourquoi je ferais ça ? Y a pas à discuter !

Une lueur d'agacement traversa les prunelles de la femme.

— Tu veux ton argent, oui ou non ?

Elle s'écarta du portail, Nicolo la rejoignit d'un pas soupçonneux et il pénétra dans le rectangle de la petite cour intérieure. Elle lui désigna une table de jardin en métal blanc et trois chaises à l'ombre d'un laurier. Elle en balaya la surface. Les feuilles chutèrent sur le ciment et l'odeur fraîche de l'arbre s'intensifia autour d'eux. Nicolo s'assit, dos au mur jaune et à l'entrée de la maison, face au portail. Flavia Cortisone tira sur son pull et lissa sa jupe grise.

— Comment t'appelles-tu ?

— Nicolo.

— Si tu veux de l'argent, Nicolo, je peux t'en donner. Mais il faudra travailler pour le gagner. Tu as entendu parler de Framboise ?

— Toute la ville ne parle que d'elle. Elle est immanquable, Framboise. Vous n'avez qu'à aller à une séance de dédicaces.

— Eh bien, moi, je la manque sans cesse, jeune homme. La dernière séance de dédicaces a tourné court, la police me l'a soufflée sous le nez. Je la cherche. J'achète tous les renseignements que tu pourras trouver sur elle. En particulier, si tu parviens à savoir où elle habite, je suis preneuse. Tu veux gagner quelques beaux billets ? Tu étais une sentinelle, tu me déniches où elle se cache. Ne t'en fais pas, je paie très bien. Je suis plus généreuse et moins dangereuse que mon mari. Ça te dit ?

Nicolo garda le silence. Alors, comme ça Framboise cherchait Flavia et Flavia cherchait Framboise ? Il devait trouver un moyen de mettre la main sur les billets. Sa mère enchaînait les heures, gagnait des clopinettes et son père… son père ne rapportait plus rien. Il regarda ses vieilles baskets trouées là où l'ongle pointait, aux gros orteils. L'argent de Flavia Cortisone serait bien employé. Ce ne serait que réparation. Puis il se mordit la lèvre de dépit. Il ne pouvait pas accepter de travailler encore avec ces pourris de Cortisone, même si Flavia lui semblait correcte. Il devait d'abord prévenir Framboise et les M&M's.

— Qu'est-ce que vous lui voulez, à Framboise ? lâcha-t-il enfin en relevant la tête.

Le visage de Flavia se rembrunit et un pli soucieux barra son front. Elle abaissa ses lunettes sombres sur ses yeux, expliquant d'une voix soudain glaciale :

— J'ai besoin de lui parler. Je veux savoir ce qu'elle a fait de mon fils. Mon Tonio.

Et Framboise se demande ce que vous avez fait de son espion. Son Jazz. Si c'est bien vous... Nicolo l'observa avec défiance. Le ton de sa réponse, à couper au couteau, n'augurait rien de bon, mais Flavia Cortisone, les épaules basses et les bras repliés devant elle, semblait avoir perdu toute sa superbe. Il hocha la tête en signe d'approbation.

— Hum... Comment je vous préviens si je la trouve ?

— Tu sonnes ou, si je ne réponds pas, tu peux me déposer un message sur la table. La petite porte sera déverrouillée. Où tu m'appelles. Tu as un portable ?

— Vous croyez quoi ? J'ai treize ans ! Bien sûr que j'ai un portable !

— Alors, note.

Flavia lui dicta son numéro et se leva :

— C'est bon ? En chasse, Nicolo. J'attends ton appel.

Une vague anxieuse le submergea. Il ne pouvait pas simplement partir comme ça, il touchait au but. Jazz et Melody n'étaient peut-être qu'à quelques mètres de lui dans la maison. Nicolo pinça ses lèvres, se mordilla l'intérieur de la joue et tourna son regard vers la façade et la porte de bois sombre. Il porta sa main à sa nuque et se gratta d'un air gêné. Il se trémoussa et se tortilla sur sa chaise tant et si bien que Flavia questionna :

— Tu as besoin d'aller aux toilettes ?

Nicolo grimaça un « oui » contrit. La femme le regarda avec bienveillance.

— Ne sois pas timide, il faut demander. La porte est ouverte. Tu verras, c'est le bazar. Tu passes la buanderie et les toilettes sont après l'escalier.

Il se leva d'un bond et se hâta vers l'entrée. Il pénétra dans un espace encombré de vieux vélos, d'un frigo et d'un canapé recouvert d'un immense drap bleu ciel. Des étagères dissimulées derrière des rideaux de tissu. Une pièce s'ouvrait à sa gauche. Une machine à laver, un séchoir, un fil à linge. La buanderie. Derrière, accolé au mur, un escalier de pierres lisses et grises menait aux étages supérieurs. Et descendait dans les profondeurs de la maison. *Ils sont enfermés dans une cave*, avait assuré Monica. *Vite !* Il s'y engouffra, dévala les marches et stoppa net face à la porte de métal. Le battant s'ouvrit sans un grincement. Nicolo trouva l'interrupteur et éclaira la pièce, embrassant les lieux du regard. Vide. Le sol sec et poussiéreux portait des empreintes de pas et des sillons révélaient une couche noire plus profonde. Cinq petits tas de terre de couleur variée se dressaient dans un angle. Il pénétra dans la cave, ne nota rien de particulier et examina de nouveau les minuscules monticules. Puis l'inscription lui sauta aux yeux. Il retint son souffle. Un J et un M ! Sa main effleura le cœur gravé autour des initiales. Jazz et Melody ! Il ressortit à toute vitesse, éteignit la lumière, referma la porte et courut jusqu'aux toilettes où il tira la chasse d'eau. Son sang bouillonnait d'excitation. Il prit une grande inspiration, croisa Flavia et fila vers le portail.

— Faut vraiment que j'y aille, ma mère s'inquiète sinon. Je vous tiens au courant.

— J'espère. N'oublie pas, je serai généreuse.

— Préparez-vous, je suis un bon négociateur, c'est ma mère qui le dit !

Nicolo dévala la pente sous le regard curieux de Flavia.

Chapitre 20

Dans l'entrepôt de Gênes, les M&M's s'étaient mises sur le pied de guerre. Après la découverte de Nicolo et une nuit au sommeil troublé, Gina avait insisté pour que toutes avalent quelque chose de bon matin, car « quand l'estomac va, tout va ! »

Tout en ramassant les miettes du Pandoro[13], pour la dixième fois au moins, Gina répéta :

— Tu t'en sortiras toute seule, Framboise ?

Elle essuya le sucre glace avant de remballer la brioche moelleuse dans son sachet puis entreprit de nettoyer la planche à découper.

— Tata ! soupira Framboise. Nous aurons une petite discussion entre femmes à la terrasse d'un café bondé à deux pas de la cathédrale San Lorenzo. Que veux-tu qu'il se passe ?

— Mais Flavia Cortisone reste la compagne du parrain tout de même ! s'exclama Silvana.

Cette dernière appuya avec force sur le levier de la machine à café, écrasant dans un étau la dosette ronde et plate puis pressa le bouton. La cafetière ronronna et siffla, l'eau glouglouta et le café commença à se déverser en un flot épais dans sa minuscule tasse blanche en embaumant la pièce. Elle insista :

— Ne me dis pas qu'elle n'est pour rien dans la réussite de Cortisone. Tu n'aurais pas dû accepter de la rencontrer. Elle est dangereuse.

— Moi aussi je suis dangereuse, contra Framboise en secouant sa crinière telle une lionne.

---

[13] Brioche italienne.

Elle jeta un regard humide sur Silvana et continua :

— Et je veux retrouver Jazz.

— Et Flavia veut retrouver son fils, déclara Sophia du fond du canapé. N'oublie pas que derrière chaque grand homme se cache une femme.

— Parce que Cortisone est un grand homme ?

— Ne chipote donc pas ! Parmi toute une organisation de voleurs, de truands, d'escrocs, de gangsters, de trafiquants, de maîtres chanteurs, de dealers et de tueurs, c'est lui le patron, s'énerva Claudia.

Elle claqua le plat de sa paume sur la table en face d'elle et s'exclama :

— C'est un signe, ça, tout de même !

Framboise leva ses mains au-dessus de sa tête.

— Oh là, oh là, c'est bon ! Je serai prudente. Mais promettez-moi d'être vigilantes, vous aussi. Pas question que les M&M's reviennent avec un M de moins, d'accord ?

Monica lui sourit et lui envoya un clin d'œil rassurant :

— Flavia Cortisone étant avec toi, la maison sera libre. On franchit la porte, ce sera certainement le plus compliqué, puis on descend dans cette cave, on fait un repérage un peu plus poussé que celui de Nicolo et on observe le petit cœur trop mignon avec le M et le J entrelacés.

— Nicolo n'a jamais dit que les lettres s'entrelaçaient ! s'insurgea Framboise.

Elle leur tourna le dos et le bruit de ses bottines retentit dans l'escalier. Ses pas résonnèrent dans l'atelier vide du rez-de-chaussée puis la porte donnant sur la rue claqua sèchement. Gina souffla, s'avança pour jeter un œil à Framboise à travers la fenêtre et râla :

— Monica, tu abuses ! Melody est un sujet sensible. Cette fille, c'est trop de café dans le tiramisu, cela lui laisse un goût amer dans la bouche à Framboise.

— Désolée. Est-ce que Jazz éprouve la même chose pour elle ?

— Faut espérer sinon les M&M's la ramasseront à la petite cuillère, commenta Sophia. On y va ?

Sophia se leva du canapé, se redressa de toute sa taille, resserra son col autour de son cou et s'avança d'un pas impatient vers l'escalier. Quelques minutes plus tard, les Mammas s'entassaient dans le combi

Volkswagen qui avait fait la jeunesse voyageuse de Gina, collées les unes contre les autres sur le cuir blanc et fendillé des sièges. L'engin cahota à travers la ville et grimpa vaillamment la colline avant que Gina ne trouve à se garer dans la côte à proximité de la grande bâtisse jaune et ocre. Elle abandonna le volant et se retourna vers l'habitacle. Elle s'éclaircit la gorge et prononça d'une voix empreinte d'une gravité soudaine :

— C'est bien là. Tout comme Nicolo l'a dit. Les filles ? Les M&M's sont une agence d'espionnage alors un peu de sérieux. On ne peut pas toutes y aller, la fleur au fusil, comme des amatrices. Nous sommes des pros maintenant. Qui veut être le chauffeur ? Si nous devons fuir en vitesse, il faut que l'une d'entre nous soit prête à appuyer sur le champignon. Qui s'y colle ?

— Nous enfuir ? Mais pourquoi ? s'écria Silvana.

— Pareil que dans les attaques de banques ! T'as jamais vu de film de hold-up ? Un complice attend toujours dans la voiture, paré à démarrer. C'est ça, être pro, exposa Ornella. Imagine, on se fait repérer. Il faudra détaler aussi vite qu'un lapin devant un renard. D'ailleurs, moi je suis volontaire. Je préfère patienter dans la Mammamobile.

Gina, Sofia, Claudia, Monica et Silvana s'extirpèrent avec peine du véhicule et trottinèrent en silence sur le trottoir vers la petite porte de métal vert à la peinture écaillée, tel un groupe de pèlerins qui se rendent pour la première fois au temple sacré : les visages scrutaient l'édifice, les regards naviguaient de droite à gauche afin d'en saisir tous les détails. Silvana jonglait d'une fenêtre à l'autre, à l'affût de la moindre vibration de rideau. Claudia et Sofia levèrent le pouce, validant chacune que les maisons voisines étaient endormies dans une torpeur sans accroc. Gina passa le coude de la rue, vérifia que la voie était libre et fit un signe de la main. Les M&M's s'agglutinèrent derrière elle. Elle poussa la porte. Comme promis, elle s'ouvrit, non sans lâcher un grincement strident qui figea les Mammas sur place tel un affamé découvrant un anchois sur sa pizza margarita. Ornella crispa ses phalanges sur le volant. Les têtes pivotèrent de tous côtés puis la petite troupe s'engouffra dans le jardin à l'odeur de laurier. En file indienne, elles s'avancèrent jusqu'à la porte de bois foncé sur la pointe des pieds.

— Si quelqu'un ne savait pas que nous arrivions, chuchota Gina, en alerte.

— Le voile léger des rideaux n'a pas tremblé, murmura Silvana.

— Et aucun de nos voisins ne s'est signalé, compléta Monica.

— Et moi, je ne vois que le soleil qui poudroie, rajouta Claudia.

Sophia les examina, ses joues se creusèrent et elle plaqua sa main sur sa bouche pour étouffer un pouffement de rire.

— Vous parlez en alexandrins maintenant les filles ?

— Oh, les M&M's ! Je ne sais pas en quoi on parle, mais chut, concentrons-nous, grommela Gina. On n'a pas la nuit pour visiter les lieux. Rappelez-vous ce qu'a raconté Nicolo. Notre mission est de pénétrer à l'intérieur et de descendre l'escalier vers la cave. Fallait pas rêver, c'est fermé. Claudia, les outils, vite !

— Tu veux lequel ? La canne de Marcello ? Ou la louche ?

— Oh la la ! Mais quelle innocente ! Les aiguilles à tricoter, bougre d'andouille, pour tripatouiller la serrure comme dans James Bond, intervint Silvana.

— Parce que tu as déjà forcé des portes, toi ?

— Eh bien, je me souviens d'un certain Federico qui s'était enfermé dans sa chambre…

— Ben, ça doit dater, la taquina Claudia.

— Vous me distrayez, vous deux. Gnark ! Ça coince ! Ça ne veut pas s'ouvrir, maugréait Gina.

Monica jeta un œil vers sa montre.

— Faudrait pas trop lambiner… Si tu tordais les aiguilles ?

Chapitre 21

Framboise s'était attablée sur la place de la cathédrale devant *Fruit and Ice-Cream Factory*, le fabricant de glaces artisanales le plus réputé de la ville selon beaucoup. À la vue de la file d'attente devant le comptoir, l'établissement n'avait pas usurpé sa réputation. À l'exception d'un homme seul, attendant son rendez-vous, toutes les tables étaient occupées par des familles. Elle s'était installée à la dernière place libre puis avait rabattu les manches de son ample pull vert d'eau à grosses mailles sur le bracelet verrouillé à son poignet. Depuis qu'elle avait appris que ces appareils se fixaient toujours à la cheville, par souci de discrétion, la décision de Vito Meli lui semblait d'autant plus inique. Au moins pouvait-elle encore porter ses bottines montantes avec sa jupe plissée jaune. Elle avait dissimulé sa chatoyante chevelure sous un foulard de soie et recouvert ses yeux d'une paire de lunettes Versace aux verres fumés dont elle doutait de l'authenticité. L'Italie était presque aussi réputée que la Thaïlande pour ses contrefaçons, et acheter des produits de marque à demi-tarif sur un marché ne trompait plus que les naïfs et les touristes japonais. Framboise dégustait un extraordinaire sorbet à la mangue dans une petite coupelle quand une femme s'assit sans vergogne à sa table.

— Vous permettez ? avait déclaré celle-ci derrière ses lunettes de soleil.

Framboise fronça les sourcils. Les mèches blondes de l'inconnue dépassaient sous la capeline de paille blanche. Les larges rebords du chapeau dissimulaient son visage et Framboise s'apprêtait à protester lorsque la femme retira ses lunettes. Elle ravala sa phrase. Flavia Cortisone avait ondulé et coloré ses cheveux auburn en blond cendré.

Elle ne correspondait plus au portrait diffusé sur toutes les chaînes lors de l'arrestation de Cortisone. Elle avait beau avoir modifié sa coiffure, ses yeux la trahissaient. Une bile amère envahit la bouche de Framboise. La femme du parrain ressemblait maintenant beaucoup trop à cette traîtresse d'Anna. Décidément... Flavia prit la parole :

— Quand on vous cherche, on vous trouve. Je vous ai tout de suite identifiée à cette table et Nicolo n'a pas mis longtemps pour me recontacter.

Et pour cause, pensa Framboise. *Il savait où j'étais. Vous devriez plutôt vous demander comment Nicolo vous a trouvée.* Elle répliqua :

— Le principe d'un rendez-vous est que les deux parties se retrouvent, non ? Je ne me cache que des paparazzis et des journalistes, pas comme vous.

Framboise entortilla son index autour d'une boucle de ses cheveux s'échappant de son foulard.

— Nicolo m'a indiqué que vous souhaitiez me parler ? ajouta-t-elle.

— Je me ronge les sangs. Mon fils, Tonio. Il a disparu.

Flavia entrelaça ses doigts et se frotta les mains l'une contre l'autre. Framboise croisa ses bras, s'appuya sur la table et se pencha vers elle.

— Eh bien, moi aussi, je me ronge les sangs, figurez-vous. Jazz, l'agent écossais, a disparu. Vous n'auriez pas une petite idée de ce qu'il pourrait lui être arrivé par hasard ? Quelqu'un de votre gang de mafieux ? Quant à vos fils, ce sont des brutes et des assassins. Tonio est une calamité ! Un tueur sans cerveau. J'espère que vous en avez conscience. Vous n'avez pas de quoi être fière, rétorqua Framboise d'un ton tranchant. Luigi et Tonio m'ont déshabillée et jetée à la mer avec des parpaings aux pieds. Je serais morte sans l'intervention de Jazz.

Sa voix se cassa, elle résista à l'envie de se pencher pour masser ses chevilles. Elle sentait encore la tension de la corde rêche sous son mollet.

— Mes garçons ne sont pas parfaits, mais ce sont mes fils. Votre amie Anna m'a dit que vous aviez enfermé Tonio dans sa cave avant de l'emmener je ne sais où.

— Anna, mon amie ? C'est une vraie traîtresse ! Vous êtes bien assorties, toutes les deux ! s'exclama Framboise à mi-voix. Deux fois qu'elle me plante !

— Chut, on va nous regarder ! À sa décharge, on parle toujours quand on vous met le canon d'un flingue sous le nez. Anna a choisi la voie de la raison. Alors, Tonio ?

— Après avoir raté ma noyade, Tonio me traquait. J'ai fait ce qui s'imposait pour survivre : je l'ai drogué et expédié vers les États-Unis dans un conteneur.

— Vous avez fait quoi ?

Flavia se dressa, les bras tendus en appui sur la table, elle se pencha vers Framboise, le plateau bascula. La coupelle de glace glissa et atterrit sur le pavé. Le verre explosa. Dans son dos, une voix chantante lâcha dans un souffle :

— Flavia, calme-toi ou tu vas finir en taule avec Giovanni. Nous poursuivrons cette conversation ailleurs.

Framboise pivota sur sa chaise. Elle s'écria « vous ! » en écarquillant les yeux. L'homme en cuir brun qui l'avait traquée jusque dans la boutique de Giulietta la dominait de toute sa taille et la fixait, sévère. Un vent de panique lui creusa le ventre et un fourmillement glacé descendit le long de ses jambes. Il lui attrapa le bras d'une poigne ferme et la souleva de sa chaise. Ses doigts se resserrèrent comme des pinces sur son biceps. Framboise s'étrangla, ravalant le cri dans sa gorge en sentant le canon du pistolet s'incruster douloureusement dans son flanc, juste sous ses côtes. Elle se raidit.

— Vous n'oseriez pas ! Ici, sur la place San Lorenzo, devant tous ses témoins !

L'homme augmenta la pression de l'arme sur elle, vérifia d'un coup d'œil que sa main était toujours dissimulée sous un pan de sa veste et siffla :

— Cosa Nostra l'a déjà fait par le passé. Ces personnes sont des moutons aveugles. Une moitié serait incapable de nous décrire et se contredirait, et l'autre aurait trop peur de parler. Ne tentez rien de stupide. Flavia ne souhaite que retrouver son fils. Un fils en bon état, si possible. Levez-vous !

Flavia Cortisone les précédait et l'homme la colla jusqu'au port. Elle sentait sa cuisse contre la sienne et le frôlement du pistolet sur sa hanche. Le type fredonnait gaiement *La donna è mobile*. Elle lançait des regards alertes vers les vicos à la recherche d'une échappatoire et les quelques personnes qu'ils croisèrent ne prêtèrent aucune attention à elle. Avec son air renfrogné, tous les deux projetaient l'image d'un couple venant de se disputer. Une Fiat les attendait sur la jetée. Flavia s'assit à la place du conducteur, l'homme la bouscula sur le siège arrière et s'installa à ses côtés. Puis le véhicule démarra vers les hauteurs de la ville et l'inconnu soupira, soulagé.

— Bon, mettez-moi au parfum. Tu m'expliques ce coup de colère, Flavia ? L'objectif était de discuter en public sans faire de vague.

— Cette salope a enfermé Tonio dans un conteneur, dans un cargo pour l'Amérique ! Mon fils va crever dans une boîte en fer, Gino !

— Ce n'est pas très judicieux, ça, commenta l'homme en haussant les sourcils. Une raison pour avoir agi ainsi ?

Ses yeux marron et curieux se fixèrent sur elle.

— Il voulait me tuer. Mais je ne suis pas comme vous, moi, je n'assassine pas les gens. Tonio avait de l'eau, du vin, des jambons et j'ai vérifié : l'air s'infiltrait dans la jointure de la porte. La seule chose qui m'importait, c'était que ce dingue parte le plus loin possible et dégage de ma vie.

— Tant que je n'aurais pas serré mon fils dans les bras, tu ne sortiras pas de chez moi ! J'ai une belle cave pour toi avec une porte en fer et Gino a mis ton Jazz au frais. Si tu veux le revoir en vie…

La voix de Flavia claqua dans la voiture et Gino afficha un sourire fataliste.

— Fallait pas jouer avec Tonio…

— Fallait pas jouer avec ma vie ! Libérez Jazz ou sinon…

— Ou sinon quoi, ma cocotte ? Tu n'es pas en position de discuter. On arrive, je cherche une place, annonça Flavia.

L'homme crispa ses doigts sur la crosse du pistolet et lui enfonça le canon dans les côtes. Un point douloureux irrigua aussitôt son flanc droit. Le tube de métal lui meurtrissait les chairs. Elle aurait un bleu. Aujourd'hui, Jazz ne surgirait pas du néant pour la sauver. Elle ne pouvait compter que sur elle. Son visage s'assombrit, elle détourna les yeux vers la rue et son regard anxieux accrocha celui d'Ornella, affolé, à travers la vitre. Les M&M's ! Une bouffée d'angoisse et d'espoir la traversa. Les Mammas n'avaient pas encore dégagé les lieux ! Framboise grimaça alors que Flavia croisait le minibus Volkswagen et poursuivait sa route au ralenti à la recherche d'une place. Derrière eux, elle entendit Ornella donner l'alerte. Trois coups de klaxon.

Dans la cave, Sophia, Monica, Anna, Silvana, Claudia et Gina, les aiguilles à tricoter ayant servi à forcer la porte d'entrée dans sa main, se lancèrent des regards effarés puis Sophia se ressaisit :

— On décampe. De toute façon, on a tout vu ici.

Du bout du pied, elle détruisit les cinq mottes de terre de couleur.

— J'ai une idée de ce que cela peut signifier. Mais on en discutera plus tard.

Elle se précipita en tête dans l'escalier et s'immobilisa sur la dernière marche.

— Chut, les filles, taisez-vous. J'entends du bruit dehors.

Sophia traversa le sous-sol sur la pointe des pieds et colla son œil au trou de la serrure. Les silhouettes de Flavia, Framboise et Gino apparurent derrière le portail principal sur la rue.

— Oh, mon Socrate ! Ils sont avec Framboise ! s'exclama-t-elle à mi-voix.

— Toutes dans la buanderie, vite, ordonna Gina.

— Eureka, j'ai trouvé ! Claudia, frappe-moi avec le tisonnier. Sur le front ! Allez, allez, faut que ça marque, chuchota Monica.

Elle se rapprocha du drap recouvrant le canapé.

— Monica, t'es folle ! Qu'est-ce qu'il te prend ?

— Par Archimède, c'est mathématique ! Je vais les attirer et ce sera à vous de jouer ensuite : vous arriverez par-derrière et *bam* !

— Tu es sûre ?

— Vas-y, je te dis, pronto !

— Frappe-la, commanda Gina, mais doucement, ne lui explose pas la tête quand même !

— Frappe-la ! Frappe-la ! renchérit Silvana. Dans la tronche !

Claudia leva le tisonnier d'une main tremblante, inspira profondément et abattit la tige d'acier sur Monica en courbant la nuque. Cette dernière laissa échapper un *oumpf* avant de s'écrouler sur le drap dans un bruit sourd, une marque rouge perlée de gouttelettes de sang en travers du front.

— Par Sainte Morte-Adèle, bredouilla Silvana. Tu n'y as pas été un peu fort ?

Claudia frissonnait de tous ses membres.

— Oh mon Dieu, oh mon Dieu !

Elle lui tapota les joues et Monica gémit dans un souffle :

— J'ai le crâne solide comme un roque, comme dirait Kasparov. Cachez-vous.

— Monica a la tête dure, elle s'en remettra ! Allez, allez, les filles, dans la buanderie maintenant, vite !

Gina les bouscula vers la pièce voisine. Une clé s'introduisit dans la serrure, grinça puis s'arrêta en butée sur un morceau de métal. Flavia chuchota :

— La porte a été forcée.

Elle plaqua sa main à plat sur le battant et poussa. Sophia se colla contre le mur en voyant Flavia pénétrer dans le sous-sol puis la femme du parrain hurla :

— Il y a un macchabée dans le canapé ! Oh mon Dieu, c'est la Bellaciao !

— *Una mattina mi sono alzato, O bella ciao, bella ciao, ciao, ciao...* se mit à fredonner Gino en propulsant Framboise devant lui.

— C'est Monica Bellaciao, la femme que Giovanni avait enfermée dans la cave. Mais qu'est-ce qu'elle fait là ?

Flavia la scrutait avec de grands yeux étonnés. Gino se pencha vers le corps effondré sous le regard catastrophé de Framboise. Il sourit :

— Un cadeau de la Traviata peut-être, pour se faire pardonner ? Elle est toute de traviole.

Dans la buanderie, Gina souffla, à peine audible :

— Claudia ? Ton arme s'il te plaît. Prêtes les M&M's ? J'assomme, j'esquinte, j'estourbis, j'anesthésie et vous exfiltrez Monica par la petite porte. Ornella nous attend.

Et Gina chargea tel un rhino furieux, le tisonnier levé.

— *Ricotta mozza pecoriiino !*

Son hurlement aigu explosa toutes les octaves. Le cri strident figea ses adversaires comme une carotte devant le lapin, la barre de fer décrivit un arc de cercle dans un pur geste de golfeur et s'abattit sur la tempe de Gino. Il s'écroula. Flavia se précipita vers lui. La canne de Marcello, tournoyant telles des bolas argentines, lui percuta les mollets. Elle s'emmêla les pinceaux. Chuta. Sophia s'empara de la main de Monica, Claudia lui saisit le bras. Silvana foudroya Flavia d'un coup de louche dans la tempe et hurla :

— Cours, Framboise, cours !

Dans leur dos, Gina braillait, surexcitée :

— *Caramba ! Avanti, avanti !*

Les M&Ms évacuèrent le théâtre des opérations et se replièrent dans le véhicule, moteur grondant. Le klaxon pétarada, la portière claqua. Ornella appuya sur le champignon et Framboise ouvrit la fenêtre, laissant exploser sa joie d'un rire cristallin sous les cris de Flavia Cortisone :

— Jazz va payer ça ! Pas de Tonio, pas de Jazz !

Chapitre 22

Nicolo se délectait d'une épaisse couche de Nutella sur une tranche de panettone quand le pêne de la porte d'entrée en bas cliqueta dans la gâche. Un brouhaha de voix résonna dans l'atelier avant d'envahir l'escalier.

— Chalut les M&M'ch !

— Limoncello, oh oh oh, nous voilà ! proclama Silvana.

Monica effleura son front douloureux et grimaça. Nicolo fronça les sourcils.

— T'as rencontré un joueur de base-ball ?

— Monica a insisté, expliqua Claudia avec un petit air coupable.

— Elle lui a balancé un coup de tisonnier dans la tête, jubila Silvana.

— Mais nous avons pu prendre Flavia et Gino à revers, justifia Gina. Cela a bien fonctionné, non ? Échec et mat. M&M's : 1, Cortisone : 0.

— Et nous avons un indice pour Jazz et Melody, annonça Sophia.

— Carrément ! s'exclama Framboise en frappant du poing sur la table. C'est Flavia Cortisone qui les a kidnappés.

— Ben, on s'en doutait ! Je vous l'avais dit, protesta Nicolo.

— Mais maintenant, je peux même vous expliquer où Flavia les retient prisonniers, susurra Sophia. Je parie que c'est aux Cinq Terres.

— À cause des cinq tas de terre de la cave ? Ça existe, ça, les « cinq terres » ? Je connais les cinq continents, déclara Nicolo en se léchant un doigt couvert de Nutella, mais les cinq terres... Jamais entendu parler.

— Pourtant elles ne sont pas loin. Ces petites pyramides de couleur devant le cœur gravé sur le mur ne sont pas anodines. Et le tas blanc est constitué avec le plâtre du plafond. Jazz a dû soulever Melody pour le décrocher.

— Pas besoin de préciser ! Le cœur, le plâtre, on a compris, se renfrogna Framboise.

Sophia poursuivit :

— Et la priorité pour des espions retenus captifs est de transmettre de l'information. Les M&M's ? Souvenez-vous bien de ça, cela pourrait nous servir. Pourquoi est-ce que Jazz et Melody se seraient embêtés à fabriquer ces pyramides de terre sinon ?

— Accélère Sophia ! protesta Gina. Tu veux toujours remettre une couche sur les lasagnes, mais c'est bon, c'est clair.

Sophia arbora un visage vexé et récita :

— Les Cinq Terres sont cinq villages aux maisons colorées accrochées à flanc de montagne au-dessus de la mer sur la Riviera ligure et reliés entre eux par des sentiers traversant des vignobles en terrasse. En 1997, ils ont été classés à l'UNESCO au titre du patrimoine culturel. Voilà ! Cinq petits tas de terre, cinq couleurs différentes, cela m'a fait penser aux Cinq Terres.

Nicolo la vit croiser ses bras sous sa poitrine et fixer l'assemblée d'un air boudeur. Il s'écria à travers le salon :

— Mouais, c'est trop cool comme idée ! Mais comment allons-nous trouver où ils sont, dans quel village ? Et après dans quelle maison ?

— On ne peut pas, soupira Gina. Petits villages, petits villages... Petits, mais costauds. Il y a du monde dans ces Cinq Terres. Cela en fait des baraques !

— J'ai qu'à suivre Flavia là-bas, lança Nicolo. Elle va sûrement y aller si ses prisonniers y sont, elle a menacé Jazz. J'expliquerai à ma mère que Framboise me paie une visite d'un site classé à l'UNESCO. Patrimoine culturel, en plus, a dit Sophia. Sûre qu'elle acceptera. Cela me fera une excursion au lieu de zoner au port. Mais faudra me payer le transport, parce qu'on est toujours aussi fauché qu'avant.

— Hummm... Belle idée, mais trop dangereuse, asséna Claudia. Pas vrai les filles ? S'il se fait repérer ? Et qu'est-ce qui nous assure que Flavia se rendra là-bas ?

Framboise, dont le visage s'était éclairé aux paroles du garçon, se renferma et plongea dans ses pensées. Soudain, elle rejeta sa tête vers l'arrière et ses cheveux ondulèrent sur sa nuque.

— C'est très tentant... mais non. Nicolo serait en danger.

— Et pourquoi tu n'y vas pas toi, Framboise ? lança Silvana.

— Youhou, Silvana, tu te rappelles ? J'ai un bracelet noir au poignet, pesta la jeune femme.

Nicolo les regarda l'un après l'autre puis soupira :

— Vous vous prenez trop le chou. Flavia m'aime bien, il ne m'arrivera rien. Si Framboise y va avec son bracelet, elle se fera zigouiller ou emprisonner, et si c'est vous, ça va tourner en eau de cacahouète !

— En eau de cacahouète ! s'insurgea Silvana. Tu crois qu'on ne peut pas réussir ?

— Ben, y a qu'à regarder la tronche de Monica pour avoir des doutes !

Framboise observa Nicolo, passa sa main dans ses cheveux et soupira.

— Je comprends les risques, mais l'idée me paraît bonne. Et comment retrouver Jazz autrement ? Flavia l'a menacé, elle va forcément rejoindre ses prisonniers.

— Tu mettrais la vie du garçon en jeu pour Jazz ? protesta Claudia. Jazz, la prise de risque, c'est son métier, après tout. Il a des compétences, du savoir, du talent. Il s'en sortira sans nous, surtout avec Melody à ses côtés.

— Grrr... Et s'il ne s'en sort pas, justement ? répliqua Framboise.

— C'est sa vie, résuma Sophia.

— Non, c'est sa mort !

Framboise shoota dans un pied de chaise. Nicolo l'observa, elle le regarda et pinça les lèvres avant de les desserrer pour décréter :

— Vous devancerez Nicolo et vous vous répartirez dans les villages. Vous l'attendrez. Où que Flavia se rende aux Cinq Terres, Nicolo derrière elle, vous serez là en appui telle une unité tactique. C'est comme cela qu'on dit, non, les M&M's ?

— Alors, tout ça est possible, déclara Monica qui venait de pianoter sur son portable. Se rendre de Gênes aux Cinq Terres est direct par le train régional, cela prend moins d'une heure et demie pour soixante-cinq kilomètres. En revanche, on ne se dissémine pas dans les villages. Comment on les retrouverait ? Nous nous posterons en surveillance dans chacune des gares afin de les guetter et celle d'entre nous qui les verra arriver se relaiera avec Nicolo pour suivre Flavia.

— Moi, ça me va, confirma Nicolo. Je serai prudent. Faut pas stresser comme ça, je cours hyper vite, plus vite que Flavia en tout cas. Elle ne me rattraperait jamais.

— Faut pas tarder, Flavia peut partir à tout moment, alerta Framboise. Nicolo, tu files voir ta mère et tu lui expliques. Moi, je lui parlerai ce soir. Et demain, tu commences à surveiller la maison, je ne voudrais pas que Flavia nous fausse compagnie et que nous la rations. Les M&M's, vous filez tout de suite aux Cinq Terres.

— Je n'ai jamais le temps de m'ennuyer avec vous ! À peine finie, une nouvelle aventure commence ! proclama Nicolo.

Arrivé à la porte, il se retourna :

— Les M&M's ? Préparez-vous à vous rebaptiser les M&M&N's !

Le garçon fila sous les yeux rieurs des Mammas et, conformément au plan, prit Flavia en filature dès le lendemain matin. Il appuya son vélo et son sac à dos contre un tronc d'arbre avant de se poster dans le virage, dissimulé par une benne à ordures, de façon à pouvoir surveiller à la fois le grand portail d'entrée et la petite porte rouillée à l'arrière du jardin. Il comptait son troisième scooter et sa première Alfa Roméo quand Flavia Cortisone apparut sur le trottoir, tirant derrière elle une valise à roulettes vert pomme. Elle patientait en regardant sa montre. Nicolo la détailla des pieds à la tête. Un bon espion pratiquait toujours ainsi. Elle serait encore plus facile à repérer qu'il ne l'avait imaginé avec la nouvelle couleur de ses cheveux. Ils lui tombaient en longues ondulations sur ses épaules recouvertes d'un gilet bleu-gris sans manche. Un corsage fleuri et un pantalon noir. Descendant la colline, une voiture blanche se rapprocha, affichant sur sa portière le logo des taxis de la ville, un simple cercle jaune contenant le mot taxi. *Comment je vais faire pour la suivre ?* Son cœur s'accéléra sous l'effet de l'adrénaline et une chape d'inquiétude l'envahit d'un seul coup. Nicolo se courba en deux afin de rester caché derrière les voitures en stationnement et s'approcha de Flavia sur le trottoir d'en face. Le taxi numéro trois cent trente-trois stoppa à son niveau, elle prononça des mots incompréhensibles et il se mordilla la joue de frustration. Le chauffeur du véhicule lança :

— Genova Principe ou Brignole ?

— ... ole, entendit Nicolo avant que la voiture ne redémarre.

Il partit en courant. *La gare de Brignole ! Celle pour les trains régionaux !* Il enfourcha son vélo grinçant et dévala les rues en pente dans un bruit de ferraille, son sac tressautant sur son dos. Le taxi passerait par le centre et la voie rapide en bord de mer. Huit kilomètres. Plus les embouteillages. Nicolo accéléra, dansa sur les pédales, le pédalier couina, puis il bifurqua vers Castelletto. Un raccourci, uniquement pour lui. Il connaissait des passages que seuls les piétons et les cyclistes pouvaient franchir. Cinq kilomètres de descente. Trois de moins que le taxi, rien n'était joué. Il dérapa dans une épingle de via Napoli, enquilla les virages de Corso Firenze et déboucha en sueur treize minutes plus tard piazza Giuseppe Verdi, devant la gare. Il se rua pour attacher son vélo au pied du poteau indiquant le métro et se planqua derrière le massif près d'un réverbère dix-neuvième siècle à cinq lanternes. Nicolo s'épongea le front avec son T-shirt. Il faisait face au dépose minute. Il était 8 h 50 aux aiguilles noires de l'horloge. À 8 h 52, Flavia Cortisone s'extrayait de la banquette arrière du taxi. Il étouffa un cri de joie et frappa du pied sur le pavé. Il l'avait doublée avec son vieux vélo ! Il attendit que sa cible passe devant lui avec sa valisette et s'inséra trois places derrière elle dans la file d'attente devant le guichet.

— Vernazza, l'entendit-il demander. Avec le tarif senior.

Vernazza, le deuxième village des Cinq Terre ! Nicolo sortit son téléphone à la hâte de son sac et envoya un message à Gina : Course-*poursuite vélo contre taxi : j'ai gagné ! 😊 Flavia à la gare. Départ 9 h 11 pour Vernazza. Je prends le train.*

À son tour, Nicolo acheta son billet :

— Vernazza, avec le tarif jeune.

Puis il cavala jusqu'au quai et choisit une place qui lui donnerait vue sur la mer, à droite, près de la fenêtre, et s'assit quatre sièges derrière Flavia. Dans son cuir brun, Gino n'avait que faire de la vue : il s'installa de l'autre côté de la travée, trois rangées derrière Nicolo.

Chapitre 23

Le train tanguait et couinait en longeant la côte vers le sud. Flavia renversa sa tête sur le siège gris et ferma ses paupières. Elle n'avait pas revu la maison de Vernazza depuis des années, lorsque Tonio était encore un grand jeune homme qui se cherchait. Un grand jeune homme à problème que les filles évitaient et qui n'était pas tout à fait étranger à leur installation précipitée dans la capitale ligure. Encore aujourd'hui, son cœur de mère saignait à la pensée que Tonio ne s'était jamais vraiment trouvé. Son fils demeurait un éternel insatisfait, taraudé de pulsions et d'émotions mal comprises.

À l'époque, tous les deux avaient adoré venir à Vernazza pour échapper à la frénésie de Gênes dont le rythme de vie trépidant les bousculait quelque peu de l'indolence du sud. Construit le long de la rivière Vernazzola, sur les flancs d'un éperon rocheux ayant protégé les habitations des attaques des Sarrasins, puis de la flotte turque, le village constituait pour beaucoup le joyau des Cinq Terres. Il ressemblait à une virgule recroquevillée entre le pied de la montagne et le promontoire abritant les restes du château des Doria. Depuis 1250, Gênes et ses environs gravitaient autour des Doria. Giovanni avait bien essayé de leur racheter les ruines et le donjon surplombant la mer, sans succès. Vernazza hébergeait en son sein un petit port pittoresque d'autant plus photogénique que dans les années 1970, toutes les façades des Cinq Terres avaient été repeintes de couleurs vives. Une idée de génie pour ces cinq communes : depuis, l'afflux des touristes ne s'était jamais démenti.

Elle y avait acquis une maison allongée à la peinture rose pastel à l'arrière du village qui avait triplé de valeur. Quatre étages, un balcon terrasse au sommet et une cave grotte adossée à la roche que les viticulteurs du coin avaient jadis utilisée pour y stocker leurs tonneaux. Et où Gino avait ligoté et enfermé les deux espions depuis trois jours. Ces deux-là ne pouvaient qu'espérer que Tonio soit en vie ou ils resteraient au pain sec et à l'eau.

Le train rouge et gris s'arrêta en grinçant puis repartit de la gare de Sestri Levante dans un bruit de ferraille. Plus que vingt-cinq minutes. Flavia observa le miroir bleu intense de la Méditerranée puis orienta son regard vers les terres. À partir d'ici, le relief prenait de la hauteur et devenait abrupt. La voie ferrée occupait la quasi-totalité de l'étroite bande côtière, coincée entre mer et montagnes, et Flavia savait que les pentes escarpées étaient sur le point de se couvrir de ces vignes et oliviers en terrasse qui avaient fait la renommée mondiale des Cinq Terres. Elle projeta d'aller se vider la tête en parcourant l'un des sentiers reliant Vernazza à Riomaggiore, le dernier village. Elle se réjouissait déjà à l'idée de franchir les restanques et longer les murets de pierres sèches des fameuses terrasses lorsque Gino, profitant de l'arrêt à la petite gare de Moneglia, s'avança dans l'allée centrale. Il stoppa à son niveau et fit mine de rattacher son lacet.

— Tu n'étais pas censé rester à l'écart pour surveiller mes arrières ? demanda Flavia, étonnée.

— Ne te tourne pas vers moi, nous ne nous connaissons pas, chuchota Gino.

Puis il afficha un sourire entendu. Il porta son regard sur le sol et dans l'allée devant lui.

— Quoi ? Je suis suivie ?

— Le gamin, Nicolo. Ne te retourne pas. Il est assis à quatre places derrière toi.

Flavia leva les yeux au ciel et soupira :

— Et dire que j'ai cru pouvoir lui faire confiance. Il travaillait pour Giovanni et semble très intéressé par l'argent.

— Il travaille pour Framboise et ses copines. Il ne va pas nous lâcher. Il est malin, ce garçon. Je serais curieux de savoir comment il nous a suivis. J'étais en scooter derrière ton taxi et je te jure qu'il n'y était pas.

— Décidément, cette Framboise ne vaut pas mieux que mon mari. Elle se joue de lui, Gino, elle l'exploite.

Elle se prit le menton, se gratta le coin de l'œil et soupira de nouveau :

— Je ne peux pas le laisser apprendre où sont les otages. Nous irions droit en prison nous aussi. Je dois lui parler.

Gino s'esquiva, elle se leva et s'avança dans l'allée. Elle aperçut le garçon se tasser dans son siège. Elle s'arrêta près de lui et lança :

— Fais-moi une place, allez décale-toi, s'il te plaît, Nicolo.

Ce dernier se poussa avec gêne et se colla à la vitre. Flavia s'assit.

— Vois-tu, Nicolo, je ne crois pas du tout aux coïncidences. Les événements heureux ne surviennent pas par hasard. Il faut provoquer le bonheur.

— Quels événements heureux ?

— Eh bien, par exemple, le fait que j'ai le plaisir de te revoir aussi vite alors que je suis en route vers un lieu magique chargé de bons souvenirs avec mon fils. Nous en avons arpenté des chemins à travers les vignes, lui et moi. Nous nous arrêtions de temps en temps pour grappiller quelques grains de raisin acides et observer le bleu changeant de la mer. Tonio semblait toujours sur le qui-vive et j'avais déjà du mal à le suivre. Mais je crois que ces sorties lui procuraient du bien. Cela nous calmait tous les deux. Surtout après la vie que nous menions à Gênes. Et puis, au moins, nous réalisions quelque chose ensemble, car il ne faisait rien avec son père.

— Comme moi !

— Comment ça ?

— Vous devez bien le savoir ! Mon père se déplace sur un fauteuil à roulettes depuis qu'il s'est pris un de vos conteneurs sur la tête. C'est pour ça que votre mari nous donnait du fric, pour pas qu'on la ramène. Motus et bouche cousue. Et si tu parles, tu vas en enfer !

Le visage de Nicolo s'était durci de colère. Il braqua sur elle des yeux révoltés et une moue butée et elle se rappela Tonio dans son jeune temps.

— J'ignorais. Et ta mère ?

— Ben, elle galère. C'est compliqué sans mon père. Moins de fric et trop de travail. Elle doit s'occuper d'un han...

Flavia remarqua que Nicolo serrait les dents. Sa pomme d'Adam joua au yoyo et ses yeux ne semblaient plus la voir.

— D'un handicapé, c'est bien cela que tu essayes de me dire, n'est-ce pas ? Je suis désolée, Nicolo, je ne savais pas. C'est pour ça que tu me suis ?

Le garçon ferma les poings et haussa les épaules. Un rictus barra son visage.

— De toute façon, Don Cortisone est en prison. Il l'a bien cherché. Vous avez rencontré Framboise, mais vous vous sauvez en douce, alors je vous suis. Vous me devez du fric.

— Tu l'auras. Et plus encore. Je vais vous aider.

— Pas question ! C'est de l'argent pourri.

— Mon argent est plus propre que celui de mon mari. Je me sens redevable, même si j'ignorais tout de l'accident. Quand on arrivera, tu viendras avec moi et je te donnerai ce que je te dois. Je ne me trimballe pas avec tes billets sur moi.

— OK, mais pas d'arnaque, hein ?

Flavia sentit une main se poser sur son épaule. Gino asséna d'un ton sec :

— On arrive bientôt. Tu nous suivras sans faire le mariole.

Nicolo sursauta, une lueur inquiète dans le regard.

— Vous êtes qui, vous ?

— Du calme, mon garçon, intervint Flavia. C'est Gino. Disons que c'est mon ange gardien. Je te conseille de ne pas le contrarier ou…

— … ou l'ange gardien se transforme en démon, gronda Gino.

Chapitre 24

Le train régional freina d'un mouvement saccadé, stoppa trois minutes le long de la plage à Monterosso, le premier et plus grand village des Cinq Terres, puis repartit en s'enfonçant sous les collines. À Vernazza, une nouvelle secousse grinçante immobilisa leur wagon dans la pénombre. La gare du village était si petite que le quai se prolongeait dans le tunnel trouant la montagne. Flavia suivit Gino et Nicolo vit Gino se figer sur le marchepied, observer les alentours, puis tous les trois descendirent, marchant sous la voûte de béton dans le ronronnement du vieux train, l'odeur de métal et de graisse chaude. Ils surgirent au soleil, accueillis par des relents de café et une fine brise marine. Flavia sourit et ferma ses paupières, emplie de souvenirs. Éblouis, aucun d'eux ne remarqua la femme en arrêt devant les cartes postales de *Il talismano*, la boutique de cadeaux et babioles à touristes. Flavia descendit les escaliers de la gare et déboucha dans la via Roma, tirant sa valise verte et s'avançant avec prudence sur les pavés. Elle se dirigeait vers les petites ruelles montant vers le couvent San Francesco. Silvana reposa en hâte une carte postale, trottina vers la rue et appela Gina en urgence sans les quitter des yeux :

— Ils sont déjà à Vernazza ! Ils ont pris l'Express ! Je vois Flavia, Gino et Nicolo, juste derrière eux. Nicolo se tortille et regarde de tous les côtés, je fais quoi ? Et vous êtes où ? Vous deviez me rejoindre !

— *Bloquées sous un tunnel ! Éboulement sur la voie. Silvana, tu les suis !* répliqua Gina. *Fais comme prévu. Prends contact avec Nicolo, montre-lui que tu es là pour l'aider.*

Gino ralentit soudain. Derrière, Nicolo se rapprocha puis l'homme étendit son bras. Sa main passa dans le dos du garçon et vint se poser comme une serre sur son épaule gauche. Ses doigts se refermèrent dans la chair. Silvana déglutit, plaqua sa paume sur sa bouche, sidérée. *Gino l'a capturé !* Elle nota le sursaut de Nicolo et son braillement de douleur :

— Eh ! Ouch ! Lâchez-moi !

— Tu gigotes trop. T'as les yeux comme un radar, le môme. Je n'ai pas confiance. Alors, tu nous suis sagement, sans faire de scandale, et tout se passera bien pour toi, pour Framboise et pour les espions, siffla Gino, menaçant. On file, et vite. Flavia ?

Silvana vit la main de l'homme se resserrer et raffermir encore sa prise. Nicolo s'inclina sur la gauche, baissa son épaule dans une vaine tentative d'atténuer la pression puis Gino lança « *Avanti* » et le propulsa en avant. Ils quittèrent la voie principale et se précipitèrent dans la ruelle en pente.

— Mais faut pas se débiner comme ça ! s'entendit murmurer Silvana. Et moi, alors ?

Elle s'élança à pas prudents, se colla dos au mur à l'angle des rues, puis pointa son nez vers la venelle.

— Par tous les saints ! Disparus !

Son visage devint livide.

— Gina et Framboise vont m'excommunier comme Anna !

Elle recula et s'affala sur une chaise sous un parasol bleu du *Blue Marlin Bar*. À trois maisons de là, Flavia, suivie de Nicolo et Gino enlacés, s'éloignait dans un étroit chemin tortueux. Ils s'arrêtèrent face un massif portique de bois vert encastré dans la roche et cerné de part et d'autre de deux escaliers se réunissant devant une porte d'entrée, trois mètres au-dessus d'eux. Flavia inclina la tête en arrière et observa la façade rose pâle. La maison, en partie bâtie sur le socle granitique, demeurait telle que dans ses souvenirs, elle y serait bien et anonyme. Elle ouvrirait les volets verts afin que le soleil se déverse à l'intérieur et que les senteurs uniques d'iode et de terre ardente emplissent chaque pièce. Elle grimpa les marches, sortit un trousseau de clés de son sac, attrapa une longue clé de métal bruni et farfouilla dans la serrure qui grinça. Elle fronça les sourcils. Des ridules inquiètes se gravèrent au coin de ses yeux.

— Gino, c'est ouvert.

— Recule-toi.

Il poussa le battant. Un triangle de lumière pénétra dans l'entrée et l'odeur puissante du cuir neuf leur sauta aux narines. Un grognement se fit entendre, une silhouette se dessina sur le sol avant qu'un poing rageur ne frôle la joue de Gino. Flavia hurla. Gino esquiva d'un bond. Il sortit son arme et, d'un coup d'épaule, enfonça la porte. Elle buta avec un claquement sur le mur. Un éclat de lumière tomba sur l'intrus. L'individu recula dans l'ombre. Flavia écarquilla les yeux et se prit la tête à deux mains, bouche bée. Cette balafre… Un espoir insensé l'électrisa. Elle rugit :

— Gino, non ! C'est Tonio ! Ne tire pas ! Gino !

Elle le bouscula et se rua à l'intérieur.

— Tonio, mon fils ! Mon fils chéri !

Elle se jeta dans ses bras. Gino abaissa son pistolet et détourna le regard vers Nicolo. Le garçon s'esquivait sur la pointe des pieds. Gino s'élança dans l'escalier, le plaqua contre le mur mitoyen, l'immobilisa et lui tordit le poignet avant de le ramener à l'intérieur. Tonio repoussa sa mère en douceur.

— Maman ? Mais qu'est-ce que tu fais ici ? Et c'est quoi cette nouvelle couleur de cheveux ? T'es blonde, maintenant ? grimaça-t-il, incrédule.

Sa main droite vint parcourir sa cicatrice et, gêné, il s'énerva :

— Le môme vous accompagne ? Il travaille avec les vieilles folles, pas question qu'il me trahisse encore une fois alors que j'ai arrangé le coup avec Lupo à New York.

— À New York ? Tu veux parler de Nicomedo Lupo, le parrain ? s'exclama Flavia.

— Ce Lupo-là, oui, se rengorgea Tonio. Je prends contact, je gagne sa confiance, il me procure de faux papiers et je viens me planquer ici avec le cuir navajo.

— Quel cuir ? C'est ça, cette odeur ?

— Je t'expliquerai ! Tu me laisses finir, Gino ? répliqua Tonio irrité. À Gênes, je suis grillé. Donc, je récupère le cuir pour MA & L dans les bagages hors gabarit, je file au port, je charge le tout dans le *Falcone* et je me ramène tranquille par la mer en suivant la côte, comme on l'a toujours fait. Papa aurait approuvé.

— Tu veux faire plaisir à ton papa, t'as peur d'un gamin et tu es redevable au boss de New York ? Mais t'es un gros nul, en fait, lâcha Nicolo du fond de la pièce.

Tonio rugit et bondit. Gino le retint par le bras et Flavia s'empara de la main de son fils.

— Toi, toi, cracha Tonio.

— Cortisone le Dingue et Tonio le Gros Nul, c'est le grand écart, rigola Nicolo en regardant Flavia. Il n'y a que vous qu'avez l'air normale, m'dame !

— Si tu veux ton argent, la ferme Nicolo ! cria Flavia.

Tonio éructa :

— J'vais tous les buter ! Framboise, les deux espions. Ils vont payer pour l'arrestation de papa. La vengeance de Cosa Nostra sera terrible. Papa sera fier de moi. J'organiserai son évasion et toi, tu verras, s'étrangla-t-il en fixant Nicolo, tu verras que ce n'est pas le grand écart. Mon père et moi, on est pareil. Et si tu ne veux pas crever, tu vas m'aider.

Sa bouche esquissa un rictus, sa cicatrice dessina un zigzag et ses yeux brillèrent d'une excitation sauvage. Flavia le regardait, stupéfaite. Après ses massacres, son mari avait été surnommé Corti le Dingue. Elle chancela et s'adossa à la paroi de l'entrée. Ses lèvres tremblèrent et elle pria pour que jamais on n'appelle son fils « Tonio le Dingue ». La main de Gino l'entraîna vers la cuisine et elle s'appuya sur son bras sûr. Tonio poussa la porte. Alors que l'ombre se refermait sur eux, il cracha dans l'obscurité :

— Maman, Gino, venez avec moi, on monte à la terrasse. Il faut que je vous raconte. J'ai un plan. Le gamin n'a qu'à nous attendre ici, à la cuisine.

Tonio emprunta l'escalier puis déboucha au soleil. Il s'installa à la table de bois branlante et usée et fit le récit de tout son voyage jusqu'à New York, la rencontre avec Lupo et son retour aux Cinq Terres. Sa main jouant avec une clé rouillée, il conclut :

— Et maintenant, nous sommes redevables à Lupo. Il a des contacts ici, il va observer ce qu'il se passe et me jauger. Mais je m'en fous !

Un pli inquiet traversa son front, ses doigts s'entremêlèrent puis Tonio frappa la table de son poing droit et se releva si vite que la chaise bascula. Le bruit du bois sur le ciment résonna dans l'air limpide. Il poursuivit :

— Et merde ! Je m'en fous, parce que j'ai un plan. Vous connaissez le petit pont de pierre au nord de Gênes ? Là où Luigi ou moi allions nous balader quand on avait levé une fille ?

Flavia jeta vers lui des yeux interrogateurs, mais Gino sourit et confirma :

— Je sais où c'est.

— Je vais échanger le gamin en bas contre Jazz, Framboise et Melody, reprit Tonio avec un sourire. Sur ce pont. Et j'vais tous les buter ! Et avec les peaux en cuir de bison que j'ai ramenées, j'inonderai le marché de la grolle ethnique, me ferai un max de fric et prendrai le contrôle de MA & L.

Tonio se redressa et gonfla sa poitrine. Il regarda sa mère.

— Tu assisteras à ma réussite et papa sera fier de moi.

Flavia sentit son cœur se serrer. Elle l'observa en silence et lâcha doucement :

— Tu peux laisser le garçon tranquille. Jazz et Melody sont enfermés dans la cave en bas.

— Quoi ?

— Gino et moi les avons capturés pour te retrouver. Nous voulions avoir un levier et faire pression. Tu avais disparu.

— Oh, maman ! C'est formidable ! J'vais les buter !

Tonio se leva en se frottant les mains puis son index caressa sa cicatrice. Il plongea ses yeux dans ceux de sa mère.

— Il ne manque plus que Framboise ! Et pour ça, j'ai un plan !

Chapitre 25

— Alerte rouge tomate, on passe en DEFCON 1[14], préparation maximale des forces M&M's ! s'étrangla Gina sur le quai de la gare de Vernazza. Faut qu'on mette les bouchées doubles, ça tourne au vinaigre. Il faut sauver le soldat Nicolo ou Framboise nous hachera menu ! Répète-nous ce que tu as vu, Silvana.

Les Mammas se regroupèrent dans le bruit de ferraille du train qui repartait.

— Flavia et Gino sont descendus dans la rue, Nicolo les suivait. Gino a repéré Nicolo, car soudain il a reculé, posé sa main sur l'épaule du garçon et l'a poussé devant lui. Ils ont tourné dans ce passage là-bas. Et hop, disparus ! Volatilisés dans les airs comme le petit Jésus.

— Ils reviendront dans trois jours alors, jeta Monica. Ça ne fait pas un pli !

— Monica ! Cherche donc un plan au lieu de blaguer ! C'est la cata, il y a de la vache dans la mozza, protesta Gina. Nous avons une mission, nous passons à l'action.

Monica soupira, s'avança vers la balustrade et chassa une mouette de la rambarde surplombant la via Roma. L'oiseau ricana en lui jetant un regard torve avant de s'élancer vers le ciel bleu. Elle observa les hautes demeures aux tons pastel entassées les unes contre les autres, les parasols des cafés et les touristes justes arrivés à la recherche de leur AirBnB.

---

[14] DEFense readiness CONdition : DEFCON 1 est le plus haut niveau d'alerte des forces armées américaines.

— Nous pourrions découper le village comme un jeu d'échecs et quadriller la ville en patrouille de deux personnes. Nous aurions trois équipes. Nous partirions d'ici en nous dirigeant vers la mer.

Monica se retourna vers Gina avec une moue dubitative.

— En interrogeant les commerçants aussi.

Devant le silence des M&M's, elle continua :

— Attention, si vous n'acceptez pas la mission, mon idée s'autodétruira dans cinq secondes.

Sophia lui expédia un clin d'œil avant que Gina ne reprenne la parole, les bras ballants :

— Mouais… Faut tout essayer, mais ce n'est pas de la tarte !

Le bruit de pas martelant les marches de ciment gris vint s'ajouter au cri des mouettes et Nicolo, essoufflé, déboucha en haut des escaliers.

— Tarte ? Miam miam, y a de la tarte ? J'ai bien entendu ? Désolé, je suis en retard, on dirait. Vous êtes toutes là ? C'est la fête !

Gina en resta comme deux ronds de flan.

— Ça, c'est fort de café ! Nicolo ! Mais d'où sors-tu ?

— C'est quoi le problème ? On avait bien prévu de se retrouver sur le quai de la gare une fois la mission accomplie.

— Mais il fallait m'attendre, par tous les poils du diable ! s'exclama Silvana. Et tu devais prendre Flavia en filature, pas partir avec elle et Gino. J'ai cru qu'ils t'emmenaient de force, moi !

— Ben… ouais. C'est pas faux.

Nicolo haussa les épaules.

— Leur plan a changé. Je me suis fait repérer dans le train, mais je m'adapte, je suis malin !

Il eut un large sourire.

— Ils m'ont embauché comme messager, j'ai des nouvelles ! Mais il faut d'abord qu'on rentre à Gênes voir Framboise.

— Bon, ben, on ne sera pas resté longtemps en DEFCON 1, constata Ornella. Retour à la normale.

— *To be normal or not to be normal*, vaste débat, philosopha Claudia.

— Moi, je préfère ça à retirer les marrons du feu, conclut Gina.

⁂

Les Mammas et Framboise avaient investi les canapés disposés en arc de cercle au premier étage de l'entrepôt. Devant son verre intact de Limoncello, la jeune femme grignotait sans y prêter attention le fameux croquant gorgonzola-pistache de Gina. Nicolo engloutit un biscuit sec et râla :

— On peut arrêter cette musique ?

Gina se dirigea vers le vieux poste radio *Telefunken*, coupa le sifflet à Andrea Bocelli et son *Con te partiro* et Nicolo soupira d'aise.

— Ah, ça fait du bien ! Alors, j'ai deux nouvelles, une bonne et une mauvaise.

— Commence par la mauvaise, ordonna Framboise.

— OK. La mauvaise nouvelle c'est que Tonio est revenu et qu'il est toujours vexé comme un pou. Il veut venger l'arrestation de son père et tous nous buter. Tous, c'est tous : les Mammas, Framboise, Jazz et Melody, moi… Il est très énervé, Tonio !

— Pour buter Jazz, il faudrait d'abord qu'il sache où il est, grimaça Framboise.

— Ben justement. C'est ça la bonne nouvelle : je sais où ils sont. On les a retrouvés ! clama-t-il, tout excité.

— Quoi ?

Framboise bondit sur ses pieds, le cœur battant. Ses yeux brillants se plantèrent dans ceux de Nicolo.

— Dis-moi ! Jazz ! Il va bien ?

L'inquiétude perçait dans sa voix. Nicolo se renfrogna et il confia doucement :

— En fait, je ne suis pas si sûr que ce soit une bonne nouvelle. Il est prisonnier à Vernazza avec Melody. C'est Flavia et Gino qui les ont capturés. Ils voulaient pas me le dire, mais je les ai suivis en douce à l'étage.

Il se redressa :

— Comme si j'allais rester dans la cuisine à les attendre pendant qu'ils complotent !

— Je le savais ! rugit Framboise en claquant son poing sur le fauteuil. Je le savais qu'il avait des ennuis et qu'il ne m'aurait pas abandonnée comme ça !

— Tonio non plus ne t'abandonne pas, il pense très fort à toi. Il t'a même écrit une lettre. Tiens, c'est pour toi, annonça Nicolo.

Il lui tendit une enveloppe à son nom. Framboise avança une main hésitante vers le courrier jaune crème sous le regard stupéfait des Mammas. Sophia le dévisagea calmement et déclara en se grattant le menton :

— Tu es quand même un sacré cachottier, Nicolo. Tu devrais jouer au poker.

Le bruit du papier déchiré emplit la pièce et Framboise pâlit. Ses doigts se resserrèrent sur le message. Gina s'exclama :

— Framboise ! Ça va ? T'es devenue aussi blanche que de la ricotta !

Sans un mot, Framboise lui passa le courrier. Gina s'en saisit et lut à voix haute :

« Coucou ! Je t'échange contre les espions. Jazz et Melody contre toi. Tu devrais être flattée, t'en vaux deux à toi toute seule. On va faire ça à l'ancienne : dans deux jours sur le vieux pont génois au nord de Vernazza, sur le chemin commençant au sanctuaire de Notre-Dame di Reggio, à 20 h. Viens seule, sans les vieilles et le gamin, ou Jazz et Melody mourront découpés en tous petits morceaux. Ne préviens pas la police ou sinon... »

Gina reposa le papier sur la table basse. Les Mammas observaient Framboise en silence.

— N'importe quoi ! Il est aussi fou que Saint Mathurin, s'écria Silvana. Les vieilles ! Non, mais ça ne tourne pas rond dans sa tête, je ne suis pas vieille !

— Silvana, s'il te plaît ! lâcha Monica d'un ton sec. Framboise, tu ne vas pas accepter quand même ?

La jeune femme tourna son visage vers elle.

— Bien sûr que si !

— Mais tu ne peux pas ! Tu as ton bracelet électronique, tu n'es pas autorisée à te rendre là-bas, rappela Sophia.

— Les vies de Jazz et Melody valent plus que les désirs de Vito Meli. Aucun risque que je prévienne la police. Rien ne m'empêchera d'y aller.

— Et rien ne nous empêchera de t'accompagner, proclama Gina. Les M&M's ? Passage en mode protection rapprochée et contre-attaque !

Le fils Cortisone, on va lui rentrer dans le lard et n'en faire qu'une bouchée !

— Ça, ça veut dire qu'on repasse en DEFCON 1 rouge tomate, souffla Ornella. Cette fois, ça va barder !

Chapitre 26

Tonio se frotta les mains. Un sourire de satisfaction s'afficha sur son visage, un pli dur et vertical se forma à la commissure de ses lèvres et le petit miroir du salon lui renvoya l'image de sa cicatrice tordue sur sa joue. Il avait appris à aimer l'air inquiétant que cela lui donnait. « *You talkin' to me ? You talkin' to me ?*[15] » murmura-t-il en dévisageant son reflet. Il jeta un œil froid sur le pistolet hypodermique laissé par sa mère sur la table. Au pied de l'escalier, elle avait conseillé :

— Nous devrions l'utiliser plus souvent. Aussi efficace qu'un vrai flingue et moins de dégâts.

Il avait surpris le regard étonné que lui avait lancé Gino puis l'homme lui avait effleuré le bras avant de la suivre de près. Quelques minutes plus tard, il était revenu :

— Nous restons ici. Flavia s'installe dans la chambre au deuxième étage. Je prends celle d'à côté. T'as qu'à t'installer dans celle du troisième.

Tonio se demanda si par hasard il n'y aurait pas une histoire entre sa mère et Gino. *Ce serait vache, si tôt après l'arrestation de papa*. Son visage se ferma de nouveau à l'idée de son père dans sa cellule. Comment allait-il ? À coup sûr, son nom et sa réputation le précédaient et lui apportaient une protection, mais il devait se morfondre. Pas le genre à passer le temps en jouant au basket. Il paria que son arrivée avait déjà réorganisé la hiérarchie des pouvoirs chez les détenus. Et qu'il concoctait sa vengeance. Il ouvrit la fenêtre, inspira et se redressa avec fierté face au soleil. Son père s'était extrait des ruisseaux de Sicile et ne s'était pas

---

[15] « *You talkin' to me ?* » : c'est à moi que tu parles ? Célèbre réplique de Robert de Niro dans le film *Taxi Driver* de Martin Scorsese.

laissé marcher sur les pieds. Grâce à lui, sa famille avait émigré dans le Nord puis il avait bâti son empire. Le règne des Cortisone. Ce n'était pas rien, ça ! Dorénavant, il faudrait compter avec lui aussi. Don Tonio Cortisone... Ça sonnait bien.

Dans deux jours, Framboise et les espions ne seraient plus un problème. Et la contrefaçon des produits MA & L constituerait au fil du temps un beau paquet de fric pour accueillir son père à sa sortie. Il devait encore régler quelques détails. Tonio attrapa son téléphone et composa un numéro. Presque aussitôt, une voix agacée annonça :

— *Lupo.*

— Don Tonio Cortisone.

— *Vous savez quelle heure il est à New York, Cortisone ?*

— Don Cortisone, Lupo. Et quinze pour cent. Vous allez toucher quinze pour cent. Cela vaut bien un réveil matinal. Les affaires reprennent. Prévenez Ortie-Sauvage. Chargez le cargo et expédiez le cannabis.

— *On ne vous a pas attendu, le porte-conteneurs a pris la mer.*

— Ah ? Et qui était prévu pour récupérer la marchandise ? Il fait route vers Gênes ?

Au bout du fil, un lit grinça et un soupir exaspéré lui souffla dans l'oreille.

— *New York – Gênes en ligne droite.*

— OK. C'est noté. Et suivez les infos, il va y avoir du sport. Les espions écossais sont finis, liquidés. Hors circuit. Framboise aussi.

Tonio raccrocha et caressa sa cicatrice. L'annonce de la chute de la maison Cortisone était un peu prématurée. Il ne lui restait plus qu'à rétablir le réseau de vente. Le cannabis extra serait bientôt de retour. La police patrouillerait alors dans les rues ; il ferait bien de réactiver les sentinelles. *Papa sera content.* Revenir à Gênes s'imposait. Mais avant, il allait tous les buter ! Et pour ça, il connaissait l'homme qu'il lui fallait. Massimo. Un type à qui l'armée avait tout appris. À déminer d'abord. Sa capacité à garder son sang-froid et la tête claire en toutes circonstances lui avait valu l'admiration de ses supérieurs. Et avait attiré sur lui l'œil de son père. Ce soldat compact et trapu, aux épaules massives et qui, même au cœur du désert libyen, conservait face à une bombe artisanale prête à détonner un flegme à faire pâlir d'envie un lord anglais, pourrait être utile à Cosa Nostra. On l'avait affublé d'un surnom : le Sec. Alors que les autres gars dégoulinaient de sueur sous leur barda, rien ne perlait sur son visage carré lorsqu'il se braquait sur un engin explosif. Ses yeux bleu clair enfouis sous des sourcils épais décodaient l'électronique comme s'il s'agissait d'un jeu d'enfant et sa main s'avançait sans frémir pour sectionner les câbles. Massimo avait fait son temps. Il avait été démobilisé après six ans de service actif, mais Giovanni ne l'avait pas oublié. L'ex-démineur n'avait pas pu refuser quand, quelques années plus tard, Cosa Nostra lui avait offert de payer les études de sa fille à Princeton et les soins des meilleurs spécialistes pour son père atteint d'Alzheimer. Oui, Massimo le Sec, l'artificier, le poseur de bombe, pourrait l'aider. Il composa son numéro.

— C'est Don Cortisone.

— *Don Cortisone est en prison.*

— Mais Giovanni Cortisone a des héritiers.

— *Giovanni Cortisone n'est pas encore mort.*

— C'est Tonio, Massimo ! Je prends le relais, toute la famille est derrière les barreaux.

Le silence se fit. Tonio s'imagina Massimo, impassible, le visage fermé et les cheveux grisonnants, assis devant un verre face à la mer sur son balcon dominant le port. Il lui semblait le connaître depuis toujours. L'homme s'était épaissi avec les années, mais possédait encore son regard vif. Ses yeux n'étaient jamais en repos.

— Les activités continuent, Massimo, les affaires reprennent.

— *Dirigées par toi ? Bouge tes fesses, Tonio, Salvatore s'agite au Sud. Gênes est un territoire à prendre. Fais tes preuves !*

— J'ai besoin de toi et de tes compétences, Massimo. J'organise un joli feu d'artifice pour venger mon père. *Pour fêter mon arrivée* plutôt. J'ai un pont à faire sauter.

— *Un pont ?*

— Un pont avec trois personnes dessus : deux espions et une emmerdeuse.

— *La Framboise dont tout le monde parle ?*

— Entre autres.

— *Et les espions ?*

— Les Scottish qui l'ont aidée à faire tomber Giovanni.

— …

— Massimo ?

Tonio perçut un souffle puis Massimo lâcha :

— *OK. Pour Giovanni. Il est où ton pont ?*

— À Vernazza. Le pont génois sur le chemin qui relie le sanctuaire de Notre-Dame di Reggio au cimetière.

— *Je suis du coin, je connais. Tu le veux pour quand ?*

— Dans deux jours, vers 20 h.

— *La bombe sera fixée sur un des piliers. En veille. Elle sera commandée par un vieux portable, tu n'auras qu'à appuyer sur la touche verte. Tu trouveras le portable au pied de la Madone, dans la niche creusée dans le mur du sanctuaire.*

— Compris.

— *Tonio ? Tout sautera à 20 h 45, quoi qu'il arrive. Pas question qu'on remonte jusqu'à moi avec cet engin. Alors, ne te rate pas. Et élimine cette fille qui a mis mon vieil ami en taule, tu veux bien ?*

— T'en fais pas, Massimo. Ciao.

Il se laissa tomber sur une chaise. Ses épaules se détendirent. Il leva les bras, posa les mains sur sa tête et inspira profondément. Avec Massimo de son côté, il avait gagné un allié de poids. Quand Jazz, Melody et Framboise se retrouveraient au milieu du pont, il ferait tout sauter. Trois problèmes de moins. Tonio se releva d'un pas alerte, claqua la porte d'entrée et descendit les marches. Il cogna deux coups sur le portique de la cave et ricana : « Ça va, bien là-dedans ? Vous sortez bientôt », puis il se dirigea vers le bar non loin. Il y avala sa bière en quelques gorgées et ferma les yeux. *Le fief des Cortisone à Gênes est hors course. La drogue devra être déchargée et transportée dans le hangar de la zone commerciale, entre le dépôt IKEA et l'entrepôt de Amazon.* Tonio pinça ses lèvres fines et rouvrit ses paupières. Il hocha la tête devant son verre vide. Cela pourrait fonctionner. Le hangar était large, éclairé au néon et ceinturé d'un mur blanc hérissé de barbelés. Le portail d'entrée surveillé par des caméras. Son père avait sécurisé l'endroit. Il n'y avait pas que la drogue. Il possédait une cargaison de cuir navajo à écouler. L'entrepôt serait un lieu idéal pour fabriquer des bottines « à la Framboise ». Ce n'était pas parce qu'elle allait disparaître qu'il fallait jeter ses bonnes idées. Les chaussures lui fourniraient de l'argent de poche. Pas question que MA & L récolte toute l'oseille. Il espérait que Framboise passait du bon temps en ses derniers moments. Elle verrait qu'il n'y avait pas qu'elle qui savait faire sauter des bombes. Il regarda sa montre. Encore 33 heures. Au maximum. Les bombes de Massimo explosaient toujours à l'heure promise.

Chapitre 27

— Je voudrais parler au comte de Cagliostro.

— *Montecristo, vous voulez dire ?*

— Non, il est enfermé au château d'If, rétorqua Framboise. Je veux un homme libre.

— *Le comte n'est pas disp...*

— Oh McCoy ! C'est vous ? Ne faites pas l'innocent, je reconnais votre voix ! cria Framboise. Comment se fait-il que ce soit vous, d'ailleurs ? Vous surveillez mes appels ?

— *Oui, mais...*

— On s'en fout ! On peut passer à la vitesse supérieure, ça urge, là ! Vous savez où se trouvent Jazz et Melody ?

— ...

— Toujours pas ? Mais vous vous tournez les pouces ? Bon, je vais vous le dire : demain à 20 h, ils seront sur un petit pont dans la campagne tout près d'un village qui s'appelle Vernazza. J'y serai aussi parce que, devinez quoi ? Tonio Cortisone veut m'échanger contre eux.

— *Cela signifie qu'il les détient prisonniers.*

— Bien vu, Sherlock ! Je me tue à vous le dire !

— *Et vous comptez vous y rendre ?*

— Quelle question ! Évidemment.

— *Vous risquez votre vie.*

— Ben, voyons, le scoop !

Framboise sentit un frisson glacé lui descendre entre les omoplates. Elle se tourna vers les Mammas qui l'écoutaient en silence et son visage esquissa un faible sourire.

— Je ne serai pas seule. Les M&M's m'accompagnent.

— Quoi ? Les M&M's ? La boutique M&M's est à Londres sur Leicester Square.

— Ne cherchez pas. Je vais me débrouiller, McCoy, je souhaitais juste vous prévenir. Après tout, il ne s'agit que de vos agents, conclut-elle d'un ton amer.

Elle raccrocha et se força à adopter un visage enjoué. Elle jeta un œil sur l'horloge murale suspendue au-dessus de la porte. La grande aiguille rouge avançait bien trop vite.

— Ce n'est pas l'affolement en Écosse. J'espère que c'est simplement parce qu'ils ne peuvent rien me dire. Les filles, cette partie-là, nous la jouerons solo. Nous avons vingt-neuf heures devant nous avant le rendez-vous. Vous avez une idée ?

— Il est gonflé, Tonio. On va voir s'il est aussi fort que ça, bougonna Monica. On ne déplace pas ses pions sur le plateau sans connaître le terrain. Qui a une carte ? Il est où ce pont ?

— Et il nous faut combien de temps pour nous rendre là-bas ? ajouta Ornella. Parce que ce n'est pas dit qu'il y ait un train.

— Avoir un train ou ne pas avoir de train, telle est la question, s'inquiéta Claudia.

— M'enfin ! Vous avez le cerveau dans le pâté ou quoi ? On va prendre le combi Volkswagen et appuyer sur le champignon, c'est simple ! s'exclama Gina les yeux ronds. Eh, les M&M's ! Action ! DEFCON 1, je vous rappelle. Attendez, je vous apporte un petit stimulant.

Gina s'éloigna puis revint avec une bouteille de grappa et des verres.

— Un coup de fouet pour activer les neurones, ça ne nous fera pas de mal. C'est chaud patate cette histoire ! Framboise, tu as trouvé ? Alors, il est où ce pont ? Montre à Monica.

— Oui, tata, c'est bon. Le pont est dans les collines à cent kilomètres. Il nous faudra bien deux heures pour y aller.

Elle désigna un lacet brun sur l'écran de son portable.

— Il se situe sur ce chemin qui débute au bout de la route. Vous voyez, ici, c'est Notre-Dame di Reggio. La route se termine et, en zoomant, on voit bien le sentier qui continue. Je ne le trouve pas, il y a trop d'arbres, mais je parie que le pont est quelque part au niveau de cette ravine. Faut pas oublier que les Cinq Terres, cela dévale vers la mer, il y a de la pente.

— Et on va marcher sur un chemin en pleine nuit ? s'inquiéta Sophia. Tonio connaît le coin mieux que nous.

— Nous n'irons pas au pont, grommela Monica.

— Quoi ? Mais c'est ce qu'a exigé Tonio. Nous devons sauver Jazz et Melody ! s'écria Silvana.

— Non, ce serait tomber dans son piège. Les M&M's ne vont pas livrer leur reine.

Framboise posa sa main sur son front d'un air désespéré.

— Mais qu'est-ce que tu racontes ? Leur reine ?

— Toi, Framboise. Tu es la reine blanche. Le roi noir est en prison, mais il reste Tonio, le fou. On va faire barrage à Tonio, il ne faut pas le laisser maître du jeu. Nous devons prendre la main et le surprendre.

— Quand tu parles de faire barrage à Tonio, tu penses à quoi ? voulut savoir Sophia. Tu parles d'un vrai barrage, de bloquer la route ?

Monica haussa les épaules.

— Je parle stratégie. Ce que j'essaye de vous dire, c'est que nous ne devrions pas laisser Tonio mener la partie. Barrer la route… Pourquoi pas ? Framboise, tu n'as pas une carte ? Une vraie en papier ? Et un stylo ?

— Sur l'étagère, là-bas au fond.

Monica traversa la pièce, déplia la carte de la région et l'observa avec attention.

— Je vois l'endroit.

Elle l'encercla d'un trait de stylo puis un fin sourire se dessina sur son visage.

— Ici. Un peu plus haut, juste avant l'église. Deux cent cinquante mètres avant le pont. Regardez. Dans le virage avant le bout de la route. Les arbres recouvrent la chaussée, nous pourrions facilement nous cacher.

— Et tendre une embuscade à Tonio, comme Robin des Bois. Framboise des Bois ! gloussa Silvana.

— Alors, nous bondissons de derrière les arbres, nous libérons les prisonniers et nous nous sauvons dans la forêt, renchérit Ornella.

— Viva la grappa ! C'est bon pour les neurones !

— Gina, tu conclus trop vite. On l'arrête comment, Tonio ? observa Framboise. Ce n'est pas avec le tisonnier, la louche et la canne de Marcello qu'on va le stopper.

— Mais la grappa n'est que le début, ma chérie. Voilà les filles : des olives et des toasts. Un peu de carburants pour les M&M's, ça vous tente ? D'ailleurs, j'ai une idée : pour bloquer Tonio, il n'y a qu'à piquer une des barrières du chantier en bas de la rue et l'installer là où Monica l'a dit, sous les arbres.

— On est sûr qu'il passera par là ?

— Certain ! Il n'y a pas d'autre voie d'accès, Claudia, la rassura Monica.

Silvana se leva soudain, plaqua sa main sur sa bouche et se mit à pouffer.

— Quoi ? s'énerva Framboise. Ce n'est pas drôle ! Vingt-huit heures ! Nous devons piquer une barrière en bas, il faut rouler deux heures jusque là-bas, arriver en avance pour repérer les lieux… Faudrait qu'on se bouge !

— J'ai une idée.

Silvana affichait un sourire jusqu'aux oreilles.

— C'est redoutable.

Ses prunelles pétillaient.

— Vas-y accouche !

Les yeux de Framboise lançaient des éclairs. Les M&M's s'étaient tues et Gina suggéra :

— À ce stade, un deuxième petit verre de grappa me semble indispensable, c'est bon pour les nerfs.

Elle s'avança vers la bouteille.

— La grappa, un remède universel, déclara Ornella en rigolant.

— Nous serons près d'un lieu saint, commença Silvana. Si nous accrochons une banderole sur la barrière, Tonio ne se méfiera pas.

— Quel genre de banderole ? s'enquit Sofia.

— Avec un message religieux. Il nous faut quelque chose de pas banal qui lui fige le cerveau. « Baptême en cours » ou « Ne pas déranger : mariage », ce ne sera pas suffisant. Trop commun. Il les lira et reviendra à ce qui l'occupe, l'échange avec Framboise. Nous avons besoin d'un texte fort qui le détourne de Framboise. Je verrais bien « STOP ! EXORCISME ! Que Nostra Signora di Reggio vous libère de vos péchés. »

Framboise balaya les Mammas du regard. Qu'est-ce qu'elles en pensaient ? Monica sifflota avant de lâcher :

— Dis donc, ça te réussit la grappa, Silvana ! C'est ça qui te faisait rigoler ?

— Ben non, ce n'est pas drôle !

Silvana fronça les sourcils puis retrouva le sourire.

— Ce qui est marrant, Monica, c'est la suite. Quand le véhicule de Tonio sera à l'arrêt et qu'il aura lu le message, nous sortons toutes du bois avec de longues tuniques noires et des bougies, nous nous approchons à pas lents et l'encerclons en silence. Il sera impressionné, il ne saura pas comment réagir, non ? Il n'aura pas le réflexe de saisir son arme face à des religieuses. Et là, nous dégainons les bombes de peinture, celles qui nous ont servi à faire des pochoirs et taguer les boutiques MA & L à Gênes, nous l'aspergeons, il se protège, ne voit plus rien, nous l'assommons avec des bâtons préparés et déposés au sol puis nous libérons Jazz et Melody. Vous en pensez quoi ?

Gina avala cul sec son verre, fixa Silvana avec admiration et lâcha :

— J'en pense que ce n'est pas Framboise des Bois, mais Silvana des Bois. C'est machiavélique ton plan, Silvana. T'en penses quoi, toi, Framboise ?

Gina regardait sa nièce avec espoir.

— Je crois... que... ça peut marcher !

Framboise jaillit du fauteuil et se mit à sautiller sur le plancher.

— Silvana, des fois, tu m'épates ! T'es un génie, en fait ! Claudia, Ornella et Monica, vous récupérez une barrière au niveau des travaux et vous la chargez sur le toit du minivan. Silvana et moi, on va se procurer des tuniques de religieuses et des bougies. Sophia, il faudrait s'assurer que les bombes de peinture fonctionnent, créer une belle banderole avec un drap, et prendre de l'acétone aussi, au cas où, et se débrouiller pour savoir s'il y a du réseau à Vernazza pour que l'on s'appelle quand Tonio arrivera. Tu ferais bien d'aller faire ça sur le port de plaisance à côté, pour ne pas polluer l'air ici. Tata Gina ? Est-ce que tu peux aller faire le plein, s'il te plaît ? Allez ouste, tout le monde dehors, on évacue et on prépare la mission ! On se retrouve au véhicule sur le port avec Sophia. Rendez-vous à 17 h 30 pour le départ.

— Framboise ?

— Oui, Gina ?

— Tu n'as pas oublié quelque chose ?

Framboise fit la moue et secoua la tête de gauche à droite. Une lueur éclaira ses yeux gris-vert et elle s'exclama :

— Oups ! Merci les M&M's d'accepter la mission. Vous me sauvez la vie.

— Une pour toutes... commença Gina.

— ... toutes pour une, clamèrent les autres.

Chapitre 28

16 heures…

Plus que quatre heures. Ewan McCoy entra dans l'agence, tendit son permis et son passeport d'un geste sec et attendit que la jeune femme derrière le comptoir rouge veuille bien lui donner les clés de sa voiture de location. Il avait choisi un T-shirt noir lâche et confortable pour le vol, mais il la vit lorgner ses biceps et ses pectoraux. Sans être un fondu de la salle de sport, ses courtes séances de musculation quotidienne le maintenaient opérationnel. Condition sine qua non pour rester chez les SOCISS, même s'il passait dorénavant plus de temps derrière son écran que sur le terrain. Il réfréna un sourire et deux petites fossettes s'esquissèrent sur ses joues lisses. Il approcha son mètre quatre-vingt et fixa deux pupilles noires durcies par des années de stress sur la jeune femme. Elle rougit et se replongea aussitôt dans la paperasse. McCoy détailla alors les dépliants touristiques et l'inscription *Rent a Car like Cristoforo Colombo – Genova Airport.*

Dans quel pétrin s'étaient encore fourrés Melody et Jazz ? Comment avait-il pu supposer que les deux agents vivaient un retour de flamme et s'étaient isolés pour roucouler dans un coin tranquille ? Une partie de lui se réjouissait de revoir la jeune femme. Melody le faisait craquer : son intelligence, sa force et son allure féline constituaient un cocktail extrêmement séduisant, même s'il aurait préféré se consacrer à autre chose que de voler sans cesse à son secours.

Il détestait les contretemps et être ballotté ainsi au fil des événements au moment précis où la Russie s'apprêtait, à l'occasion d'Halloween, à inonder l'Europe de grains de caviar farcis à la cocaïne.

Les banquiers de la City allaient y laisser leur bonus et, avec le stress qu'ils encaissaient toute l'année, il s'en trouverait bien quelques-uns à casser leur pipe et à voir leur Jaguar se transformer en corbillard. Cela cascaderait à coup sûr jusqu'aux SOCISS, à Frank Forth, et dégringolerait sur sa tête à lui, Ewan McCoy, le data-analyste et cyber-spécialiste qui n'aurait rien data-analysé et cyber-hacké pour empêcher ça. Mais le chef avait décidé : « Ramenez-nous les agents K5 et K6, McCoy. » Il se demanda si Frank Forth ne l'avait pas amadoué en jouant sur son penchant pour Melody. Depuis son expédition improvisée en Arizona, ce n'était plus un secret. Heureusement, Framboise avait mentionné Tonio. Avec la libération de Melody et Jazz, l'arrestation du fils Cortisone serait la cerise sur le gâteau.

McCoy rajusta sa mèche brune sur son front et se tourna vers Shipolivskaya. La technicienne touche-à-tout du service, bien que n'étant pas à proprement dit un agent de l'active, avait tenu un rôle crucial lors de l'extraction de Melody des griffes d'Ortie-Sauvage. Et le patron avait souhaité qu'elle l'accompagne cette fois encore. Le visage doux et rond de Shipo le contemplait avec empathie et McCoy sentit son énervement fondre comme neige au soleil. La jeune femme, à la charpente solide et aux formes généreuses, arborait son fameux sourire énigmatique à la Mona Lisa qui agaçait tant ceux qui n'avaient pas la conscience tranquille.

— Monsieur ? Voici votre clé et le contrat. La voiture est à l'emplacement C-12.

— Nous partons à Vernazza.

— Aux Cinq Terres ! C'est magnifique, vous verrez. Vous allez adorer. Une belle destination pour un voyage de noces, leur déclara-t-elle avec un regard espiègle.

— Merci. Mais nous voyageons pour affaire, rectifia Shipo d'un ton joyeux.

— Ah ! On aurait pu croire…

— Oui, Ewan est un peu stressé. Il faut combien de temps pour Vernazza ?

La femme réfléchit quelques secondes puis fit une moue :

— Je dirais bien deux heures, la route tournicote pas mal à la fin.

— OK, merci, grogna McCoy.

Il griffonna à la va-vite une signature au bas du contrat, attrapa la poignée de sa valise et détala vers le parking.

— Ewan, relax, il n'est que 16 h 15, lança Shipo dans son dos.

— Quatre heures, Shipo, il ne reste que quatre heures ! Le temps file. Tonio, Framboise, Melody et Jazz, les vieilles copines de Framboise à coup sûr, peut-être le gamin qui les a aidées auparavant... La situation est explosive, Shipo ! Et on ne sait même pas où c'est. Un pont à Vernazza, c'est vague.

— Dans ce cas, nous devrions aller tout de suite au petit entrepôt qui sert de quartier général à Framboise. C'est de là que provenait le dernier appel.

— On fonce.

Ewan McCoy engagea l'Alfa Romeo Giuletta rouge sur la nationale SS1 et se dirigea vers la ville en longeant la côte.

— Tu sais que cette route reprend le tracé de la via Aurelia qui a été utilisée à partir de 241 avant Jésus-Christ pour relier la Gaule à Rome ? commenta Shipo.

— C'est quoi ce bouquin ? Un guide de voyage ?

— Hum hum... Et le port de Gênes est le plus grand port commercial d'Italie. Un des plus actifs d'Europe.

— Non, je ne savais pas. Mais à propos du port, ils ont des idées curieuses. Tu as vu les panneaux ? Boulevard de l'Afrique, quais de Libye, d'Éthiopie, d'Érythrée et de Somalie.

McCoy rigola :

— Tu préfères quoi ? Les trafiquants de migrants, les djihadistes ou les pirates ? C'est que ça chauffe dans ces coins-là !

— Ewan, regarde plutôt !

— Quoi ?

— Cette grande baraque, c'est l'ancienne capitainerie qu'a fait sauter Framboise, là où vivait Giovanni Cortisone.

— Ben, il ne s'embêtait pas !

Il contourna le port antique et ses attractions touristiques puis Shipo jeta un œil sur le GPS.

— Nous arrivons, la marina est toute proche. Tourne à gauche au rond-point. Stop ! C'est là, devant. Trouve une place, Ewan.

Quelques instants plus tard, Shipo et McCoy se dirigeaient vers un bâtiment de briques brunes de deux étages, long d'une quarantaine de mètres et recouvert de tôle. Le soleil frappait les larges fenêtres en hauteur et, malgré les éclats blancs de lumière s'y réfléchissant, le verre dépoli laissait deviner la structure en métal de la charpente. Une porte massive en acier cloutée et repeinte récemment en gris donnait sur la rue.

— *Raspberry Folies*, lut Shipo.

— Au moins, on sait qu'on ne s'est pas trompé.

Ewan appuya un index impérieux sur le bouton blanc de la sonnette.

— Merde, ça ne répond pas, s'inquiéta-t-il en dansant d'un pied sur l'autre.

— Faut juste réessayer, c'est tout.

Shipo, d'un geste serein, pressa de nouveau la sonnette.

— Toujours pas. C'est bizarre, non ? On rentre quand même ?

— J'ouvre.

— Tu vas y arriver ? murmura McCoy.

Shipo accrocha son sourire énigmatique et une lueur étonnée traversa ses prunelles bleutées. Elle haussa les épaules.

— Qu'est-ce qui te prend ? Relax, Ewan, je ne suis pas la technicienne des SOCISS pour rien. Tu sais bien qu'aucune porte ne me résiste. Et tu n'as pas besoin de chuchoter.

Ewan se retourna et observa la rue. Tout était calme. Une jeune maman tenant un enfant par le bras se hâtait sur les passages cloutés, propulsant une poussette devant elle ; une femme fouillait dans son sac à main, elle en sortit son portable ; un livreur à vélo patientait face à une porte, un carton de pizza au bout des doigts.

— Je ne sais pas... J'ai le sentiment qu'on nous observe.

Shipolivskaya pivota de trois-quarts et considéra la rue tout en continuant à crocheter la serrure.

— Qu'est-ce que tu racontes ? Je ne vois rien d'anormal.

Un déclic se fit entendre. Le battant se décolla de quelques millimètres du bâti, McCoy se jeta sur la poignée, qui s'abaissa. Il se faufila à l'intérieur et après quelques mètres dans un large sas équipé de casiers et de rack à chaussures, déboucha sur un vaste plateau désert. Sur le sol de ciment gris clair, des chaises dépareillées et de longs plans de travail en bois, certains munis de machine à coudre, occupaient l'espace.

— C'est ici que Framboise avait prévu de monter son atelier de confection, constata Shipo. Pour ses bottines ethniques.

— Oh, il y a quelqu'un ? Framboise ? Framboise ! rugit McCoy.

— Viens, on va par là.

Il sentit la main de Shipo se poser sur son avant-bras et l'entraîner vers les marches qui menaient à l'étage.

— On dirait qu'il n'y a personne. T'as vu ça ? Quel bazar !

Des sacs et des valises s'alignaient le long du mur, des draps s'entassaient sur un canapé-lit à moitié fermé, de petits verres à alcool s'empilaient dans le lavabo et une bouteille de grappa, vide, trônait sur la table à côté d'un vaste plan de la Ligurie. McCoy lorgna une olive verte dans une coupelle, la porta à sa bouche et s'assit. Il lissa la carte afin d'en effacer les plis et commença à s'imprégner des lieux. Ses yeux scrutèrent les routes, balayant le trajet Gênes-Vernazza.

— Shipo, viens voir ! Regarde !

Son doigt se planta sur un point trois cents mètres au nord du village.

— Tu vois ce cercle ? Il est là, le pont. Et ici, un peu au-dessus, juste à côté de cette petite église, une croix sur la route. Elle a pourtant bien parlé d'un pont, non ?

— C'est ce que j'ai entendu aussi sur l'enregistrement.

— Merde, ça ne colle pas ! Pourquoi elle a tracé une croix à cet endroit, alors ? Faut qu'on se magne, il reste que deux heures.

— Presque trois heures, Ewan. Il est 17 h 15.

— Argh ! Shipo ! Il nous faut du temps pour repérer les lieux, nous devons trouver ce fichu pont. Et Framboise a déjà dû partir.

— Tu veux dire qu'elles sont déjà parties. Tout cet attirail ici, c'est aux Mammas.

— Bordel, les Mammas, jura McCoy.

Il se reposa soudain de tout son poids sur le dossier et ferma les yeux en portant ses mains à sa tête.

— Oh non, les Mammas ! Elles vont tout foutre en l'air !

Chapitre 29

Une heure plus tôt…

Anna se figea devant la casserole d'eau bouillante sans prêter attention aux bulles qui éclataient en éclaboussant les plaques. La cuillère en bois resta en suspens dans la vapeur, son regard se troubla et ses yeux vitreux se perdirent dans le nuage de buée. À quoi bon ? Elle n'avait pas faim. Son estomac se serra à l'idée que les autres filles et Framboise se voyaient sans elle et faisaient bloc face au danger. Qu'est-ce que Gino Mascarpone voulait à Framboise ? Ses doigts lâchèrent la cuillère qui chuta dans la casserole, inondant encore plus les plaques dont les *bips* insistants la sortirent de ses songes. Elle les essuya avec un pan de son tablier puis pressa son index sur le symbole on/off. Elle se dirigea vers le salon. La chaise grinça sur le parquet verni, elle s'assit.

Cet appartement était maudit. Pourquoi avait-elle désiré à tout prix un endroit aussi vaste ? Avoir accepté le prêt de Giovanni Cortisone s'était révélé une énorme erreur. Elle n'avait pas soupçonné un instant qu'elle pactisait avec le diable et paierait à l'infini. Et maintenant, elle avait perdu toutes ses amies. Ses épaules s'affaissèrent et sa tête s'effondra. Elle laissa son front reposer sur le plateau blanc et froid de la table et ferma les yeux. Un poids lui oppressait la poitrine. Aucune des autres ne l'avait comprise. Elle déglutit et un liquide amer lui descendit dans la gorge. Framboise l'avait repoussée et, maintenant, la jeune femme s'était de nouveau mise en danger. Elle se redressa et essuya une larme du dos de la main.

Lui parler face à face, s'expliquer et lui raconter la visite de Gino. Voilà qui éclaircirait la situation. Son cœur s'emballa. Elle recula la chaise, aperçut son reflet dans le miroir du placard et s'exclama : « Mamma mia, je ne peux pas sortir comme ça ! » Elle retira son tablier de cuisine à grosses fleurs et le rangea dans son tiroir, puis choisit un pantalon noir et un corsage blanc crème dans sa penderie. Elle parlerait à Framboise et tout s'arrangerait. La prévenir que Gino la cherchait partout lui prouverait sa bonne volonté, non ? Elle s'observa dans le miroir. Ses yeux cernés n'avaient pas trop rougi et ses cheveux blonds cascadaient en vague sur ses épaules. Un léger sourire éclaira son visage. Elle se jugeait encore pas trop mal pour son âge. Anna s'empara de son sac à main et vérifia que son portefeuille et son portable s'y trouvaient bien. Elle sortit, descendit les trois étages, traversa la chaussée et parcourut les cent mètres qui la séparaient de sa voiture, une petite Fiat blanche.

— C'est parti, Bomba ! lâcha-t-elle en tournant la clé sur le contact.

Elle attendit l'à-coup impétueux qui se produisait à chaque fois qu'elle se mettait en route, personne n'y avait jamais rien compris. Elle avait renoncé quand le mécano lui avait annoncé sur un ton désabusé « Rien à faire, c'est un mystère. Elle démarrera toujours comme une bombe ! » Elle pivota sur son siège, vérifia l'angle mort, passa la première et s'engagea sur le rond-point de la piazza Arsenio Lupini. Quelques minutes plus tard, elle garait Bomba le long du trottoir. Devant elle se dressait le hangar où Framboise avait projeté de lancer son activité. Ses mains se crispèrent sur le volant. *Je vais lui dire que je suis désolée, que j'ignorais qu'il y avait des caméras et que Cortisone la verrait, que Gino fait tout pour la trouver et qu'elle doit se protéger.* Elle verrouilla la portière et s'avança vers le bâtiment. *Je vais lui expliquer que je me sens seule, que j'ai besoin d'elle et des Mammas. Que j'ai l'impression d'avoir rétréci, qu'un poids me compresse la poitrine et m'appuie sur les épaules… Est-ce qu'elle voudrait bien me pardonner ?* Elle progressait sur le trottoir, aperçut à peine la maman et sa poussette, contourna le vélo d'un livreur de pizza et se raidit. « Mais ils mijotent quoi ces deux-là ? » s'entendit-elle murmurer.

Un homme en noir, athlétique, et une femme à l'allure bien portante se collaient contre la porte de l'entrepôt. *Mais, ils sont en train de trafiquer la serrure !* L'inconnu pivota sans préavis et elle eut juste le temps de plonger vers son sac. Sa main y farfouilla à la recherche de son portable. *Faut que je les prenne en photo pour Framboise. Elle sera contente.* Elle releva la tête, les yeux fixés sur son écran. Elle tenta un sourire crispé afin de donner le change, imaginant qu'elle avait reçu un message agréable, avant d'oser un coup d'œil vers les intrus. L'homme lui présentait de nouveau son dos. Elle leva son portable et prit deux clichés rapides puis le couple s'engouffra dans l'entrepôt. *Flûte ! Ils ont réussi !* L'idée de prévenir la police lui traversa l'esprit puis elle hocha la tête de gauche à droite. Pas sûr que Framboise la remercie. Elle n'était pas en très bons termes avec les autorités ces temps-ci. Qu'est-ce que ces deux-là lui voulaient ? Un soupir soulagé lui échappa. Au moins, ce n'était pas la mafia. L'organisation n'employait jamais de femmes pour ses contrats. Elle allait les attendre. Elle n'avait vu nulle part le minivan orange de Gina et elle se demanda si les filles se trouvaient à l'intérieur.

Anna examina la rue, courut au débouché d'une petite impasse et se posta à l'ombre d'une énorme benne à ordures en métal gris. La silhouette de la femme apparut derrière une vitre au premier étage, puis disparut. Trente minutes après, elle capturait une nouvelle image des deux individus. Ils avaient dû trouver ce qu'ils cherchaient, ils se hâtaient vers une Alfa Roméo rouge. Elle décida de les prendre en filature et se précipita vers Bomba.

⁂

Massimo, sur le balcon de son appartement face au golfe de Gênes, avala un verre de pastis glacé qu'il reposa sur la petite table en mosaïque, songeur. L'air troublé de l'après-midi voilait la mer et lui donnait l'apparence d'un carrelage bleu sale plein de poussière. Plus que quatre heures. Et Giovanni serait vengé. Cinq au maximum, si la situation dérapait.

Le sillon descendant de son nez vers sa mâchoire carrée se creusa. Il releva ses lunettes noires sur ses cheveux ras pour essuyer une agaçante perle de sueur sur son front. Depuis qu'il bossait pour Cosa Nostra, il méritait de moins en moins son surnom de Massimo le Sec. À l'armée, il n'avait pas eu à surveiller ses arrières. Personne ne lui reprocherait d'avoir permis à Tonio de venger son père. La famille, c'était sacré. Et l'organisation s'appuyait sur son impitoyable réputation pour développer les affaires. Mais participer à l'élimination de deux agents d'un service de renseignements étranger risquait de faire jaser. Pas bon pour le business, ça, et il n'avait aucune envie de raser les murs. Il n'avait pas survécu au désert et aux islamistes pour se faire flinguer bêtement dans une ruelle de Gênes. Sa tête s'inclina sans la voir vers la rambarde écaillée du balcon et ses doigts se portèrent vers les poils drus et rêches de sa barbe naissante. Une ride de contrariété se dessina sur son front. En acceptant de fournir une bombe à Tonio, il avait outrepassé ses fonctions et ignorait même si Tonio avait l'aval de Cosa Nostra pour succéder à son père.

Il tourna le dos à la mer, passa la baie vitrée et attrapa un petit carnet de moleskine dans le tiroir de la table basse. Il feuilleta les pages. Voilà. Le numéro qu'il cherchait. New York. Il déchira le plastique de l'emballage d'un portable prépayé, fit courir ses doigts sur les touches et appela les États-Unis.

— Je souhaiterais parler à Don Lupo. Dites-lui que c'est important.

— *Don Lupo à l'appareil.*

— Massimo. Massimo le Sec. Je suis...

— *Je sais qui vous êtes.*

— Tonio a capturé deux agents écossais.

— *On m'a déjà informé.*

— Il veut faire sauter un pont, lorsqu'ils le traverseront avec Framboise. J'ai fourni la bombe.

— *Ah ! Je vois. C'est pour quand ?*

— Ce soir.

— *Et vous m'appelez pour quoi, au juste ?*

— J'aimerais être certain que vous approuvez.

Le visage de Lupo se ferma. Une petite veine agacée vint pulser contre sa tempe et ses lèvres se pincèrent en un pli féroce. Tonio n'avait rien précisé. Le fils Cortisone avait peut-être hérité de la violence de son père, mais ne possédait rien de la lucidité aux abois qui avait permis à Giovanni d'atteindre les sommets. Avec le grand show en hélicoptère du procureur lors de l'arrestation et la chute du parrain, le moment était malvenu d'attirer de nouveau l'attention sur Cosa Nostra. Malgré sa puissance, l'organisation n'avait pas encore le niveau des cartels mexicains qui contrôlaient la vie civile et œuvraient au grand jour. Pour eux, sauver les apparences et rester discret demeurait toujours d'actualité. Déclencher en ce moment un attentat contre des agents étrangers n'était pas exactement ce qu'il appelait de la discrétion. Lupo serra les dents. Et Tonio avait franchi les limites. L'enfoiré… La façon dont il s'était permis de lui parler deux jours plus tôt. De le réveiller à l'aube. Pour qui se prenait-il ? Tonio avait oublié le sens du respect, il était devenu un pion incontrôlable et lui, Lupo, avait un coup à jouer. Risqué. Mais dans sa *line of business*, qu'est-ce qui n'était pas risqué ?

— *Massimo ?*

— Je suis toujours là, Don Lupo.

— *Tonio s'emballe vite. C'est inquiétant. Alors, vous allez vous rendre au pont ce soir, car vous vous faites du souci pour Tonio. Vous le connaissez. Vous n'ignorez pas comme il est impulsif, maladroit. Et impatient. Un peu brouillon. Cosa Nostra ne serait pas surprise que son enthousiasme à se venger le pousse à agir de façon précipitée. Les explosifs et la fougue irréfléchie ne font pas bon ménage. Un accident est si vite arrivé. Personne ne vous en tiendrait rigueur. Vous comprenez ?*

Un voile humide suinta sur le front de Massimo le Sec. Il le balaya d'un revers de manche. Sa bouche lui sembla aussi sèche que du papier de verre. Il souhaita n'avoir jamais appelé New York. D'une voix rauque et hésitante, la langue pâteuse, il déclara :

— Je… comprends, Don Lupo. J'y serai… pour veiller sur Tonio.

Chapitre 30

Le nez plongé dans les pièces à conviction, le procureur Evangelisto Carminosso s'interrompit, contrarié. Les coups à la porte, discrets, n'en demeuraient pas moins insistants. Sa main à plat vint frapper une pile de dossiers.

— Entrez !

La porte s'entrouvrit pour laisser apparaître un visage long et blanc sous une tignasse bouclée.

— J'espère que cela en vaut la peine, Olivia.

— Monsieur le Procureur… C'est Framboise. Son bracelet.

— Eh bien quoi, son bracelet ?

— Framboise est sortie du périmètre autorisé, Monsieur le Procureur. Elle a quitté Gênes.

— Quitté Gênes !

Olivia s'avança plus avant dans la pièce et referma la porte derrière elle.

— Pas si fort ! L'inspecteur Meli n'est pas informé. Monsieur, vous savez bien que… enfin, quoi, vous ne croyez tout de même pas que Framboise a fait disparaître Tonio et les deux agents secrets ? Surtout Jazz qui lui a sauvé la vie. Elle et lui semblaient très proches.

Carminorosso inclina la tête et la regarda de travers, une moue curieuse sur le visage.

— Et comment savez-vous tout ça ?

— J'ai lu sa biographie. Elle m'a même fait sa première dédicace, se rengorgea la femme.

Elle afficha un large sourire.

— Enfin, Olivia, vous perdez l'esprit ! On ne peut pas se fier à l'autobiographie d'un suspect, voyons ! Quoique dans ce cas particulier...

Son ton se radoucit.

— Je ne crois pas non plus Framboise coupable. Venez ici, montrez-moi. Elle est où ?

Carminorosso tendit la main et alluma son écran puis double-cliqua sur l'icône du programme TrackerPol. Olivia indiqua un point rouge clignotant sur la carte.

— Quoi ? Brugnato ? Mais c'est à soixante-dix kilomètres ! Ça fait combien de temps ?

— Une heure environ, Monsieur le Procureur

— Une heure ! hurla Carminorosso. Vous êtes dingue, Olivia !

— J'attendais d'en être certaine, je voulais vous apporter une information fiable.

Olivia arborait un air dépité et contrit.

— Il ne vous est pas venu à l'idée qu'elle n'était peut-être pas partie de son plein gré ? Et si elle avait été kidnappée ? répliqua le procureur en zoomant sur l'écran avec la molette de sa souris. Chaque minute compte ! Mais où est-ce qu'elle va ?

Le point rouge quitta la nationale pour s'engager sur la route provinciale 38 en direction de la côte.

— Olivia, retournez à votre poste ! Et si vous voulez sauver votre tête, touchez du bois pour qu'il n'arrive rien à Framboise.

Evangelisto Carminorosso attendit de voir la porte se refermer pour se lever d'un bond. Il arpenta son bureau, ses doigts pressant une boule en mousse antistress.

— Sauvez sa tête... et la mienne, murmura-t-il pour lui-même. Qu'est-ce qu'elle va foutre dans ce coin paumé ? Et...

L'horloge murale indiquait 18 h 30.

— Et à cette heure-là ? Dans moins de deux heures, il fera nuit... Quel bordel...

Il s'empara du combiné sur son bureau, fit défiler les contacts dans le répertoire et soupira. *Elle m'emmerde, là, Framboise !* Puis il valida par un appui sur la touche dièse.

— Inspecteur Meli, nous avons un problème. Framboise a quitté la ville.

— Quitté la ville ! Je le savais ! Elle est partie rejoindre ses complices, explosa Meli sans cacher sa joie. On va les choper.

Il ricana :

— Alors, Carminorosso, ce bracelet ? Qui avait raison ?

— Vous rigolerez plus tard, Meli. Elle a quitté la SS1 après Borghetto et se dirige sur la SP38 vers Vernazza. Dans les Cinq Terres.

Un silence glacial accueillit ces paroles, puis Meli reprit :

— Des têtes vont tomber. Périmètre autorisé : deux kilomètres, et là, vous m'annoncez qu'elle est à quatre-vingts bornes d'ici ? Non, mais c'est une blague ? tonna Vito Meli.

Carminorosso hocha la tête en se demandant comment une voix si puissante pouvait jaillir d'un corps aussi maigre. Il répliqua :

— Prenez des hommes et des véhicules et retrouvez-la, Meli ! Et faites-moi plaisir : ne vous signalez pas un kilomètre à l'avance avec vos sirènes et vos gyrophares.

Evangelisto Carminorosso claqua le combiné sur sa base. Par la fenêtre du tribunal, le soleil déjà bas sur l'horizon disparaissait derrière les immeubles et les façades basculaient dans le clair-obscur. Sur l'écran, le GPS indiquait le véhicule toujours en mouvement.

Le petit van orange enchaînait les virages menant vers le sanctuaire de Notre-Dame di Reggio. La route descendait vers la côte au milieu des vignes, des arbustes et d'un maquis de rocaille. Le soleil avait disparu et les ombres s'allongeaient dans la campagne. Ballottées à l'intérieur du véhicule plus brinquebalant que jamais, les M&M's tentaient de lutter contre l'angoisse croissante. Silvana avait essayé d'alléger l'atmosphère en commençant à fredonner *Hit the road, Cort !* et, si sa voix avait couvert un instant les couinements de la tôle, le cœur n'y était pas et les paroles avaient semblé incongrues dans l'habitacle. Monica psalmodiait : « Les tuniques noires, la banderole, les bombes de peinture, la barrière », quand Gina hurla :

— Le néon rouge ! Trattoria pizzeria ! On va rester en carafe et tomber dans les pommes, on n'a rien à se mettre dans le gosier ! Claudia, à droite, toute !

— Quoi ?

— Vire à droite, je te dis !

Gina, sur le siège passager, s'empara du volant et le tourna vers elle. Le van dérapa, les pneus crissèrent et le véhicule s'engouffra à toute allure dans le petit village de Pignone.

— Stop ! Le parking, ici !

Claudia pila en projetant des graviers qui retombèrent sur l'asphalte en une pluie crépitante. Framboise explosa :

— T'es folle, tata ! Tu veux nous tuer ? Il nous reste trois quarts d'heure avant l'échange, on repart, vite !

— Framboise, du calme ! Je ne vais pas y aller avec le dos de la cuillère et je te le dis franco : une guerrière avec le ventre vide est une guerrière qui n'est pas dans son assiette et un ventre qui gargouille est un ventre qui se trahit. Alors, on prend des pizzas à emporter et on file ensuite. La trattoria est juste là. Et tu exagères, Framboise. Il nous reste une heure et quart.

— Une heure douze ! Et nous avions prévu d'arriver en avance, il ne faut surtout pas rater Tonio ! Vite, vite, vite, alors ! Passez pas une plombe à choisir, les M&M's ! N'oubliez pas que mon bracelet a dû sonner l'alarme chez la police !

Framboise se rongeait d'impatience, tournant comme une âme en peine en shootant dans les graviers.

— Il commence à faire sombre, les filles. Dépêchez-vous !

À moins de cent mètres de là, McCoy freina, dépassa l'embranchement vers Pignone et fonça vers Vernazza. Quelques virages derrière lui, Anna alluma les phares. Elle se rabattit sur les gravillons du bas-côté pour laisser passer un engin pétaradant monté par un motard à la carrure puissante, Massimo, puis elle accéléra de nouveau à la poursuite de l'Alpha Roméo.

— Gina ! Monica ! Il y a du trafic. Go ! On risque de rater Tonio ! s'affola Framboise.

Quatre-vingt-dix kilomètres plus au nord, au quatrième étage du tribunal presque déserté à cette heure, Carminorosso observa le point rouge se remettre en mouvement. Quinze kilomètres derrière lui, un deuxième point, bleu cette fois, progressait à grande vitesse et rattrapait son retard. La Jeep banalisée de Vito Meli. L'inspecteur roulait tous phares allumés et dévorait l'asphalte.

— Dégagez, dégagez, faites place au glaive de la justice ! grogna-t-il, les yeux fixés sur la route et les feux rouges des véhicules lambinant devant lui. Framboise Dopamine, tu as fait une grave erreur. Je vais te passer les menottes, à toi et à Tonio aussi, quand je le trouverai. Cette fois-ci, c'est un coup à être promu commissaire.

Il écrasa sa cigarette dans le cendrier et un rictus crispé se dessina sur son visage. Ses doigts osseux se resserrèrent telles des griffes sur le volant. Il était parti seul, tout le mérite serait pour lui. Après la discussion avec ce ramollo de Carminorosso, il avait dévalé jusqu'à la cour pour sauter dans la première Jeep disponible, sans prévenir quiconque. Tant pis, pas le temps de faire le tour des bureaux et des machines à café. Quatre-vingts kilomètres à rattraper, ça urgeait. Meli fronça ses sourcils. Une belle entorse à la procédure, mais ce ne serait pas ce laxiste de procureur qui pourrait se permettre une remarque. Personne ne viendrait lui chercher des noises. Sa victoire serait totale. Un trente-huit tonnes sur la voie opposée l'éblouit, il plissa les yeux, saisit ses lunettes noires et accéléra encore.

Claudia rétrograda en seconde, puis en première, passa l'épingle à cheveux, s'engagea dans l'impasse menant à l'église, négocia un dernier virage et se gara sur le bas-côté. Le silence envahit le véhicule. Malgré l'obscurité naissante, intensifiée par le couvert des arbres, la pierre claire des murs du sanctuaire dessinait des taches nettes à travers le feuillage.

— C'est là ? questionna Framboise. On a mis un temps infini ! Plus que trente minutes. J'espère qu'on n'est pas en retard.

— C'est bien ici, confirma Monica.

— Et nous avons même réussi à prendre une petite part de pizza aux anchois, ajouta Gina. Prêtes, les filles ? Alors M&M's, en action ! Enfilage de tuniques, pose de la barrière et armes aux poings. On se planque derrière les arbres. À l'affût ! Et toi, Framboise, tu descends la route et tu planques le van un peu plus loin. Tu nous attends.

— Eh ! Pourquoi moi ? Je veux être là pour neutraliser Tonio !

— Framboise, ma chérie, ne fais pas ta nouille. Tonio te reconnaîtrait tout de suite, même déguisée avec une tunique longue et une capuche en pointe. Nous sommes six M&M's : c'est la fin des haricots pour Tonio. Eh, Monica ? Tu te souviens si Tonio t'a vue quand t'étais prisonnière chez Cortisone ?

Monica hésita :

— Je ne crois pas. Pas certaine, possible qu'il m'ait aperçue.

— Alors, tu remontes à l'épingle à cheveux et tu m'appelles dès qu'une voiture approche, c'est mieux si c'est toi qui fais le guet, au cas où Tonio se souviendrait de toi.

— J'y fonce.

— Framboise, qu'est-ce que tu fais encore là ? Allez, ouste, râla Gina.

Framboise grommela en s'éloignant. Elle sauta dans le véhicule et claqua la portière. Elle se gara un peu plus loin, entre une moto et une Alfa Romeo. Elle soupira, descendit et commença à tourner en rond. Si elle ne s'était pas sentie si tendue, l'air frais se serait chargé de la maintenir en alerte. *Rent a Car like Cristoforo Colombo*, lut-elle sur la vitre arrière de l'Alfa. *Crétins !* Elle shoota dans le pneu. *Ils avalent n'importe quoi ces touristes.* Elle ne tenait plus en place. Dix-neuf heures trente-cinq. Vingt-cinq minutes avant l'échange. Et toujours pas de Tonio. Le bracelet espion lui pesait sur le poignet, elle inséra son index entre le plastique et sa peau et frotta l'interstice humide de sueur. Elle arracha un brin de liseron s'attaquant à un jeune chêne vert et se l'entortilla nerveusement autour du doigt. Elle joua avec quelques secondes avant de le réduire en bouillie. *Tonio bordel, mais t'es où ?* Elle serra les dents. L'heure approchait. Dans vingt-quatre minutes.

Chapitre 31

Plus que vingt minutes. Tout rond. Elle ferma les yeux. L'angoisse lui cisaillait l'estomac. Cette attente la tuait. Une fois encore, elle revisualisa la carte dans son esprit. Aucun doute possible, cette route était le seul chemin d'accès. Un faible bruit de moteur perça soudain le silence. Une décharge d'adrénaline l'électrisa. Plus haut, à l'épingle à cheveux, Monica plongea derrière la barrière de sécurité et le panneau du GR. Une Jeep noire ralentit, ses phares balayèrent la route et le véhicule tourna vers l'église. Allongée dans les herbes du bas-côté, Monica releva la tête. *Une jeep ! Logique, pour transporter des prisonniers !* Son doigt se posa sur le nom de Gina, son écran s'illumina.

— Gina, il arrive. Vous êtes prêtes ?

— On va n'en faire qu'une bouchée ! Rejoins-nous.

Gina raccrocha, frémissante. Elle scruta son équipe d'intervention d'un regard ardent et chuchota :

— M&M's, en position ! Parées à l'allumage ! Dès qu'il est là, bougies ON !

Elle remonta sa capuche et se dissimula derrière un chêne. Les premières étoiles tardaient à se montrer dans le ciel couvert. Ses coéquipières ne lui apparaissaient plus que comme des formes fantomatiques. Un timing parfait pour une embuscade. La Jeep surgit du virage. Ses phares illuminèrent la barrière de métal. Vito Meli freina sec, les pneus dérapèrent et la ceinture comprima son torse.

— Nom de... C'est quoi ce délire ?

Il fixait la banderole « STOP ! EXORCISME ! Que Nostra Signora di Reggio vous libère de vos péchés » puis ses yeux se reportèrent sur le point rouge immobile qu'affichait le moniteur TrackerPol.

— Ce n'est pas le moment, les fanatiques ! Je vais la choper, elle est juste devant.

Sa main se posa sur le levier de vitesse. Les M&M's allumèrent leurs cierges.

— Qu'est-ce que...

Les capuchons pointus de silhouettes noires se dressaient dans la nuit. À la lumière tremblante des bougies, les longues tuniques caressèrent le sol et glissèrent vers lui sans un bruit. Vito Meli ouvrit sa portière. Il mit un pied à terre. Le cercle des pénitents se resserra. Les cierges à la lueur vacillante le cernaient, immobiles, plantés dans des mains aux veines bleutées.

— Qu'est-ce que vous voulez ? cria-t-il.

Seul le ronronnement du moteur lui répondit. Il coupa le contact et sortit du véhicule. Il pencha la tête, le pan flottant des capuches dissimulait les visages. Il releva ses lunettes. Sophia rompit le silence.

— Gardez-les, susurra-t-elle d'une voix rauque.

Meli sursauta. Il hésita et les reposa sur son nez. Il fit un pas sur le côté. Sa poitrine se gonfla, il rugit :

— Écartez-vous !

— *Avanti !* hurla Gina.

Les M&M's dégainèrent. Le spray gicla des tuniques. La peinture rose jaillit des bombes. Le visage de Meli se couvrit d'acrylique, sa main gauche se dressa devant lui. Ses doigts dégoulinaient de peinture lorsqu'il tendit son bras vers l'arme à sa ceinture. Silvana recula. Monica surgit des ombres, brandit la canne de Marcello. Son swing d'anthologie atterrit sur le crâne de Meli. L'inspecteur s'effondra sur le capot dans un bruit de tôle. Puis glissa au sol. Les M&M's, pétrifiées, se ressaisirent et soufflèrent sur les cierges. Elles rabattirent leur capuche et s'observèrent en silence, complices.

— Je tremble de partout. Je m'assieds, annonça Claudia alors qu'un fin sourire naissait sur ses lèvres. Eh bien... Mission accomplie, les filles.

— Et ce coup de la canne, Marcello aurait été fier, commenta Ornella après quelques secondes.

— On ne laisse pas une arme pareille à la maison, j'ai cru bien faire en l'emportant, minauda Monica.

— Et tu as eu raison, quelle frappe tu nous as décochée, renchérit Sophia.

— Je vous l'avais dit ! Embuscade ! Les M&M's des Bois, gloussa Silvana, radieuse.

— Un peu de calme, les filles. Sophia, prends son arme, lança Gina.

Elle appela Framboise, le cœur battant.

— Rapplique ! On a Tonio !

— Et Jazz ?

Gina garda le silence.

— Et Jazz ? Melody ? insista Framboise d'une voix suraiguë.

— Euh... Les M&M's ? Vous avez vu les otages quelque part ?

— Quels otages ? pouffa Silvana.

— Jazz et Melody, andouille ! rétorqua Claudia, soudain redevenue grave.

Elle lui décocha un coup de coude dans le bras. Gina raccrocha, fonça vers l'arrière de la Jeep, ouvrit le coffre et cria :

— *Oh Mamma mia !* Vide !

Elle devint toute pâle.

— On a fait chou blanc, chuchota-t-elle.

— Et moi je vois rouge, siffla Framboise derrière elle.

Courbée en avant, les mains appuyées sur ses genoux, elle reprenait son souffle. Elle se redressa et une lueur furieuse traversa son regard.

— Il va cracher ce qu'il sait. Allons voir Tonio !

Framboise contourna le véhicule et se pencha vers l'homme. Elle lui retira ses lunettes et eut un mouvement de recul.

— Mais...

Elle vida ses poumons d'un trait et fronça ses sourcils.

— Il est inconscient. Aidez-moi à le mettre en position de sécurité.

Claudia et Sophia, sans un mot, attrapèrent les bras et les jambes de Tonio et l'allongèrent sur le flanc.

— Voilà, dors bien, Tonio, ironisa Monica.

— Monica, l'acétone, ordonna Framboise d'un ton sec.

Monica se raidit et lui passa une bouteille de plastique blanc. Framboise la lui arracha presque des mains.

— Torchon, continua Framboise.

Silvana le lui tendit d'un geste vif, Framboise imbiba le tissu de nettoyant, décapa le visage de l'acrylique rose en prenant soin d'éviter les yeux, le nez et la bouche et plaqua ses paumes sur ses tempes. Ses traits se décomposèrent et elle jeta un œil à sa montre.

— Merde ! Huit heures moins dix, murmura-t-elle.

Puis elle se releva lentement, renversa sa tête en arrière et hurla vers le ciel sans étoile.

— Aaaah !

Ses yeux furieux se déplacèrent d'une Mamma à l'autre.

— Mais qu'est-ce que vous avez fait ? Ce n'est pas Tonio, c'est l'inspecteur Vito Meli ! Vous n'avez pas remarqué que ce n'était pas Tonio ? Il n'a pas de cicatrice, lui !

— Bah... Il faisait noir, déclara Silvana. Et je n'ai jamais vu Tonio.

— Et il est mal rasé, constata Sophia.

— La lumière tremblait un peu... et moi aussi, commenta Ornella. Et j'avais un caillou coincé dans ma semelle.

— Et avec ces grandes capuches qui tombent sur le côté, ce n'est pas facile de bien voir, tu sais, se défendit Claudia.

— Moi, je suis arrivée par-derrière, alors...

Monica haussa les épaules et dodelina de la tête.

— En tout cas, je lui ai mis un bon coup de canne.

Gina recula d'un pas et regarda ses troupes d'un air sévère.

— Eh, les M&M's, on reste positives. On s'est planté de bonhomme, mais on s'est débrouillé comme des championnes pour neutraliser un gros balèze, pas vrai ? Il nous aurait causé des ennuis, l'inspecteur. Et toi, Framboise, un peu d'indulgence ! Quand je pense que ce gnocchi dégonflé a osé te mettre un bracelet d'espionnage. C'est notre première mission et tu étais d'accord avec le plan. Bon, il respire encore, alors qui m'aide à le remettre dans sa voiture ?

Gina et Monica attrapèrent les chevilles et les poignets de Meli et l'allongèrent sur la banquette arrière de la Jeep. Sophia jeta un œil vers son portable.

— 19 h 56, les filles.

— Quatre minutes ! hurla Framboise.

— Le pont, le pont, le pont, le pont ! cria Gina.

— C'est le pompon ! s'exclama Silvana.

Framboise pointa du doigt le bout de la route.

— D'après le plan, c'est par là. Le chemin derrière les voitures.

— 19 h 57, lâcha Sophia.

— Bon alors, on fait quoi ? intervint Silvana.

— On court, rugit Framboise en s'élançant vers le parking en contrebas.

Chapitre 32

Melody inclina sa tête en arrière jusqu'à ce que sa longue queue-de-cheval noire se mêle aux boucles brunes de Jazz. Elle susurra :

— Tu as une idée ? Qu'est-ce qu'on fait ici ?

— Je me demande comme toi.

— Et lui ?

— La ferme, vous deux !

Tonio labourait la terre dure tel un taureau sur le point de charger. Posté à l'extrémité du pont génois menant à Vernazza, une fine arche de pierre au tablier étroit construite au 14e siècle et dominant de presque six mètres une ravine quasi asséchée, son regard exaspéré navigua du chemin en face, à quarante pas de lui, bien dégagé et sous le feu des projecteurs installés la veille, aux deux espions piteux assis et ligotés dos à dos dans l'obscurité, sur le sol derrière lui. Luminosité et température avaient chuté depuis son arrivée une demi-heure plus tôt. Avec la nuit apparaissait la fraîcheur et l'humidité remontait des collines. Il frissonna de froid et d'impatience. À son poignet, l'écran luisant de sa montre lui indiqua 20 h 05.

— Vaudrait mieux pour vous qu'elle rapplique vite.

Ses doigts pianotèrent sur le pistolet-mitrailleur qu'il portait en bandoulière. Il se tourna de nouveau vers le pont illuminé et shoota dans un caillou. Le galet décolla, traversa le feuillage d'un jeune chêne-liège un peu plus bas et rebondit sur la rocaille du torrent à sec avec un bruit de crécelle. Son index parcourut la cicatrice imprimée sur sa joue et ses yeux agacés revinrent se poser sur ses prisonniers. 20 h 07.

— Peut-être qu'elle s'en fout de vous ? Merde alors, vous êtes que dalle ! Et toi, lâche cette pierre !

Tonio balança sa semelle dure dans les doigts de Melody, elle l'esquiva et il cracha de dépit. La veille, il avait récupéré le portable commandant la bombe, planqué derrière la Madone de l'église, comme prévu, et il en avait profité pour repérer le chemin. Tout était resté semblable à ses souvenirs. Du bout de la route au pont, ce ne serait pas bien compliqué pour Framboise de le rejoindre, même de nuit. Ce soir, il avait traversé Vernazza au crépuscule, zigzagué dans les ruelles les plus obscures, évitant les cafés et les supérettes, s'échinant à surveiller les volets et les portes ouvertes pour ne croiser personne, puis il avait contourné le cimetière et gravit la montagne sur un sentier étroit avec les deux espions qui, malgré leurs bras entravés dans le dos par du ruban adhésif et son arme braquée sur eux, cherchaient la moindre occasion de se faire la malle. Ils lui avaient collé une bonne suée et tout ça pour quoi ? Pour s'apercevoir que cette traîtresse fourbe de Framboise lui avait posé un lapin ! La garce ! Si elle ne se pointait pas bientôt, les espions ne lui serviraient à rien. Il leur décocherait une rafale et le pont écroulé deviendrait leur cercueil. Sa main gauche s'enfouit dans sa poche et en sortit le vieux portable. Il allait tout faire péter. De toute façon, Massimo avait prévenu : à 20 h 45, la bombe était programmée pour sauter. Quoi qu'il arrive. Une assurance pour lui, en cas de pépin. Ses doigts commencèrent à jongler avec la télécommande. Sa tête balaya les alentours. 20 h 09. Toujours pas de Framboise. Il enrageait. Malgré le froid, une goutte de sueur perla sur son front. Sa vengeance lui échappait.

Il se dandina d'un pied sur l'autre, stressé, sans soupçonner un instant que quatre paires d'yeux l'observaient. Anna, tapie dans les herbes, s'était cachée dans les ombres au bord du chemin dès qu'elle avait perçu la lumière des projecteurs. Elle avait vite camouflé ses cheveux blonds avec le foulard bleu-vert qu'elle portait autour du cou, avait grimpé quelques mètres à quatre pattes et s'était figée en apercevant Tonio de l'autre côté du pont. Puis le couple qu'elle avait pris en chasse l'avait distancée pour disparaître dans l'obscurité à travers les herbes folles, les buissons de ronces et les vignes sauvages. Dissimulée un peu plus haut dans les broussailles, Shipo murmura :

— Qu'est-ce qu'il fait ?

— Il tue le temps, proposa McCoy, les yeux rivés aux jumelles à visée nocturne. Il est nerveux. On dirait qu'il triture un vieux portable à clapet.

La jeune femme tiqua. McCoy pivota vers elle.

— Quoi ?

— Déformation professionnelle. Une idée, j'espère que je me trompe. Passe-moi les jumelles.

Elle régla le grossissement à sa vue, étudia quelques instants l'objet que manipulait Tonio et examina le pont avec attention, passant de pierre en pierre d'une base à l'autre. Elle avait presque atteint le pilier opposé quand elle arrêta son geste.

— Nous avons un problème...

— Quoi ?

— Attends.

Shipo braqua les jumelles sur les vignes, puis descendit dans la ravine à sec. Une silhouette courte et massive se dessina dans la nuit. Elle grimaça :

— Ça ne sent pas bon, Ewan. Il y a un homme appuyé sur un petit arbre près du pont et une bombe sur le pilier. Et ce portable que Tonio bidouille, c'est le détonateur.

— Montre !

Ewan McCoy tendit la main quand un crissement de gravier troublant le silence le stoppa net. Framboise déboula en pleine lumière, le souffle court.

— 20 h 10 ! Elle est à la bourre, chuchota McCoy. Je te laisse, je vais examiner ce type sous le pont d'un peu plus près.

Shipo vit Framboise se cambrer, les mains sur les hanches et renverser sa nuque en arrière, haletante.

— Toniooo !

Jazz se cabra d'un seul mouvement. Sa tête inclinée vers le sol se dressa et, dans son dos, Melody se raidit. Tonio étouffa un éclat de rire sarcastique, ses épaules se relâchèrent et il lâcha en un rictus moqueur :

— Vous devriez vous réjouir. Votre espérance de vie vient de s'accroître.

— Tonio ! Je suis là, cria Framboise.

— Levez-vous, vous deux, et pas de faux mouvement.

Il décocha un coup de pied dans la cuisse de Jazz. L'espion serra les mâchoires, inspira et un sifflement se fit entendre entre ses dents.

— Mon Dieu, non ! implora-t-il en s'avançant vers le pont, le regard fixé sur Framboise.

Il entraîna Melody, qui, à reculons, trébucha. Ses talons raclèrent sur le sol.

— Stop ! ordonna Tonio.

Melody s'immobilisa, Jazz ne réagit pas.

— Stop, j'ai dit ! hurla Tonio.

Merde, Jazz ! Tu nous mets en danger ! pesta Melody pour elle-même. Elle soupira et tira sèchement sur ses bras. La secousse bascula les épaules de Jazz en arrière et creusa ses omoplates. Il cessa d'avancer sans protester. Des comètes orangées traversaient ses pupilles sombres braquées sur Framboise. Elle avait revêtu sa tenue d'espionne : sa paire de tennis, son legging noir moulant ses longues jambes fuselées et son T-shirt de sport plaqué sur son buste, noir également avec une larme rose en tissu dans le dos. Encore essoufflée, sa poitrine montait et descendait au rythme de sa respiration. La lumière jaune des projecteurs enflammait les reflets roux de sa chevelure et Jazz rendit hommage à sa beauté d'un doux signe de tête. Il la trouvait toujours aussi sublime. Elle dut percevoir le poids de son regard, car il aperçut un sourire s'esquisser sur son visage. Son avant-bras se leva vers son front pour se protéger de la lumière éblouissante et elle le chercha des yeux. Tonio déplia un couteau de chasse à lame courte et le brandit vers lui. Jazz put voir Framboise se raidir avant que Tonio tranche d'un geste les liens qui l'attachaient à Melody. Le mafieux recula d'un bond, pointa vers eux le canon de son arme et cria dans la nuit :

— Nous allons procéder à l'échange. Jazz et Melody, vous vous barrez de l'autre côté. Framboise… Framboise, tu viens vers moi, continua-t-il avec un ricanement sardonique. Et pas d'entourloupe. Vous vous croisez sans broncher ou sinon… tacatacatac…

Il fit mine d'appuyer sur la gâchette. Jazz se mordit la joue. Framboise risquait sa vie pour sauver la sienne. À ses côtés, Melody l'avait rejoint. Il chuchota entre ses dents :

— Une idée ?

— Pas la moindre. *Mais si quelqu'un doit y laisser la peau, vaut mieux elle que moi. Tu vas bien finir par le comprendre, Jazz,* pensa-t-elle.

— Vous attendez quoi ? Un, deux, trois, *avanti* !

Tonio lâcha une rafale vers le ciel et, d'un coup de pouce, ouvrit le clapet du téléphone. 20 h 16. Dans les fourrés, Anna plaqua sa main sur sa bouche pour étouffer un cri affolé. Framboise fit le premier pas. Puis un deuxième. Elle plissa les paupières pour contrer les projecteurs. Jazz, enfin. Ses cheveux noirs ébouriffés, en bataille, une balafre charbonneuse imprimée sur sa joue, son jean lâche et son T-shirt froissé, poussiéreux et sale, lui donnèrent l'impression qu'il avait œuvré toute la journée sur un chantier. Ou qu'il s'était extrait d'une mine en rampant. Il lui sembla éprouvé et avoir perdu de sa superbe. Une bouffée de tendresse l'envahit, une boule de chaleur frémit dans son ventre et elle eut terriblement envie de le serrer contre elle. Elle riva ses yeux dans les siens. Il lui sourit et se dirigea vers elle, aussitôt suivi par Melody.

— Comme c'est beau l'amour, murmura Anna pour elle-même. Ils sont trop mignons.

Elle porta ses ongles à sa bouche. *Oh la la, ils vont se croiser... Ils vont se tomber dans les bras. Et Tonio qui ne veut pas qu'ils s'arrêtent.* Elle détourna le regard vers Tonio. Anna fronça les sourcils. Tonio ne cessait d'observer son petit téléphone et ignorait sa mitraillette, abandonnée, qui ballottait sur sa hanche au gré de ses mouvements nerveux. Il surveillait à peine ce qu'il se passait sur le pont. Framboise, Jazz et Melody ne se trouvaient plus qu'à cinq mètres les uns des autres et Tonio s'en souciait comme d'une guigne. Il aurait dû avoir le doigt crispé sur la gâchette de son arme, non ? Pourquoi triturait-il son téléphone ainsi ? La dernière fois qu'elle avait vu quelqu'un regarder un écran de cette façon, c'était quand Framboise leur avait expliqué... comment faire exploser le C-4. Avant de faire sauter le manoir du parrain. Oh... Ses pupilles se dilatèrent sous le choc et Anna réprima un cri. Une bombe ! Sur le pont, à un pas d'écart, Framboise et Jazz avaient cessé d'avancer, hypnotisés l'un par l'autre. Melody tirait sur la manche de Jazz et semblait lui parler. Tonio leva la main.

— Non ! hurla Anna en jaillissant de derrière un buisson, Tonio, non !

Elle se précipita sur le chemin et surgit sous les projecteurs, affolée.

— Non, Tonio, non, ne fais pas ça ! supplia-t-elle

Sa voix plaintive transperça la nuit. Elle trébucha, son genou heurta le sol et ses mains se plaquèrent sur la pierre. Son foulard tomba sur sa nuque. Ses cheveux blonds ondulèrent. Tonio, pétrifié, écarquilla les yeux en fixant la femme à terre. Il hoqueta :

— *Mammaaa !* Nooon... Va-t'en !

Son bras s'affaissa d'un coup et le détonateur glissa vers le sol.

— *Flavia ! Mamma !*

Tonio balança son arme dans les broussailles, s'engagea sur le pont et se précipita vers elle. Framboise eut un sourire radieux, ouvrit la bouche, Jazz s'empara de sa main, elle sentit la chaleur de sa paume, il lança un « Plus tard, Framboise » et tous les deux s'égayèrent en courant comme deux moineaux fous, le cœur battant à tout rompre.

— Ce n'est pas trop tôt, grommela Melody.

Elle détala à leur suite. Elle ne savait pas qui était la femme à terre, mais elle n'était pas Flavia, elle en était certaine. Qui qu'elle soit, ils lui devaient une fière chandelle.

Sous le pont, assis sur un rocher au milieu du lit du torrent à sec, Massimo observa l'arche de pierre se vider des otages et Tonio se précipiter vers sa mère. Voilà qui chamboulait tout. L'instant aurait été idéal pour faire sauter l'ouvrage et Tonio avec, mais l'arrivée surprise de Flavia changeait la donne. Don Lupo n'avait rien suggéré à propos de Flavia et il n'avait aucune envie d'éliminer la femme de son vieil ami Giovanni. Il se releva lentement en un mouvement empreint de lassitude, le bras ballant, le détonateur inerte au bout des doigts. Quand la voix agacée de Tonio flotta jusqu'à lui et qu'il entendit « Bordel, vous êtes qui ? Vous n'êtes pas ma mère ! » et qu'il le vit lever une main menaçante, un regain d'intérêt le gagna. La femme hurla. Il hocha imperceptiblement la tête. Dommage collatéral. Il dirigea son visage vers le minuscule point rouge clignotant sur le pilier. Encore un instant. Tonio allait revenir sur ses pas et dès qu'il serait au milieu du pont...

Massimo ne détecta aucun son. Ewan McCoy était un expert de la randonnée, que des années de marche en solitaire dans les Highlands avaient transformé en pisteur. Il avait appris à trouver son équilibre sur les roches, savait débusquer les pierres branlantes et réussissait de mieux en mieux à approcher les tétras et parfois même les chats sauvages. Observer les chevreuils était devenu un jeu d'enfant. Il avait rejoint le lit à sec du torrent, déchirant son pull dans les ronces dans le plus grand silence. Massimo ne l'entendit pas s'avancer. Quand il sentit un pouce presser sa carotide, il était déjà trop tard. L'artificier s'effondra, inconscient. McCoy s'autorisa une profonde inspiration. La lueur rougeoyante de la bombe pulsait encore sous l'arche, mais plus personne ne pouvait la faire sauter.

Chapitre 33

Les yeux sur le qui-vive, Melody reprit son souffle et se racla la gorge.

— Hum hum. Faudrait qu'on se bouge, là !

Elle regarda sa montre.

— 20 h 35. Cinq minutes qu'on piétine ici !

Framboise poussa un grognement de contrariété et tourna vers elle un visage sévère. Elle se décolla de Jazz et le tint à bout de bras afin de le détailler des pieds à la tête comme s'il venait de se matérialiser à l'instant devant elle. Ses traits se métamorphosèrent pour dévoiler un sourire resplendissant. Jazz regarda Melody, arborant une expression à la fois penaude et satisfaite, puis il haussa les épaules, l'air de dire « Qu'y puis-je, moi ? »

Je croyais que tu n'y tenais plus, à cette fille. T'es bien content, mon ami ! Et nous alors ? pesta Melody pour elle-même. Elle râla :

— Jazz, t'es bon pour la retraite ou quoi ? Faudrait pas rester ici, Tonio rôde avec son flingue !

— De ce point de vue là, tu n'as rien à craindre, lâcha une voix douce dans la nuit. Tonio s'est évanoui dans la nature. Est-ce que quelqu'un pourrait demander à ces dames en tunique d'arrêter de me braquer avec leur pistolet ? Et de baisser la canne ?

Framboise et Melody sursautèrent.

— Shipo ? s'écria Melody.

— Pour te servir, Melody. Shipo en chair et en os, retentit la voix.

— Les M&M's, vous êtes là ? appela Framboise.

— Youhou, c'est nous, c'est nous, flûta la voix de Silvana. On couvre tes arrières, c'est bien comme ça qu'on dit dans les films ?

Framboise pivota vers Melody :

— Tu connais cette Shipo ?

— C'est elle qui m'a sauvé la vie quand j'étais coincée dans le canyon avec cette folle d'Ortie-Sauvage.

— Les M&M's ? C'est une amie, laissez-la venir, autorisa Framboise.

— Les M&M's ?

— Je t'expliquerai.

— Comme tu veux.

Melody plissa les paupières et scruta les buissons. Une branche craqua, un froufroutement de feuilles lui parvint et Shipo déboucha sur le chemin, la mitraillette de Tonio dans la main.

— Salut Melody, salut Jazz.

— Shipo ! s'exclama Melody en se jetant dans ses bras. Tu es toujours là quand j'en ai besoin.

— Une SOCISS est toujours là pour les siens.

— Et le pistolet-mitrailleur ?

— Je n'ai eu qu'à me pencher pour le ramasser. Tonio l'avait envoyé dans les herbes avant de s'engager sur le pont.

Shipo plongea la main dans sa poche, ses doigts caressèrent la coque lisse du petit portable bleu. Elle avait refermé le clapet, désactivant le détonateur. Soulagée. La bombe ne se déclencherait pas. Elle s'interrogeait sur l'utilité d'en parler à Melody, il n'était pas nécessaire de l'inquiéter plus lorsqu'elles entendirent soudain Gina s'exclamer :

— Prêtes, les filles ? Un, deux, trois !

Un air joyeux s'éleva dans l'obscurité des collines :

« Hit the road, Tonio, and don't you come back no more, no more, no more... »

Aussitôt, les branches s'inclinèrent, les ronces s'abattirent sous l'effet d'une charge irrésistible, Ornella se fraya un passage en gloussant « Elle est quand même bien pratique, la canne de Marcello » et les six tuniques noires entonnèrent de nouveau :

« Hit the road, Tonio, and don't you come back no more, no more, no more... »

— Stop ! cria Gina en levant la main.

Le chant cessa, les capuches s'abaissèrent sur les nuques et les visages ravis des M&M's se fixèrent sur Framboise et Jazz, puis sur Melody. Gina reprit :

— Salut beau gosse ! Petite forme, j'ai l'impression. Framboise va s'occuper de toi.

— Nous verrons ça, la coupa Melody. Je vous présente Shipo.

La technicienne des SOCISS revêtit son mystérieux sourire pincé puis son regard de Mona Lisa navigua de Melody à Jazz.

— Un peu chiffonnés, mais intacts.

— On survit, confirma Jazz.

Melody intervint :

— Tu es venue avec McCoy ?

— Il est en bas, sous le pont. Lui aussi couvre vos arrières. Nous avons repéré un type dans les rochers. Et vous devez une fière chandelle à cette dame. Qui est-ce ?

— En tout cas, ce n'est certainement pas Flavia, même si elle lui ressemble.

— Quoi ? Qu'est-ce que tu dis, Melody ? Ce n'est pas Flavia ? s'écria Framboise.

— Jazz et toi, vous vous êtes sauvés comme deux colombes en train de roucouler, répliqua Melody, mais moi, j'ai quand même eu le réflexe de base, hein Jazz, de lui jeter un œil en passant. Alors oui, ses cheveux et sa tenue peuvent évoquer Flavia, mais ce n'est pas elle.

Framboise glissa sa main dans celle de Jazz.

— Mince alors, ce n'est pas Flavia... Viens, Jazz, on va la voir.

Framboise, Jazz et les Mammas parcoururent la cinquantaine de mètres qui les séparaient du pont et s'immobilisèrent dans la lumière faiblissante des projecteurs à bout de batterie. La femme, appuyée sur le parapet, se tenait la joue et regardait la vallée. Son œil droit violacé avait doublé de volume et ne parvenait plus à s'ouvrir.

— Tonio l'a frappée avant de partir, expliqua Shipo dans leur dos.

— Mon Dieu, mais c'est Anna ! chuchota Sophia en portant la main à sa bouche.

Framboise écarquilla les yeux.

— C'est Anna ? Anna nous a sauvés ? Anna !

Anna renonça à comprendre ce que lui voulait la silhouette floue, agitant ses bras en contrebas et pivota vers Framboise. Elle décollait ses doigts de sa joue meurtrie quand, à 20 h 45 précise, la charge collée sous le pont explosa. L'arche de pierre se métamorphosa en vague, ondula, donna une seconde l'impression de flotter dans les airs, puis s'ouvrit en deux et s'effondra dans un craquement déchirant. Anna bascula dans le vide sans un cri. McCoy plongea derrière un tronc, les blocs assemblés au 14e siècle volèrent dans son dos avant de rebondir et de se fracasser sur les roches du torrent en un bruit de tonnerre. McCoy toussa, remonta son pull sur sa bouche avant de balayer l'air devant lui pour en chasser la poussière. Un projecteur à l'agonie se balançait au bout d'un fil, éclairant les décombres d'un fuseau jaune. Courbé en deux dans l'écho roulant de la catastrophe, les yeux plissés en deux fentes étroites, il s'attaqua à la montagne de gravats. La femme ! Où était la femme qui les avait sauvés ? Son pied roula sur des débris de ce vieux mortier qui pendant des siècles avait résisté à l'usure, il dérapa, sa main agrippa la roche et il poursuivit sa recherche. Ewan McCoy négligeait les flaques de lumière et scrutait les ombres. Près de six mètres au-dessus de lui, à quatre pattes au bord du vide, là où le pont se rattachait auparavant à la colline, Melody cria :

— Je la vois, elle est à côté de l'arbre, McCoy ! Sur votre gauche.

Ewan McCoy se redressa.

— Vue !

La femme gisait sur le dos, inconsciente, au pied d'un petit chêne-liège. Ses jambes étaient invisibles, ensevelies sous un amas de pierres. La partie supérieure de son corps reposait sur une couche d'humus dans une flaque de terre molle, dans le lit du ruisseau, surplombée par une branche brisée qui flottait dans la nuit. McCoy supposa que l'arbre avait amorti sa chute. Il se précipita vers elle en trébuchant dans les roches. Il plaqua son pouce sur son poignet et pencha l'oreille vers sa bouche.

— Rythme cardiaque très faible, mais elle respire ! Shipo, il nous faut un hélico ! Et vite !

Il commença à dégager ses jambes. Dans son dos, Massimo ouvrit les yeux. Il tâta son cou, se mit à quatre pattes et s'éloigna en silence dans la nuit.

Chapitre 34

Lorsque l'explosion fissura la nuit d'un éclair fugace et que le roulement sourd des roches éclatées lui parvint, Tonio avait déjà redescendu plusieurs centaines de mètres vers Vernazza. Le rond de lumière que projetait sa lampe de poche se balançait devant lui. Il ne desserrait pas les dents. Il ignorait la tension que sa mâchoire contractée infligeait à ses joues et à son menton. Il avançait, buté, le regard dirigé vers le sol inégal et dégommait les cailloux de coups de pied furieux. Son bras droit, armé d'un bâton, sabrait le vide en sifflant et décapitait les broussailles de part et d'autre. Sa balafre s'anima d'une pulsation brûlante. Il émit un grondement, sa paume s'écrasa sur sa joue, noyant son irritation sous une douleur diffuse. L'image de la femme se ruant sur le pont ne quittait pas son esprit. Son poing vint frapper sa cuisse.

— Bordel, c'était qui celle-là ?

Il expulsa sa frustration et hurla un « Aaaah ! » qui lui arracha la gorge avant de grogner :

— J'vais tous les buter ! Faut faire simple. Une bonne rafale surprise, la prochaine fois. Classique. Efficace. Net.

Il contourna le cimetière et traversa les petites rues désertes du village avant de pousser le portique de sa cave. Le fin jet de lumière balaya un rack couvert de vieilles bonbonnes de vin poussiéreuses. Il attrapa le tire-bouchon à manche d'olivier suspendu à une cordelette, ouvrit la première bouteille qui lui tomba sous la main, essuya le goulot dans sa paume puis le porta à sa bouche. Tonio s'assit sur la terre damée et les graviers et entreprit de s'enivrer avec méthode. Ses épaules se relâchèrent. Le tourbillon de rage contenue et de regrets s'estompa, sa déception et ses reproches à lui-même disparurent dans l'alcool. Tonio se leva avec lourdeur, apaisé, referma la cave et monta à l'étage. Il pénétra dans le salon et stoppa net.

— Ah, te voilà enfin, soupira Massimo, assis sur une chaise à la table, un petit verre de grappa devant lui. Tu en as mis du temps.

Tout le poids de l'échec revint plomber sa poitrine. Tonio répliqua, la langue pâteuse :

— Qu'est-ce que tu fous chez moi ?

— J'ai posé une bombe sous ce pont. J'y étais, Tonio. Qu'est-ce que toi, tu as foutu ? Pourquoi tu ne les as pas flingués, direct ?

— Je voulais tous les réunir sur le pont avant de le faire sauter.

Massimo soupira :

— *Porca miseria !* La guerre froide et les échanges sur les ponts, c'est fini. Tu flingues et c'est tout. La femme qui a déboulé de nulle part et tout fait foiré, elle sortait d'où ?

— J'en sais rien, ronchonna Tonio.

— Et c'était qui ?

— J'en sais rien.

— Don Lupo ne va pas être content.

Tonio fronça les sourcils. Ses lèvres se rejoignirent pour former un rictus de colère. Il s'exclama, agacé :

— Qu'est-ce tu me parles de Lupo ? On s'en balance de Lupo ! Il est à New York, qu'il se mêle de ses affaires. T'es gentil, mais j'en ai rien à carrer de Lupo. T'es pas bien de me parler de ce guignol ? T'as bien capté que Don Cortisone, c'est moi, maintenant ?

Tonio se redressa, gonfla la poitrine et s'avança vers Massimo en le fixant, les yeux plissés et inquisiteurs. Il vit Massimo hocher la tête et l'observer d'un air songeur, puis l'homme lâcha d'un ton monocorde :

— Don Cortisone, vous devriez parler plus poliment de Don Lupo.

— Oublie Don Lupo. Le business, c'est moi qui le gère.

Une voix glaciale s'éleva du couloir menant à la chambre.

— Et vous m'êtes redevable, Cortisone.

Non ! Tonio sentit son échine se hérisser. Une sueur froide envahit son front et l'entaille de sa joue se mit à le démanger furieusement. *Putain, mais qu'est-ce qu'il fout ici ?* Nicomedo Lupo s'avança dans la pièce, tira une chaise et s'assit près de Massimo. Tonio blêmit sans parvenir à décrocher ses yeux de ceux de Lupo. Puis il baissa enfin la tête, baissa son regard vers le carrelage tout en installant un sourire figé sur ses lèvres. Il se reprit, releva un menton fier et reluqua le parrain new-yorkais sans vergogne.

— Vous n'avez pas l'envergure, Cortisone, continua Lupo. Menacer Spiderman d'un couteau sur Times Square ? En pleine rue, avec tous ces témoins ? Vous avez perdu la tête !

Nicomedo pointa vers lui un index exaspéré :

— Et vous enchaînez avec de la cocaïne ? Ma coke ? Vous avez un sacré culot pour claquer ma donation de cette façon.

— Si vous pointez encore votre doigt vers moi…

— La ferme ! Sans moi vous seriez en train de faire la manche dans le Bronx. Ou j'aurais peut-être dû laisser Mickey vous balancer dans l'Hudson. Roulé dans le béton bien au chaud au fond d'un bidon. Et ce loupé magistral avec le pont, vous m'expliquez ?

Lupo lança un regard autoritaire vers Massimo. L'artificier baissa les yeux. Tonio souffla, sa poitrine se dégonfla et il tenta de regagner de la prestance en s'avançant d'un pas.

— Je suis le nouveau Don Cortisone, déclara-t-il d'une moue désabusée. Il fallait marquer le coup.

Tonio nota cette fois le regard irrité et consterné que Lupo adressa à Massimo. Ce dernier haussa des épaules blasées, puis Lupo revint vers lui.

— La grandeur et le respect, ça ne se fabrique pas comme ça. Faites votre job, ironisa Lupo, et le reste suivra.

Nicomedo Lupo se leva et gagna le vaisselier. Il se saisit d'un petit verre à liqueur.

— Vous savez pourquoi on m'appelle Lupo, le loup ? continua-t-il. Parce que je suis endurant, je vais vite, je ne lâche rien et que – il pivota sur ses talons pour le fixer – je défends mon territoire.

Il rejoignit Massimo et remplit son verre de grappa qu'il avala d'un trait.

— Mon territoire, en l'occurrence, c'était quinze pour cent.

— C'est quinze pour cent, oui, cracha Tonio, et c'est déjà trop.

— Pas c'est : c'était. Vous n'êtes pas à la hauteur, Cortisone. Une journée à New York a suffi à prouver que vous étiez faible et vous avez démontré ce soir que vous étiez tout aussi incompétent. Vous ne m'avez pas laissé le choix. Je vous le disais, je défends mon business. Avec vous aux manettes, je peux faire une croix sur mes quinze pour cent. En conséquence, mon territoire vient d'augmenter. Je prends les commandes. Vous, vous toucherez quinze pour cent.

Se faire déposséder ainsi, son père à peine en prison. Serait-il capable de le regarder en face ? Il tressaillit. L'humiliation lui pinça la poitrine puis la rage le libéra. Le pied de Tonio percuta le sol.

— Espèce de… J'vais te buter !

Tonio se précipita vers Lupo et pila net. Massimo s'était levé pour s'interposer. Les épaules massives de l'homme et son air serein le refroidirent aussitôt. Il connaissait la puissance de l'artificier. Sa main se porta vers sa cicatrice et Nicomedo Lupo en profita pour reprendre la parole.

— Je me suis mal exprimé. J'aurais dû dire « J'ai pris les commandes ». Vous êtes trop lent, Cortisone. La drogue préparée par Ortie-Sauvage a déjà été débarquée du *Live and let die* et le cuir navajo est arrivé à destination. J'ai une usine qui commence à tourner. Nous allons inonder la place de fausses bottines MA & L. Cette fille, Framboise, a créé un beau marché. Vous vouliez vous venger, cela devrait vous plaire. Ma petite opération la mettra sur la paille et nous remplira les poches. Vous aurez vos quinze pour cent.

Chapitre 35

Deux bonnes heures plus tard, le minivan brinquebalant pénétra dans le complexe hospitalier San Martino comme s'il glissait sur une gigantesque peau de banane, les pneus hurlèrent, Claudia hurla plus fort, Gina donna un violent coup de volant, contrebraqua et stoppa l'engin fumant devant l'entrée des urgences traumatologiques. Les M&M's s'éjectèrent du véhicule, envahirent la réception tel un vol de chauve-souris en panique et se plantèrent devant les admissions en bourdonnant d'impatience. L'agente d'accueil, les traits tirés, sursauta. Elle ne put réprimer un tremblement de la main, le tabloïd lui échappa et les pages brillantes sous les néons vinrent s'écraser sur les carreaux. Elle lança un coup d'œil rapide vers l'horloge murale qui indiquait 23 h 15, fit un bref signe de croix puis éprouva le besoin de rajuster les pans de sa blouse face aux longues robes noires des Mammas. Elle demanda, une pointe d'inquiétude dans la voix :

— Qu'est-ce qui vous amène ici en pleine nuit, mes sœurs ? Nous n'avons pas déclaré de décès.

— On n'est pas des religieuses, mais les M&M's ! s'exclama Silvana en rabattant sa capuche sur sa nuque.

— Pardon ?

— Les M&M's !

— Ah. Euh… D'accord, mais les M&M's sont multicolores d'habitude. *Elles sont folles.* Les unités de psychiatrie se situent dans le bâtiment E, mes sœurs.

— Ça suffit, Silvana, gronda Gina. Nous sommes venues rendre visite à la femme qui a été admise cette nuit aux urgences, celle qui est tombée d'un pont. Anna Traviata.

— Elle se trouve au cinquième étage. Vous pourrez la voir à partir de demain matin, pendant les heures autorisées.

— Pas question, on y va maintenant ! s'exclama Ornella.

— Mais elle dort, elle vient de sortir du bloc.

— *Oh mamma mia !* Comment va-t-elle ?

— Il faut demander au médecin. Il vous en dira plus.

— Elle nous a sauvé la vie, vous savez ? déclara Silvana.

— La vie de Framboise plutôt. Tu n'as jamais été en danger, Silvana, corrigea Gina.

L'infirmière écarquilla les yeux :

— Framboise ? Vous voulez parler de cette Framboise-là ?

Elle fouilla dans la paperasse sous le comptoir et en revint avec *La Folle Erreur de Don Cortisone, récit de la victoire d'une jeune femme contre la mafia*.

— Celle-là, tout à fait, opina Claudia.

— Vous la connaissez ?

— Très bien. Nous sommes son escorte de protection rapprochée, son agence d'espionnage privée, les M&M's, quoi ! confirma Sophia d'un ton docte.

— C'est ce que je vous expliquais tout à l'heure, grommela Silvana. Et elle parle de nous dans le bouquin !

— C'est vrai ? Je n'ai pas encore commencé. Madame Traviata fait partie de votre groupe, je comprends. Venez, je vous emmène. Mais pas de bruit, hein, en silence.

Elle se retourna vers Sophia et lança, excitée :

— Vous croyez que je pourrais avoir un autographe ?

Elle les guida d'un pas rapide vers les ascenseurs. Ses chaussures claquaient sur le carrelage et Monica chuchota à Gina :

— Tu as remarqué ? Elle porte les bottines de Framboise.

Au cinquième étage, la petite troupe s'avançait dans le froufroutement des tuniques quand un médecin surgit d'une chambre. Il embrassa la scène d'un seul coup d'œil et revint vers l'infirmière.

— Que se passe-t-il ?

— Nous venons voir Anna Traviata, répondit Gina.

— C'est un peu tôt pour l'extrême-onction, repassez dans vingt ans, mes sœurs.

— Nous ne sommes pas...

— Laisse tomber, Silvana, lâcha Sophia. Comment va Anna ?

— Vous êtes de la famille ?

— Tout comme ! Aussi liées que les sept merveilles du monde, les sept couleurs de l'arc-en-ciel ou les sept collines de Rome, confirma Ornella.

— Les sept mercenaires plutôt, corrigea Gina.

— Ce sont les M&M's, lui souffla l'infirmière.

— Ah, bah alors, tout s'explique, ironisa l'homme. Tant que vous ne me dites pas que vous êtes les sept plaies d'Égypte ou les sept péchés capitaux ! Mais c'est bien que vous soyez là, elle aura besoin d'amis autour d'elle.

La voix de Gina fusa :

— Pourquoi ? Qu'est-ce qu'elle a ?

Le médecin les dévisagea tour à tour avant de répéter :

— Alors, aucune d'entre vous n'est de sa famille ?

Un infime instant de flottement parcourut le petit groupe, aussitôt rompu par Gina qui s'avança sans hésiter :

— Anna est ma sœur, mentit-elle avec aplomb.

— Bon, votre sœur, nous avons dû l'opérer. Elle a de multiples fractures de compression. Fémur, tibias et fibula brisés. Un vrai puzzle, ses jambes, mais le chirurgien a remis toutes les pièces en place. Voilà pour la bonne nouvelle.

— La bonne nouvelle ?

Le médecin adopta un ton grave.

— La moelle épinière a été touchée.

— Ce qui veut dire ?

— Nous craignons qu'elle ne reste paralysée du tronc inférieur.

— Paralysée ?

Les Mammas se refermèrent autour de lui, menaçantes. Il leva la main en un signe d'apaisement.

— Je suis désolé. Nous ne savons pas encore si elle pourra remarcher. Il lui faudra passer des examens complémentaires. Cette nuit, nous n'avons fait que parer au plus urgent.

Une chape de silence s'abattit dans le couloir. Un néon clignota puis grésilla. Ornella se frotta le coin de l'œil, puis s'accroupit pour refixer la frange de sa bottine

— Les deux personnes qui l'ont amenée, vous les connaissez ?

— Pas vraiment, non...

Le médecin soupira et se gratta la tête, contrarié.

— C'est qu'ils ont disparu sans signer les papiers. Elle est tombée sur un arbre, j'ai cru comprendre ?

— Oui, c'est ça. Et sur des feuilles dessous.

— Eh bien, cet arbre lui a sauvé la vie.

— Est-ce qu'on peut la voir ? insista Gina.

— Elle dort. Je vais vous laisser vous recueillir autour du lit et prier trois minutes. Mais pas plus.

— Nous ne sommes pas des religieuses.

L'homme fronça les sourcils et tiqua :

— Vraiment ? Vous m'étonnez. Allez-y et soyez discrètes, elle partage la chambre avec un autre patient en observation. Il y a eu un carambolage cette nuit, tous les lits sont occupés. Celui-là, je ne sais pas d'où il sort, on l'a mis avec elle.

Les Mammas entrèrent en file indienne dans la pièce sombre et silencieuse. Anna gisait sur le dos, les jambes dissimulées dans deux sarcophages de plâtres légèrement surélevés et suspendus par des sangles à un bras mécanique de métal blanc. Sa poitrine se soulevait d'un souffle régulier quand son voisin poussa un gémissement lugubre. Ornella s'approcha et plaqua sa main sur sa bouche.

— Oh ! laissa-t-elle échapper dans un soupir. Par les roudoudous de Saint-Pierre, venez voir, c'est plus fort que du Viagra ! Chut...

Gina, Silvana, Monica, Claudia et Sophia la rejoignirent sur la pointe des pieds.

— Mais c'est...

— Oui, c'est lui !

— C'est l'inspecteur Meli ! murmura Gina. Tu ne l'as pas raté, Monica. Le turban qu'ils lui ont mis !

— Parfait ! Quelle tête de Turc, ce type ! Bracelet à Framboise, et gna gna gna... N'importe quoi ! grogna Silvana.

L'homme, un bandage autour du crâne, ouvrit ses paupières dans un demi-sommeil, leva vers elles des yeux brumeux et bredouilla :

— Non, non... c'est un cauchemar.

Il se retourna sur le côté, leur tourna le dos et replongea dans une torpeur troublée.

— On se sauve, les filles.

Dans le couloir, Gina lâcha :

— Faut qu'on se débarrasse de ces tuniques. Et j'appelle Framboise : elle doit savoir, pour Anna.

— Ne l'appelle pas, tu es folle ! Ce n'est pas le moment ! Elle ne va pas te répondre, elle est avec Jazz, là, l'avertit Sophia. Envoie-lui un message plutôt.

— Ouh, ça doit être chaud, gloussa Ornella.

— Et voilà, texto envoyé. Vous avez raison, faut qu'elle se détende cette petite !

Chapitre 36

Jamais la clé n'avait tourné aussi vite dans la serrure. Framboise poussa la porte, se retourna, attrapa Jazz par son T-shirt et l'attira à elle. Elle lia ses doigts dans sa nuque, ils reculèrent et butèrent contre le battant qui claqua. Elle écrasa sa poitrine contre son torse musclé, colla son nombril contre son ventre dur avant de blottir son visage dans son cou. Elle chuchota :

— Enfin ! J'en ai rêvé de ce moment. J'avais peur que tu sois mort.

Elle embrassa sa peau salée et sentit ses épaules et son dos se raidir.

— Détends-toi, Jazz, c'est fini maintenant, on est ensemble.

Il oscilla, souleva ses bras pour lui délier les mains avant de la prendre par la taille et de la repousser en douceur :

— Tu y es allée un peu fort avec Melody.

— Quoi ?

Une flèche de glace lui transperça la poitrine pour laisser un flot de colère se déverser en elle. *Mais comment ose-t-il me parler de Melody ? Melody, là, ce n'est pas le moment !* Elle voulut le lui dire, mais les mots restèrent coincés en travers de sa gorge. Elle le toisa, déconcertée, un pli amer au coin de la bouche.

— Tu l'as expédiée un peu vite à l'hôtel.

— Tu aurais préféré partir avec elle ?

Jazz ne répondit pas. Elle nota ses yeux vides et son regard qui passait au-dessus de sa tête sans la voir. Le souffle coupé, immobile, les pieds soudés au sol, elle croisa ses bras sous sa poitrine pour se réchauffer.

— Tu aurais préféré aller à l'hôtel avec elle ? insista-t-elle.

— Viens, ne restons pas dans l'entrée.

Il entrelaça ses doigts avec les siens et l'entraîna vers le salon.

— Asseyons-nous.

Framboise s'assit au bord du canapé sur la pointe des fesses, Jazz s'enfonça lourdement dans le coussin et posa sa main sur sa cuisse. Elle l'aurait repoussée sans hésiter s'il l'avait regardée, mais Jazz fixait le mur jaune de l'autre côté de la pièce.

— Tu as compris que je vais te quitter, Framboise ? Je dois partir. Ma vie... Je suis un nomade. Le mot que je t'ai écrit sous la menace, dans cet hôtel, était plein de conneries, mais il y a quand même un truc de vrai, c'est qu'être agent secret n'est pas compatible avec une vie normale. Je ne reste jamais très longtemps au même endroit. Je vais, je viens, je peux rarement prédire où je serai la semaine suivante.

Il se tourna alors vers elle.

— Melody est ma partenaire. Elle ne dirait pas non à ce que nous deux...

Il soupira

— Tout serait beaucoup plus simple. Je n'aurais pas préféré aller à l'hôtel avec elle, pas du tout. J'aurais préféré ne pas préférer rester avec toi, c'est tout. Cela rend la situation difficile pour nous deux.

Ses yeux brillaient. Sa main esquissa un geste vers elle puis retomba. Elle vrilla ses prunelles dans les siennes, l'angoisse reflua comme la marée descendante et une vague de soulagement l'envahit. Elle se sentit soudain légère. Son index se posa sur les lèvres de Jazz, « chut » souffla-t-elle, puis glissa sur son menton, dévala son torse, ses abdos fermes jusqu'à deviner son désir. Jazz frémit et gonfla sa poitrine. Framboise, un fin sourire empreint de tristesse flottant sur son visage, se pencha vers lui et chuchota à son oreille :

— File dans la douche, Jazz. Après, nous nous dirons au revoir. Longtemps, lentement, pour que ce soit inoubliable.

Framboise dessilla les yeux avec peine et tâta de la main le matelas froid dans son dos. Jazz ! Puis le glougloutement rassurant du café qui coulait s'insinua dans son esprit. Elle enfila son mini-short de pyjama rose fané et un ample caraco mauve sans manche et s'avança dans le salon en bâillant.

— Hello, bien dormi ? la salua Jazz.

— Pas assez.

Une étincelle coquine brilla dans ses yeux.

— Tu veux bien me remplir un mug de café, s'il te plaît ? Ils sortent d'où, ces vêtements ?

Jazz avait passé un magnifique jean ocre surmonté d'un léger pull noir mettant en valeur son torse bien dessiné. L'entaille sur son crâne, ses cheveux encore humides de la douche folâtrant sur sa nuque et sa barbe mal taillée lui donnaient un air de mauvais garçon qui la faisait craquer. Elle éprouva un pincement au cœur à l'idée de son départ prochain.

— Shipo est venue ce matin. Elle m'a apporté mes affaires. Et ça.

Il lui indiqua la table où reposait une carte d'embarquement aux couleurs de British Airways. Elle avala une longue gorgée de café, croisa les bras avant de s'appuyer au mur et demanda d'une voix un peu trop rauque :

— Tu pars à quelle heure ?

— Mon vol est à 15 h 30.

— OK.

Framboise fit volte-face, écrasa sa main sur la poignée et disparut dans la chambre. Elle se laissa basculer en arrière, le panneau couina dans son dos. Son crâne vint reposer sur le bois, elle ferma les yeux, serra les dents pour réprimer ses larmes et parvint enfin à crier à travers la porte :

— Je m'habille. J'ai reçu un message de Gina, je vais voir Anna à l'hôpital. Tu m'accompagnes ?

— Avec plaisir. Cette femme nous a sauvé la vie. Un au revoir s'impose. Et tu pourras m'expliquer pourquoi tu es en liberté surveillée.

— En quoi ?

— En liberté surveillée. Ton bracelet au poignet, Framboise, faut que tu m'expliques.

— Une histoire de fou, je te raconterai. Ou d'un fou plutôt.

Le regard que lui jeta Jazz quand elle sortit enfin de la chambre valait son pesant d'or. Elle s'était décidée pour un look vintage et décontracté soigneusement étudié dont elle savait, par expérience, qu'il laissait peu d'hommes indifférents. Un fin pull d'un gris très clair, presque blanc, tirait sous son cou une diagonale de sa clavicule gauche à son bras droit, offrant une épaule dénudée, et retombait avec souplesse sur une jupe de daim couleur marron rouille qui s'arrêtait juste au-dessus du genou. Elle avait exhumé de son placard de hautes bottes beiges montantes qui sublimaient ses jambes. Au moins, si Jazz devait partir, elle lui laisserait un souvenir inoubliable. Elle traversa la petite pièce, s'arrangea pour le frôler et lui annonça :

— Il faut passer chez les voisins, j'ai demandé à Carlo de se joindre à nous.

Elle ne sut pas définir si son expression ahurie provenait de sa tenue ou de la mention de Carlo. Elle rajouta, amusée :

— Bon, on y va ?

Elle sortit sur le palier et sonna. Les roues de plastiques couinèrent sur le carrelage puis la porte s'ouvrit sur Carlo et Mattea.

— Prêt ?

— Je suis paré, déclara Carlo. T'as bien fait de demander. Si je peux lui éviter de sombrer comme je l'ai fait...

Il poussa sur le fauteuil et franchit le seuil. Jazz, dérouté, remarqua les yeux espiègles de Framboise et écarta ses bras d'un geste désarmé.

— Tu m'expliques ?

— J'ai transféré à Carlo un message de Gina. D'après les médecins, Anna risque de rester paralysée. Alors, j'ai pensé que la présence de Carlo pourrait l'aider et je lui ai demandé de venir.

— J'aurais aimé que tu m'en parles.

D'une main mutine, elle balada des doigts légers sur sa poitrine.

— Nous étions occupés, nous deux...

Carlo les observa un instant et sourit. Il souleva l'assise de son fauteuil, le replia, puis le coucha sur le flanc avant de le pousser devant lui. Il commença à descendre sur les fesses.

— Eh, là-haut ! Cette femme a besoin de moi. Ne la faites pas attendre.

Chapitre 37

L'hôpital San Martino grouillait de l'agitation matinale. Le personnel médical se saluait en échangeant des blagues et en faisant le bilan de la nuit. Une petite dizaine de futurs patients en chirurgie ambulatoire, assis dos à dos sur les chaises blanches du hall d'entrée, un ticket à la main, attendaient déjà qu'on les appelle en guettant leur numéro en lettres rouges sur l'écran lumineux au plafond. La porte vitrée coulissa et Framboise et Jazz se dirigèrent vers la femme aux yeux tirés derrière le comptoir de l'accueil.

— Bonjour, nous venons voir Anna Traviata.

— Vous êtes de la famille ?

— Non, mais sans elle, la nuit dernière, nous serions morts. Elle nous a sauvé la vie.

— Ah, vous aussi ? Mais alors… Vous êtes Framboise Dopamine ?

— Oui. Comment le savez-vous ?

— Vos amies, cette nuit, elles ont dit que Mme Traviata vous avait sauvée. Oh mon Dieu, s'exclama l'infirmière en collant ses deux mains sur ses joues, Framboise ! Je n'y crois pas…

Anna avait beaucoup à se faire pardonner, songea Framboise.

— La chambre de Mme Traviata, s'il vous plaît ? intervint Carlo.

— Oh désolée, au cinquième étage, au bout du couloir. Les ascenseurs sont par là…

Elle désignait la direction du doigt quand un hurlement explosa dans la salle.

— Vous ! Ici ! Dopamine, vous me paierez ça !

Un homme était apparu au débouché du corridor et pointait un index furieux vers le bandage qui cerclait son crâne. Framboise le regarda avec des yeux ronds au moment où Jazz se penchait vers elle :

— Tu le connais ?

— C'est l'inspecteur qui m'a mis ce bracelet ! Qu'est-ce qu'il fait là ?

Elle souleva son poignet.

— C'est le Vito Meli dont je t'ai parlé dans le taxi en venant.

— Je vous laisse avec ce fou, moi, je vais voir Anna, s'excusa Carlo en s'éloignant.

— Alors donc, c'est lui, Meli ? Meeeli, gronda Jazz, Meeeli !

Les visages se tournèrent vers lui, le silence se répandit dans le hall comme une traînée de poudre et lorsque ses deux mains à plat claquèrent sur le comptoir, tout le monde sursauta.

— Inspecteur Vitooo Meeeli, vociféra de nouveau Jazz en pivotant avec lenteur vers le policier. Vous êtes un imbécile doublé d'un incompétent, un crétin fini, Meli !

— Je ne vous permets pas, s'étrangla l'homme. Vous êtes en état d'arrestation !

— Ah oui ? Essayez donc voir, qu'on s'amuse ! Même des bonnes sœurs réussiraient à vous échapper.

Vito Meli pâlit et resta inerte, la bouche ouverte.

— On dirait que j'ai visé juste, ironisa Jazz.

Jazz ferma ses poings et fit craquer ses doigts. Il s'avança vers Meli. Le bruit sourd de sa main dure qui cogna contre le crépi blanc du mur résonna dans l'hôpital.

— Vous êtes à ce point nul, Meli, que des agents étrangers doivent venir chez vous pour faire votre boulot ! Vous arrêtez des citoyens qui risquent leur vie face à la mafia pour cacher votre incompétence ! Vous êtes un boulet, Meli !

Framboise regardait Jazz. Rouler des épaules lui donnait une carrure impressionnante. Son poing martelait le mur à chaque phrase. Il n'était plus qu'à quelques mètres de Meli. Derrière lui, elle apercevait l'inspecteur blême et tétanisé. Jazz continuait d'avancer

— Allez, venez, faites votre travail, arrêtez-moi ! Vous reculez ? Faut pas devenir tout pâlichon comme ça ! Ah oui, c'est sûr, c'est plus facile de brasser du vent et de passer des menottes à une jeune femme qu'à des truands ! tonitrua Jazz. Mesdames, messieurs, derrière moi, au comptoir, cette femme est une héroïne ! Vous en avez tous entendu parler, c'est Framboise Dopamine.

Autour d'elle, un brouhaha s'éleva des médecins et du personnel soignant attirés par les cris.

— Jazz… S'il te plaît, balbutia Framboise.

— Non seulement Melle Dopamine envoie en prison Giovanni Cortisone à votre place, continua Jazz, mais en plus elle risque sa vie pour nous sortir, ma partenaire et moi, des griffes de Tonio Cortisone ! Et vous, vous ne trouvez rien de plus malin à faire que de lui mettre des bâtons dans les roues et de l'humilier en la plaçant sous surveillance électronique ! Vous êtes la honte de la police, inspecteur Meeeli !

Jazz se tenait maintenant devant le policier et rivait des yeux furieux sur lui. Il lui ordonna d'une voix glaciale.

— Alors, vous allez lui enlever ce bracelet, cette ignominie !

— Je… C'est inacceptable ! glapit Meli. Je me plaindrai à votre gouvernement, vous aurez de mes nouvelles ! SOCISS ou pas SOCISS, vous êtes grillé, moi, je vous le dis ! Je rédigerai un rapport à ma hiérarchie !

— C'est ça, faites donc ! Et vos exploits se retrouveront à la une de tous les tabloïds. Vous allez éclipser les Windsor, Meli, c'est la gloire assurée !

— Votre attitude… Cela va monter haut ! Mon rapport, mon rapport va vous…

— Ce ne sera pas nécessaire, inspecteur.

Framboise n'en crut pas ses yeux. Le procureur Evangelisto Carminorosso, debout, derrière une des chaises de l'entrée, fusillait Meli d'un regard sévère.

— Monsieur le Procureur ?

Vito Meli afficha le visage ahuri d'un gamin fautif pris sur le vif. Framboise se demanda s'il allait s'effondrer ou contre-attaquer.

— J'avais envie de parler à Framboise après sa petite escapade d'hier, avant que ça ne fasse trop de remous. Je vois que j'ai eu du flair, expliqua Carminorosso. Et si j'ai bien compris, vous, vous êtes Jazz McIntosh ?

Jazz confirma d'un hochement de tête.

— Votre collègue, Melody, est en sécurité elle aussi ?

— Au Grand Savoia Hôtel.

— Et tout cela grâce à Melle Dopamine ?

— Exact !

— Alors, tout va bien. Et maintenant, Meli, hors de ma vue, disparaissez ! cingla le procureur.

— Mais...

— Dehors, je vous dis ! Foutez-moi le camp !

Le personnel et les patients reprenaient contenance quand un applaudissement timide se fit entendre. L'infirmière extirpa la biographie de Framboise et demanda d'une voix embarrassée :

— Excusez-moi, ce n'est peut-être pas trop le moment, mais pendant que je vous ai sous la main... Est-ce que je pourrais avoir un autographe ?

— Oui, oui, bien sûr, balbutia Framboise.

Elle n'avait d'yeux que pour Jazz qui revenait vers elle, détendu et rieur.

— J'ai été comment ? J'ai été bon, non ?

Evangelisto Carminorosso toussota :

— Hum... Oui, très bon. Un joli numéro. Ce n'est pas que je désapprouve, au contraire, mais ce ne serait pas un mal si vous vous éloigniez quelque temps.

— Mon avion décolle cet après-midi. Ma collègue et moi repartons. L'Italie est charmante...

Framboise se raidit et entrelaça nerveusement ses doigts sur son ventre.

— C'est un vrai crève-cœur que de partir, mais hélas le devoir m'appelle. Les criminels ne dorment jamais. Nous avons un léger souci avec le caviar russe...

Carminorosso fronça des sourcils intrigués puis nota que Jazz et Framboise ne se quittaient plus des yeux. Il toussota de nouveau.

— Hum hum… Bon, je n'en demandais pas tant, mais un départ cet après-midi, c'est parfait.

— Mais je ne partirai, continua Jazz sans tourner la tête, que si…

— Oui ?

— … que si vous lui enlevez ça.

Il pointa son doigt vers le bracelet noir enserrant le poignet de Framboise. Un sourire compréhensif se fraya un chemin sur le visage soucieux du procureur.

— Bien sûr ! Évidemment. Je n'ai jamais été favorable à cette mesure, mais je ne fais pas toujours ce que je veux. Votre retour met l'inspecteur Meli hors circuit, ce sera facile. Mademoiselle Dopamine, vous devez m'accompagner au bureau. Tout procureur que je suis, j'ai tout de même quelques procédures à suivre… et j'aimerais beaucoup vous entendre me raconter les événements de la nuit dernière. Il s'est passé quoi à Vernazza ?

— Framboise, dit Jazz.

Elle le regarda et comprit aussitôt. Elle déglutit et se mordit l'intérieur de la joue avant de prendre une grande respiration. Une vague de froid l'enveloppa, sa peau se hérissa et elle articula avec peine :

— J'arrive tout de suite, Monsieur le Procureur. Vous pourriez me laisser quelques minutes avec Jazz, s'il vous plaît ?

— Je vais me chercher un expresso, il doit bien y avoir un distributeur par ici, lâcha Carminorosso en s'éloignant.

— Alors, c'est le moment ?

Jazz la contemplait sans un mot. Sa main s'approcha pour lui caresser les cheveux et, avec tendresse, dégager sa tempe. Il déplaça une mèche, d'autres glissèrent entre ses doigts. Ses lèvres fermées dessinaient un sourire triste et mélancolique. Il desserra enfin les mâchoires.

— Je crois, oui.

D'une voix fêlée, elle chuchota :

— J'ai très froid. Est-ce que tu veux bien me prendre dans tes bras ?

Elle se blottit contre lui en frissonnant. La lumière blanche des néons, le crépi blanc, le carrelage blanc, les chaises blanches… L'hôpital s'estompa en un brouillard laiteux ne laissant plus percer que des sons étouffés. Les ombres mouvantes et fantomatiques des médecins, patients et infirmières flottaient sans un bruit. Jazz la berça dans ses bras et elle comprit, au doux poids sur sa tête et à son souffle, qu'il avait appuyé sa joue contre ses cheveux et que lui aussi s'enivrait de son odeur. Sa force et sa chaleur infusèrent lentement en elle et son corps cessa de trembler. Framboise enfouit sa tête dans son épaule, essuya une larme et prit conscience de l'étrange sérénité mélancolique qui était devenue sienne. La première rencontre chez les Navajos, son sauvetage en mer, leur première nuit dans son petit appartement coquet, leur retrouvaille, prisonniers tous deux chez Cortisone, l'angoisse de l'absence puis la nuit dernière, sur le pont, dans sa chambre. L'inattendu qui surgit, puis la fin. Elle accepta. Son cœur s'assagit. Le flot de la vie ininterrompue qui l'emportait, tel un fétu de paille. C'était dans l'ordre des choses. Elle se dégagea des bras de l'homme et le vit ouvrir les yeux. Lui aussi semblait apaisé. L'hôpital, soudain, grouilla de sons et de vie. Tout était trop intense, accéléré, presque joyeux. La jeune infirmière l'observait, attendant sa dédicace. Elle se dressa sur la pointe des pieds et déposa un baiser léger sur les lèvres de Jazz, puis serra ses doigts entre les siens.

— Prends bien soin de toi, Jazz. Sois prudent. Merci d'avoir rendu ma vie si… si pleine. C'était fort… C'était… bien.

— Tout le plaisir a été pour moi, Framboise. Quand je t'ai vue venir à moi sur le pont, cette vision, c'est inoubliable. Cette image, toi qui avances, l'espoir, la beauté, l'amour, le sacrifice, j'ai vécu un instant… époustouflant. Rien n'est jamais perdu.

Il se tut puis reprit :

— Et toi aussi, sois prudente. Cet imbécile de Tonio court encore dans la nature. Et si tu as besoin de quoi que ce soit, tu connais le numéro ! Nous te sommes redevables. McCoy grogne toujours un peu, mais c'est un bon bougre.

— Ça va aller. Comme tu le dis, Tonio est un imbécile. Et j'ai les Mammas. Enfin, les M&M's plutôt ! Tiens, j'ai un cadeau pour toi.

Elle lui tendit sa biographie. Jazz lui sourit, rangea le livre dans son sac, tourna les talons puis pivota vers elle une dernière fois :

— Je le lirai dans l'avion. Passe bien le bonjour aux M&M's de ma part. Elles sont épatantes !

Elle le regarda franchir la porte et disparaître sur le parking. Elle fit un signe de la main à Carminorosso — « J'arrive », souffla-t-elle — puis elle se précipita vers l'accueil :

— Excusez-moi. C'est un honneur et un grand plaisir. La dédicace, c'est pour vous ? Je mets quel nom ? Tina ?

Elle rédigea une longue note joyeuse sur la première page et s'excusa de nouveau :

— Désolée, Tina, le procureur m'attend. Je repasserai.

— Framboise !

Elle se retourna et aperçut le fauteuil roulant lancé vers elle à toute vitesse.

— Anna, commença Carlo.

— Quoi, Anna ?

Framboise pâlit.

— Elle va bien. Elle s'en remettra. Le risque de paralysie est écarté, mais elle va devoir se battre pour la rééducation. À son âge, ce n'est pas une mince affaire.

— Oh merci ! Je ne la porte pas dans mon cœur, mais je ne souhaiterais à personne de vivre en fauteuil. Oh pardon, je suis désolée, Carlo, ajouta-t-elle en le regardant avec une moue piteuse.

Carlo haussa ses épaules et lui sourit :

— Ce n'est rien. Et tu as raison. Allez, vas-y, je crois que le procureur s'impatiente là-bas.

Deux heures plus tard, Framboise dévalait les escaliers du tribunal vers la rue et déboulait droit sur les M&M's.

— Qu'est-ce que vous faites là ?

— C'est tout simple, commença Claudia. On a appelé l'hôpital San Martino pour savoir si tout allait bien, car tu ne donnais pas de nouvelle et on nous a dit que tu étais partie au tribunal avec le procureur après une dispute avec l'inspecteur Meli. Nous nous sommes inquiétées.

— Et donc, qu'est-ce que vous faites ?

— Nom d'une pizza aux ananas, tu le vois : on a monté une opération de sauvetage, continua Gina.

— On a les bombes de peinture, les draps blancs pour fabriquer des banderoles, un slogan efficace, enchaîna Monica.

— Un slogan efficace ?

— C'était mon idée, s'exclama Silvana. « Libérez Framboise ! » C'est efficace, non ?

— Euh... Merci, les filles, mais tout va bien.

— Tout va bien ? insista Sophia, tu es sûre ? Tu as les traits tirés, là.

— C'est Jazz...

— Je vous l'avais dit que la nuit serait *caliente*, pouffa Ornella.

Framboise la foudroya du regard.

— Ce n'est pas ça. Jazz est parti.

— Comment ça, parti ? s'étonna Gina.

Elle haussa les épaules.

— Reparti en Écosse. Une autre mission. C'est la vie. Non, ça va. Cela va même beaucoup mieux, regardez !

Elle leva son poignet vers le ciel.

— Le bracelet ! Ils te l'ont enlevé !

— Oui ! Jazz et Melody retrouvés, je ne suis plus suspecte de leur disparition, toutes les charges sont abandonnées. Tout redevient comme avant.

Un petit rire illumina son visage :

— J'ai été renommée administratrice de MA & L, c'est génial.

— Ah bah, c'est bien que tu en parles, regarde. Faut que tu fasses quelque chose, hein.

Ornella lui montra ses pieds.

— Tu as vu ? Elles se décousent déjà à la semelle ! Et sur celle-là, la frange s'est déjà à moitié défaite.

— Qu'est-ce que tu racontes ?

Framboise s'accroupit et observa les chaussures.

— Tu les as payées cher ?

— Ben, tu sais bien qu'elles ne sont pas données tes bottines, Framboise.

Framboise se releva, stupéfaite et les traits graves :

— Mais c'est de la contrefaçon ! Ce sont des fausses. Des imitations. C'est incroyable. Mais qui me fait ça ?

Les M&M's se statufièrent sur le trottoir, choquées. Monica reprit vie la première, observa ses copines immobiles une à une en même temps que son visage se déridait peu à peu, jusqu'à afficher une improbable gaieté. Framboise la surprit expédiant un clin d'œil à Gina qui eut un hochement de tête complice.

Gina lâcha :

— Eh ! Les M&M's ? Vous pensez comme moi ? Une mission contrefaçon, c'est quel niveau de DEFCON, ça ?

À propos de l'auteur

À 48 ans, j'ai quitté mon métier d'ingénieur pour tenter le pari un peu fou de devenir écrivain à temps plein.

La phrase Mark Twain m'inspire :

Dans vingt ans, vous serez plus déçus par les choses que vous n'avez pas faites que par celles que vous avez faites. Alors sortez des sentiers battus. Mettez les voiles. Explorez. Rêvez. Découvrez.

Vous, lectrices et lecteurs qui parvenez jusqu'à ces lignes, je vous remercie du fond du cœur. J'espère avoir pu vous offrir un moment de détente avec Framboise, Jazz, Melody et le grain de folie des Mammas.

N'hésitez pas à m'en parler ou à me contacter à mon adresse didier@didierbertrand.com

Si vous avez envie de m'aider, je vous serais infiniment reconnaissant de me faire connaître votre avis sur le roman. Je suis toujours à l'écoute de commentaires constructifs ou suis simplement curieux de savoir si vous l'avez apprécié. Vos commentaires seront également d'une grande aide pour permettre à de nouveaux lecteurs de rire des aventures de Framboise.

Pour laisser un commentaire et arriver directement sur la page des avis, il suffit de scanner le QR code suivant :

Vous pouvez également me retrouver :

- sur Instagram : @didierbertrand_auteur
- sur mon site : https:\\didierbertrand.com

Si vous vous inscrivez à la newsletter, vous pourrez avoir accès à *Libérez l'artiste,* une longue nouvelle mettant en scène Framboise et les Mammas dans une autre aventure extraordinaire.

Pour s'inscrire, scannez le QR code :

Inscription à la newsletter

Encore merci, et préparez-vous, Framboise revient dans *Voir Venise et sourire* ! Elle ne voudrait pas laisser en circulation des produits contrefaits, non ? Rendez-vous dans la Sérénissime :

Voir Venise et sourire

Didier

Printed in France by Amazon
Brétigny-sur-Orge, FR

22571596R00146